UN DÎNER CHEZ MIN

Traduit de l'anglais (États-Unis)
par Adélaïde Pralon

Liana Levi

TEXTE INTÉGRAL

TITRE ORIGINAL
Inspector Chen & Judge Dee

© Qiu Xiaolong, 2020

ISBN 978-2-7578-9159-9

© Éditions Liana Levi, 2021, pour l'édition en langue française

Le Code de la propriété intellectuelle interdit les copies ou reproductions destinées à une utilisation collective. Toute représentation ou reproduction intégrale ou partielle faite par quelque procédé que ce soit, sans le consentement de l'auteur ou de ses ayants cause, est illicite et constitue une contrefaçon sanctionnée par les articles L. 335-2 et suivants du Code de la propriété intellectuelle.

Qiu Xiaolong est né à Shanghai en 1953. Lors de la Révolution culturelle, son père est la cible des révolutionnaires et lui-même est interdit de cours. Il soutient néanmoins une thèse sur le poète T. S. Eliot et poursuit ses recherches à Saint-Louis, aux États-Unis. Les événements de Tian'anmen le décident à s'y installer et c'est en anglais qu'il écrit la célèbre série policière mettant en scène l'inspecteur Chen ainsi que les nouvelles du cycle de la Poussière Rouge. Traduits dans vingt pays, ses livres se sont déjà vendus à plus d'un million d'exemplaires à travers le monde.

Premier jour

1

Chen Cao, ancien inspecteur principal de la police de Shanghai et actuel directeur du Bureau de la réforme du système judiciaire, s'agita dans son sommeil.

Depuis qu'il était en « congé de convalescence », il faisait souvent des rêves étranges. Dans celui-ci, il se trouvait à la cour d'un splendide palais impérial aux colonnes ornées de gigantesques dragons sculptés. Au lieu d'être vêtues à l'ancienne, les personnes assemblées autour du trône étincelant portaient des habits modernes, principalement des costumes d'hommes d'affaires ou des vestes Mao. Ignorant l'identité du souverain, Chen se demandait s'il devait s'agenouiller comme les autres quand soudain, un dragon doré s'arracha violemment de son pilier vermillon, cracha du feu et s'envola au-dessus de la foule au milieu des cris et de la panique générale. La bête fit trembler le palais tout entier, puis transperça le toit et fila vers le ciel…

Trempé de sueur froide, Chen se réveilla en sursaut et comprit avec soulagement qu'il ne s'agissait que d'un cauchemar, mais le sentiment de malaise provoqué par ces images persista.

Pourquoi s'inquiétait-il encore ?

« *Tu n'espères pas te convertir* », murmura-t-il en se rappelant vaguement un vers de T.S. Eliot. Il bâilla et regarda le soleil paresseux projeter à travers les rideaux à carreaux des ombres louches annonciatrices d'une nouvelle journée oisive.

Pour une fois, il n'était pas pressé de se lever. D'ailleurs il était censé se reposer. Après avoir été écarté de la police, il avait été nommé directeur du Bureau de la réforme du système judiciaire, un poste sans pouvoir réel, puis envoyé en « congé de convalescence ». Les autorités avaient communément recours à ce stratagème lorsqu'elles jugeaient un cadre du Parti inapte à exercer ses fonctions sans oser le destituer officiellement. Au bout d'un certain temps d'absence, le cadre pouvait disparaître de la circulation sans faire de vagues.

Comme le terme signifiait clairement que l'ancien inspecteur avait des ennuis politiques, la rumeur ne cessait d'enfler sur Internet et malgré le contrôle effréné du gouvernement, les commentaires poussaient chaque jour comme des mauvaises herbes.

D'après un blog, tout n'était pas perdu pour l'inspecteur. Le congé laissait entendre qu'il n'était peut-être « pas totalement fini et qu'il pourrait bien revenir sur le devant de la scène si l'opportunité se présentait ».

Chen n'était pas aussi naïf. Se tournant sur le côté, il attrapa son téléphone portable sur la table de nuit. Il tomba aussitôt sur un court article du *Wenhui* à propos d'une rencontre d'auteurs chinois et français qui avait eu lieu à l'Association des écrivains de Shanghai. Son nom figurait sur la liste des invités avec entre parenthèses la mention « en congé de convalescence ». Sous l'article, plusieurs internautes avaient recopié l'expression en y ajoutant toutes sortes d'émojis grimaçants et rageurs, dont un clown blanc en train de creuser une tombe comme dans une pièce de Shakespeare.

Au cours de ses dernières enquêtes, Chen avait contrarié un certain nombre d'huiles du Parti en révélant de graves affaires de corruption ; on pouvait donc penser que son « enterrement » était proche. L'annonce de sa participation à un événement littéraire était avant tout un moyen de rassurer le peuple qui le considérait toujours comme un des rares flics honnêtes et efficaces du pays.

Chen sortit d'un tiroir un paquet de cigarettes *Rouge Generation*, un des « produits rouges » revenus à la mode, mais il se ravisa et le rangea sans l'ouvrir.

Les récents bouleversements du paysage politique n'annonçaient rien de bon. Un des « princes rouges » était désormais sur le trône, et lors de ses précédentes enquêtes, Chen avait mis en danger plusieurs personnages intouchables de sa suite. Bien que ses succès aient été salués dans les médias comme des preuves de « la volonté du grand et glorieux Parti de lutter contre la corruption à tous les niveaux », ils n'avaient pas dû être vus d'un bon œil par les puissants concernés.

Sans tous ces remous politiques, Chen aurait pu profiter d'un repos bien mérité. Après avoir subi pendant des années la pression de la brigade des affaires spéciales, il se sentait constamment fatigué, nerveux, tendu. Il avait clairement besoin de vacances.

Il rêvait d'un café, mais décida de rester au lit et tendit à nouveau la main vers la table de nuit.

Cette fois, il prit un livre : une enquête du juge Ti en anglais. Après tout, il pouvait bien passer la journée à lire. La tête calée contre deux oreillers, il ouvrit le roman, comme un vrai flic en vacances.

L'ouvrage lui avait été offert par un écrivain français nommé Bertrand à l'occasion de la rencontre évoquée dans le journal. Dans la salle de conférences de l'Association des écrivains de Shanghai, l'homme lui avait dit en souriant : « Je l'ai lu dans l'avion. C'est un excellent livre. Je vous le laisse, inspecteur Chen. Votre connaissance de la poésie Tang et votre expérience au sein de la police chinoise vous permettront d'apprécier cette enquête du juge Ti encore mieux que moi. »

Chen l'avait remercié chaleureusement et en prenant le livre, il avait ajouté avec sérieux : « Quand j'étais étudiant, un de mes camarades a trouvé un lot de romans de Van Gulik et s'est extasié sur eux pendant des semaines sans jamais m'en prêter un seul. Merci beaucoup, je suis impatient de le lire.

– Le juge Ti est célèbre en Occident. Plusieurs écrivains français ont écrit et réécrit ses enquêtes. Celle-ci est une histoire originale de Van Gulik. *Assassins et poètes*. Vous me direz ce que vous en pensez. Je serais curieux de connaître l'avis d'un inspecteur aguerri et d'un poète moderniste. On peut dire que vous êtes le juge Ti du XXIe siècle.

– Allons, je ne suis ni juge ni… » Chen n'avait pas terminé sa phrase. Officiellement, il n'était plus « inspecteur », mais il avait encore du mal à s'y faire et il n'estimait pas nécessaire d'expliquer les rouages politiques complexes de la Chine à un auteur français en visite.

Avant même d'ouvrir le livre, Chen fut frappé par un détail étonnant à propos du titre. L'auteur avait écrit « poètes » au pluriel. Y avait-il donc plusieurs poètes impliqués dans l'affaire ?

Période phare de la poésie chinoise classique, la dynastie Tang avait donné naissance à une foule de poètes de génie, mais peu d'entre eux avaient aussi été des assassins.

Comment le sinologue passionné de poésie qu'était Van Gulik avait-il eu l'idée d'écrire une histoire de meurtre se déroulant dans le milieu littéraire de l'époque ?

En feuilletant le livre, Chen tomba sur plusieurs noms de poètes célèbres, notamment celui d'une jeune beauté soupçonnée d'avoir commis un crime des plus insolites.

Si la poétesse était la suspecte, comment expliquer le pluriel du titre ? Van Gulik semblait développer parallèlement plusieurs intrigues. Comment toutes ces histoires étaient-elles liées ?

Chen résista à la tentation d'aller directement lire le dénouement et s'empressa d'entamer le premier chapitre.

Le roman était plus captivant qu'il ne s'y attendait et présentait des similitudes étonnantes avec sa propre vie. Il en comptait au moins trois : la poésie, le meurtre et un fonctionnaire légendaire, même si l'ancien inspecteur n'aurait jamais prétendu acquérir un jour un tel statut.

Il caressait l'idée de passer la journée au lit à dévorer le roman d'un trait quand le téléphone sonna.

2

Depuis la mutation de Chen, Yu, son coéquipier de longue date à la police de Shanghai, avait pris la tête de la brigade des affaires spéciales à qui les deux hommes avaient donné ses lettres de noblesse.

« Quoi de neuf, Yu ?

– Mon père m'a appelé pour me demander votre numéro de téléphone privé, mais il ne m'a pas dit pourquoi. »

Chen se mit immédiatement sur ses gardes. Le policier à la retraite surnommé Vieux Chasseur devait avoir une bonne raison de chercher à le joindre et s'il refusait d'en parler à son fils, fidèle bras droit et grand ami de Chen, cela signifiait que la situation était grave.

« Vieux Chasseur fait son chanteur d'opéra de Suzhou, il prend un malin plaisir à nous tenir en haleine. Ne vous inquiétez pas, Yu. Comment ça va au bureau ?

– Pas trop mal. Le secrétaire du Parti Li me demande régulièrement de vos nouvelles, mais il est comme la mouffette qui va saluer le coq, on sait qu'il a toujours une idée derrière la tête. Je ne lui dis rien, évidemment. De toute façon, ça fait des jours que je ne vous ai pas vu.

– Je vais bien, je vous assure.

– Vous allez bientôt commencer votre nouveau travail ?

– Ce n'est pas au médecin de me déclarer apte à prendre mes fonctions. Vous savez bien que c'est au Parti de dire au médecin quel diagnostic poser.

– C'est scandaleux.

– J'avais besoin de vacances. Pour une fois, j'ai le temps de lire. Ça me fait le plus grand bien. »

Dès qu'il eut posé son portable, Chen reprit son livre.

Le personnage du juge Ti éveillait sa curiosité pour plusieurs raisons. Historiquement, Ti n'avait été ni juge ni détective. Au cours de sa longue carrière publique, il avait certes rendu des jugements en diverses occasions, faisant preuve d'un discernement remarquable face à des affaires délicates, mais c'était avant tout un homme politique brillant. Il était allé jusqu'à être nommé Premier ministre et avait joué un rôle majeur dans les décisions politiques importantes de la dynastie Tang.

Le peu que Chen savait sur lui venait de ses propres traductions de poèmes Tang. Au cours de ses recherches, il avait plusieurs fois rencontré le nom du fameux Di Renjie ou Ti Jen Tsié. L'homme était considéré comme un fonctionnaire intègre et admiré pour ses sages conseils à l'ambitieuse impératrice Wu au moment critique où celle-ci avait voulu transformer la dynastie Tang, régie par la famille Li, en dynastie Zhou, régie par la famille Wu. Confucéen réaliste, Ti avait réussi à servir la souveraine sans prendre part à des rébellions futiles tout en protégeant la lignée des Li. Sa persévérance avait abouti, peu après son décès, à la restauration de la dynastie Tang et au rétablissement des Li sur le trône.

Chen avait cependant trop de lacunes en histoire pour prétendre savoir qui était réellement le juge Ti.

Bien souvent, il ne savait pas qui il était lui-même, se dit-il avant de s'interdire ce genre d'auto-apitoiement.

En plus de l'intérêt qu'il portait naturellement au personnage légendaire de l'empire Tang et au double, voire triple meurtre sur lequel ce dernier enquêtait, Chen fut agréablement surpris de découvrir un autre trait original : dans les romans policiers qu'il avait lus jusqu'alors, les héros n'écrivaient jamais de poèmes, pas même l'inspecteur Adam Dalgliesh, que P.D. James présente comme un poète publié sans citer un seul vers de lui au cours des quatorze titres de la série. Dans le roman de Van Gulik, Chen reconnut plusieurs poèmes historiques. Le procédé n'était pas si étonnant de la part d'un sinologue réputé. L'auteur hollandais avait dû se renseigner avant de se mettre à l'ouvrage.

Assez rapidement, Chen tomba d'ailleurs sur un poème qu'il connaissait bien, quoique, sur le moment, le nom de l'auteur lui échappât.

Amertume, je cherche les mots justes,
Pour ce poème, sous la lampe.
Je ne puis dormir en cette longue nuit,
Je redoute les couvertures solitaires.
Dans ce jardin d'automne là dehors,
C'est le bruissement triste des feuilles qui voltigent.
La lune luit comme une abandonnée
À travers les carreaux de gaze[1].

Il avait aussi la vague certitude que les vers cités ne correspondaient pas à l'intégralité du poème. Secouant la tête, il baissa de nouveau les yeux vers la page sans imaginer un instant que sa matinée de calme allait bientôt prendre fin.

Son portable privé vibra sur la table. Il avait acheté l'appareil argenté ainsi qu'une nouvelle carte SIM une semaine plus tôt et n'avait donné son numéro qu'à trois ou quatre personnes de confiance. Il se dépêcha donc de décrocher.

« Longtemps que nous ne nous sommes vus, inspecteur principal Chen. Que diriez-vous d'aller boire une tasse de thé Puits du Dragon avec moi ? »

C'était Vieux Chasseur. Depuis qu'il avait pris sa retraite, l'ancien policier travaillait à mi-temps comme détective privé. Il n'avait pas tardé à l'appeler après

1. *La Vie sexuelle dans la Chine ancienne*, R. Van Gulik, trad. Louis Évrard, éd. Gallimard, 1971, p. 225. (*Toutes les notes sont de la traductrice.*)

avoir obtenu son numéro. Peut-être l'invitait-il simplement par amitié, ayant appris dans quelle situation pénible il était.

« Avec plaisir, Vieux Chasseur, répondit Chen. Où voulez-vous que nous nous retrouvions ?

– Allons au jardin du Peuple. Vous vous souvenez du "coin des oiseaux" ? Tout près de là, il y a ce qu'on appelle "le coin des entremetteurs". Enfin, il existe tout un tas de noms : "le coin de l'amour", "le coin matrimonial", "le coin des mariages" et j'en passe. C'est devenu un site incontournable, d'après les derniers guides touristiques sur Shanghai. Bien sûr, je n'y vais pas pour moi. Mais vous avez dû entendre parler des soucis de ma fille, non ? Elle a une trentaine d'années, et elle vit toujours chez nous, au fond de notre vieille maison *shikumen*. Je voudrais aller faire un tour là-bas pour elle, vous pourrez peut-être me donner des conseils. *Les mers bleues étaient autrefois des champs de mûriers*, comme on dit. Le monde change trop vite pour un vieil homme rétrograde comme moi. »

Fidèle à son surnom de « chanteur d'opéra de Suzhou », Vieux Chasseur continua à palabrer et à digresser, citant des proverbes et des fables avec la bonhomie d'un cuisinier tournant généreusement son moulin à poivre au-dessus de ses casseroles. Chen l'écoutait avec amusement. Il avait entendu parler du « coin des mariages » et aussi des problèmes de la fille de Vieux Chasseur. Après son divorce, son père avait accepté sans difficulté qu'elle revienne vivre chez lui avec son petit garçon, mais il s'inquiétait de la voir se lamenter et se traîner toute la journée dans l'appartement sombre et humide au lieu d'essayer d'entamer un nouveau chapitre de sa vie.

Mais était-ce réellement la raison pour laquelle Vieux Chasseur tenait tant à retrouver Chen dans le jardin ?

Après tout, peut-être était-ce aussi pour lui, l'éternel célibataire que tous espéraient voir un jour marié. Le vieil homme avait souvent abordé le sujet avec lui. Le téléphone encore à la main, Chen comprit que son projet de passer la journée à lire au lit venait de tomber à l'eau.

« Nous pourrons en profiter pour marcher un peu, continuait Vieux Chasseur. Et ensuite, nous irons boire une délicieuse tasse de thé. Je connais le propriétaire d'une maison de thé rue de Xinchang, de l'autre côté de la rue de Nankin. J'apporterai du véritable Puits du Dragon. Ils servent aussi des gâteaux salés et sucrés, cuits à l'ancienne dans des fours de terre.

– D'accord, conclut Chen. Je vous retrouve là-bas dans une demi-heure.

– Parfait. Je serai près de l'entrée numéro cinq. »

Chen se leva et glissa à contrecœur un marque-page au début d'*Assassins et poètes*.

3

Vieux Chasseur attendait Chen à l'entrée du parc située tout près de l'ancienne bibliothèque de Shanghai, reconvertie en musée suite aux changements radicaux qui avaient transformé le quartier.

Dans la métropole en perpétuelle mutation, Chen reconnut un détail familier. En haut du bâtiment ocre et gris, les doigts noirs de la grosse horloge continuaient imperturbablement à tracer des cercles, rappelant à tous que chaque commencement est aussi une fin, comme Chen l'avait lu dans un livre quand il était étudiant.

En cette matinée de mai, Vieux Chasseur paraissait trop apprêté pour l'occasion. Il portait une veste et des mocassins noirs, un pantalon kaki et un parapluie rouge vif.

Le ciel était clair, sans le moindre nuage, mais après tout, il n'était pas si étonnant qu'un vieil homme en habits neufs ait décidé par précaution d'emporter de quoi se protéger de l'orage.

« Vous comprendrez bientôt pourquoi j'ai pris ce parapluie de couleur vive », expliqua Vieux Chasseur avec un sourire énigmatique digne d'un acteur sur le point de révéler un secret incroyable qui fera basculer l'intrigue.

En entrant dans le parc, ils tournèrent à droite et s'engagèrent sur un sentier arboré jalonné de bancs peints en vert. Le jardin avait rétréci au fil du temps, grignoté par les gratte-ciel et les stations de métro, mais il ravivait toujours en Chen des souvenirs et des émotions ambigus.

Vieux Chasseur pointa du doigt une foule assez dense au sortir d'un virage. La plupart des gens étaient âgés, les cheveux gris ou blancs. Assis sur des tabourets ou accroupis, ils criaient comme devant les étals d'un marché.

Chen remarqua alors qu'ils avaient tous des parapluies ouverts devant eux sur le sol. On aurait dit une poussée surréaliste de champignons colorés après une pluie printanière.

« Vous voyez, expliqua Vieux Chasseur en s'approchant d'un des parapluies. Ils font office de stands. Des descriptions et des photos de célibataires sont scotchées dessus. Les parents s'efforcent d'attirer l'attention et de fournir un maximum de détails pour trouver des maris et des femmes à leurs enfants.

– Et ils peuvent aussi servir en cas de pluie. Je vois. C'est très malin. Cette pratique n'est pas sans rappeler la tradition des mariages arrangés dans la Chine ancienne, n'est-ce pas ?

– Si vous voulez en savoir plus sur les coutumes de la Chine ancienne, vous devriez écouter les opéras de Suzhou. On y parle en détail des rites de mariage, du rôle des entremetteuses, de la divination, de l'horoscope chinois et de l'importance des dates de naissance des futurs mariés dans le choix de la date propice à l'union… » Vieux Chasseur s'emballait. « De nos jours, les mariages arrangés par les parents ne reposent que sur des critères financiers. Que voulez-vous, c'est tout ce qui compte maintenant.

– Oui, nous vivons dans une société totalement matérialiste. Voilà le progrès accompli par la Chine du XXIe siècle.

– Vous parlez d'un progrès ! s'exclama Vieux Chasseur en secouant la tête comme un jouet mécanique. Mais il faut être réaliste. Comment voulez-vous que les jeunes d'aujourd'hui soient romantiques quand ils n'ont pas de quoi se payer un appartement à eux ? Un logement de taille moyenne près de ce parc vaut au moins sept ou huit millions de yuans. C'est plus que ce que peut espérer gagner un couple ordinaire au cours de toute une vie.

– Le pays a connu une véritable flambée de l'immobilier, mais peu de gens s'inquiètent de la situation, grâce au fabuleux mythe du Parti qui fait croire au peuple qu'il empêchera toujours l'énorme bulle d'éclater et qu'en Chine, tout va toujours pour le mieux.

– Venez voir ça de plus près », appela Vieux Chasseur en se penchant sur un papier accroché à un parapluie jaune posé aux pieds d'une vieille femme.

Belle jeune femme, grande et mince. La petite trentaine mais fait moins. Jamais mariée. Bon poste dans une banque d'État avec un excellent salaire : plus de 10 000 yuans par mois et de nombreux avantages. La maison *shikumen* où elle vit avec ses parents est déjà à son nom et le projet de démolition du gouvernement lui permettra de…

Chen n'avait pas besoin de lire la suite. Si la maison venait à être démolie dans le cadre de la politique d'aménagement de la ville, elle pourrait toucher une grosse somme compensatoire, comme tous les habitants des vieux quartiers en cours de réhabilitation.

Perplexe, Chen s'approcha d'un parapluie violet accolé au parapluie jaune.

Propriétaire d'un nouvel appartement dans le district de Luwan avec place de parking devant l'immeuble. Aucun prêt bancaire en cours. Également propriétaire d'une chambre à louer dans le district de Huangpu…

« Tout ça me dépasse, Vieux Chasseur. Pourquoi mettre en avant une place de parking ?

Votre appartement de luxe avec parking vous a été attribué par l'État au début de la réforme du logement. À l'époque, vous n'avez pas eu à verser un centime, n'est-ce pas ? Ni pour le parking d'ailleurs. C'est pour ça que nos fonctionnaires sont censés être fidèles au Parti – à cause de tous les avantages qu'ils ont reçus. Mais c'est humain de leur part d'en vouloir toujours plus. D'où toute cette corruption qui ronge le système. » Vieux Chasseur prenait à peine le temps de reprendre son souffle. « Pour revenir à la place de parking, c'est naturel pour un cadre du Parti comme vous d'en avoir une, que vous en ayez l'utilité ou non. De toute façon, vous avez une voiture de fonction et un chauffeur. Mais pour les gens ordinaires, cela représente un confort énorme. Sans ça, ils sont obligés de tourner pendant des heures pour trouver où se garer. Devinez combien coûte une place de parking dans le centre-ville ?

– Combien ?

– Deux cent mille yuans. Les célibataires du coin des mariages qui n'ont pas de parking ni de voiture figurent en bas de l'échelle sociale et sont du coup beaucoup moins éligibles.

– C'est absurde. La qualité de l'air est tellement mauvaise qu'on n'a pas besoin d'ajouter des voitures dans cette ville.

– Tout le monde se fiche de la pollution. Entre parenthèses, vous comprenez pourquoi mon revenu de détective privé a tellement d'importance pour moi. Ma pauvre fille n'a même pas de place où garer son vélo dans la cour de notre maison. Je n'ai pas grand-chose à offrir au coin des entremetteurs…

– Je suis actuellement en congé, vous savez, mais je pourrais peut-être demander à quelques relations si elles n'ont pas du travail… »

Chen s'interrompit. En y réfléchissant, plusieurs de ses relations avaient commencé à l'éviter depuis que la nouvelle de son congé de convalescence était tombée.

« Votre situation est totalement différente, reprit Vieux Chasseur. Vous n'avez pas à vous demander quoi afficher sur votre parapluie. Vous avez un trois pièces à votre nom dans un quartier huppé de la ville et un titre prestigieux qui vient avec un certain nombre de privilèges. Sans parler de votre notoriété…

– Allons, Vieux Chasseur, vous cherchez quelqu'un pour votre fille, pas pour moi. Je viens seulement vous donner des conseils.

– Prenez ça, monsieur, proposa une femme d'une cinquantaine d'années en se levant pour tendre une feuille à Chen par-dessus son parapluie. Regardez bien la photo et appelez-moi à ce numéro n'importe quand. Une vraie beauté, ma fille, et elle n'a que vingt-deux ans. Elle est gentille. Elle n'a besoin que d'un bon mari comme vous avec une belle carrière et un grand appartement. Et vous avez aussi une voiture avec chauffeur, c'est ça ? »

Chen prit la feuille sans dire un mot. Elle avait dû écouter la conversation des deux hommes. Il jeta un œil à la photo en couleur qui précédait la description. La fille était jolie, les yeux en amande, les lèvres vermeilles, et elle lui souriait.

« Il y a trop de bruit ici, on s'entend à peine, décréta Vieux Chasseur. Allons nous asseoir sur ce banc là-bas. »

La scène était banale. En apparence, les deux amis se retiraient pour discuter des informations recueillies au coin des mariages. Comme dans un opéra de Suzhou, cette promenade servait de prélude à la véritable nouvelle que Vieux Chasseur tardait à lui annoncer.

Mais Chen se sentait mal à l'aise face à tous ces parapluies tournoyants. En levant les yeux, il aperçut une sorte d'ancien pavillon à thé au bout du sentier.

« Allons plutôt boire une tasse de thé, proposa-t-il. Il y a des années, j'allais au parc du Bund étudier l'anglais, mais parfois, pour changer, je venais ici aussi. Je m'asseyais sur un banc, peut-être celui-là. Mais je ne crois pas que le pavillon à thé existait à l'époque…

– Très bien, comme vous voulez, cher inspecteur nostalgique. Nous irons à la maison de thé dont je vous parlais une autre fois. »

4

En cette fin de matinée, le pavillon à thé était pratiquement désert. L'établissement était trop cher pour les vieux et trop vieillot pour les jeunes. Il ne s'agissait pas non plus d'une maison à thé traditionnelle. On y servait aussi des boissons fraîches, du café et quelques snacks.

Les deux amis s'installèrent à l'extérieur, assez près de la fenêtre pour pouvoir facilement commander de l'eau chaude.

Le serveur apporta une théière et un assortiment de petites choses à grignoter – des baies glacées au sucre, des cacahuètes grillées et des graines de melon. Il posa le tout sur la table de bambou et rentra dans le pavillon sans dire un mot.

« Le thé n'est pas mauvais, fit remarquer Vieux Chasseur d'un ton mélancolique, la tasse de porcelaine à la main. Ah ! Si seulement je pouvais venir ici tous les matins avec mes oiseaux, siroter un thé, chantonner un air d'opéra de Suzhou, prendre du bon temps, insouciant, comme les autres retraités.

– Comme dirait un de vos proverbes préférés, intervint Chen avec un sourire entendu en imitant le phrasé du vieux bavard, après trois gorgées de thé, il est temps de passer aux choses sérieuses. Mais retraité ou non, qui peut vraiment être insouciant dans la société d'aujourd'hui ?

– Exactement et comme dit un autre proverbe, on ne vient pas au temple sans une prière à formuler. Il faut que je vous parle d'une proposition que m'a faite mon patron Zhangzhang.

– Je vois que nous avons bien fait de nous installer confortablement.

– J'ai appris que vous aviez été nommé à un nouveau poste et que vous étiez en arrêt maladie. Quand j'ai appelé votre bureau, je suis tombé sur une jeune secrétaire nommée Jin, mais elle n'a pas voulu me dire quel était le problème. Vous allez bien, j'espère ?

– Eh bien, c'est aux personnes d'en haut de dire au docteur s'il doit trouver que je vais bien ou non, mais j'avoue que je ne suis pas mécontent de ce repos forcé.

– Je vous connais, vous n'êtes pas le genre d'homme à rester inactif. » Vieux Chasseur cracha une feuille de thé longtemps mâchouillée. « Et si vous rejoigniez notre agence en tant que conseiller spécial ? J'en ai parlé avec Zhangzhang ce matin au téléphone. Ça ne vous empêcherait pas de conserver votre poste actuel, même quand vous ne serez plus en congé. »

Chen était surpris par la proposition, mais il comprenait qu'elle partait d'un bon sentiment.

Pour l'instant, il ignorait combien de temps durerait son congé et surtout, jusqu'à quel point ses ennuis risquaient de s'aggraver. Il n'était pas question de fournir à ses ennemis un autre bâton pour se faire battre en allant travailler en douce pour une agence privée. D'ailleurs, le métier de détective privé n'était pas officiellement autorisé par le régime. Il était toléré mais faisait partie des zones troubles dans lesquelles Chen n'avait actuellement pas intérêt à s'aventurer.

« Vous vous souvenez de la mission que vous avez remplie pour moi au Bureau de contrôle de la circulation ? J'en ai parlé à Zhangzhang et il pense que ce serait une bonne idée de vous engager comme consultant honoraire – contre un salaire annuel à six chiffres. Grâce à votre expertise et à vos relations, vous n'auriez presque rien à faire. Vous n'auriez même pas besoin de venir à l'agence toutes les semaines. Pas plus de quatre ou cinq fois par an. Nous discuterions de temps en temps comme aujourd'hui, en buvant du thé dans un jardin ou en écoutant un opéra de Suzhou à la maison de thé.

– C'est une offre très généreuse. Votre agence doit rapporter gros !

– Nous avons commencé par épingler les maris infidèles, une spécialité très lucrative, comme vous le savez. Et puis nous avons eu quelques affaires juteuses, c'est-à-dire que des Gros-Sous nous ont confié des missions auxquelles ils ne préféraient pas mêler la police. Bien sûr, la gestion des risques est une de nos priorités, n'ayez aucune inquiétude là-dessus.

– Mais je ne peux pas être payé à ne rien faire – à boire du thé ou à écouter un opéra en prétendant jouer les conseillers. Vous devez me dire précisément ce que vous attendez de moi.

– Eh bien, à vrai dire, il y a quelque chose que vous pourriez faire pour nous dès maintenant. Pas en tant qu'enquêteur actif, bien entendu, mais figurez-vous qu'un de nos clients a cité votre nom. C'est un mystérieux homme d'affaires appelé Sima. Il est même possible qu'il soit venu chez nous en pensant à vous.

– Voilà qui est surprenant.

– C'est une longue histoire, commença Vieux Chasseur avant de s'éclaircir la gorge comme un chanteur maniéré. Vous qui êtes un fin gourmet, vous devez connaître les adresses les plus prisées de la ville.

– Je connais quelques restaurants gastronomiques, mais je ne vois pas où vous voulez en venir…

– De nos jours, les établissements les plus chers ne sont plus les restaurants, mais ce qu'on appelle les "tables privées".

– Vous m'intéressez. Continuez, je vous en prie. »

Chen avait entendu parler de la nouvelle mode des tables privées, mais il savourait pour l'instant l'ironie du renversement des rôles entre Vieux Chasseur et lui. Son ami n'avait rien d'un gourmet et il se réjouissait de l'entendre lui faire un exposé culinaire détaillé avec sa verve légendaire.

« Vous voulez que je vous dise ? reprit le vieil homme. La bonne cuisine est la dernière chose dont se soucient les restaurateurs aujourd'hui. Tout ce qui compte pour eux, c'est le profit. Par exemple, les poulets soi-disant élevés en plein air et nourris au grain n'ont souvent jamais vu la lumière du jour ; les crevettes ne sont pas fraîches, les poissons crevés depuis longtemps, la viande congelée pendant des mois, les légumes moisis et j'en passe. Imaginez les horreurs qu'on retrouve dans nos assiettes. Alors que dans les tables privées, le propriétaire n'a pas de menu fixe ni de tableau Excel où calculer ses bénéfices. C'est pour ça que ces lieux ont la cote auprès des riches.

– Mais en fin de compte, ces tables privées ressemblent à des restaurants, non ? Elles sont ouvertes sept jours sur sept et elles n'ont rien de vraiment privé hormis certaines "recettes maison" à l'originalité autoproclamée.

– Celle dont je vais vous parler est vraiment différente. Elle se trouve dans une vieille maison *shikumen*, au sein d'une cité résidentielle, et non dans un immeuble de bureaux. La patronne sert des clients triés sur le volet une fois par semaine, pas plus de huit personnes à la fois, assis autour d'une table ronde à l'ancienne. Elle compose ses menus en fonction des ingrédients achetés sur le marché le jour même. Les gens réservent des mois à l'avance et ils doivent remplir certaines conditions pour être admis dans le cercle.

– Quelles conditions ?

– Richesse, statut social, ce genre de choses. Le montant minimum pour un convive est de dix mille yuans, parfois plus. La cuisinière, qui est aussi la propriétaire des lieux, est une jeune femme nommée Min Lihua. C'est une *mingyuan*, comme on dit. Vous savez, c'est un terme qui servait à désigner les courtisanes de la haute société avant la Révolution culturelle. Comme les journaux officiels ne veulent pas reconnaître l'existence des courtisanes dans la Chine socialiste, le mot est revenu à la mode. » Vieux Chasseur but une gorgée de thé, se frotta énergiquement le menton et reprit : « Il n'y a pas si longtemps, je suis allé dans un café *ernai*, réservé aux "secondes femmes" ou "concubines", dans le cadre d'une de mes enquêtes, vous vous souvenez ? Min n'a rien à voir avec ces femmes-là. Elle n'est entretenue par aucun homme. Elle est encore célibataire, mais beaucoup d'hommes riches et puissants tournent autour d'elle. Et ils dépensent sans compter pour lui plaire. Au départ, elle ne recevait que des intimes, mais le prestige de sa table privée a rapidement fait le tour de la ville et depuis, son carnet de réservation est constamment plein, malgré les prix exorbitants qu'elle pratique. »

Chen se contentait de hocher la tête en silence. Il aurait pu s'intéresser à cette nouvelle mode culinaire, mais ces derniers temps, il avait été trop accaparé par ses soucis pour être d'humeur à visiter une cuisine privée, surtout si elle était tenue par une femme à la réputation douteuse.

« D'après notre client Sima, Min n'est pas seulement une cuisinière hors pair, c'est aussi une femme sublime, au charme et à la grâce extraordinaires. Sa famille faisait partie de la haute société républicaine d'avant 1949. Son arrière-grand-père était un fonctionnaire et un lettré passionné de cuisine et son grand-père un riche banquier. Tous deux n'ont pas lésiné sur les frais pour mettre au point les spécialités qui ont fait la réputation des Min. On dit qu'elle a hérité des recettes de sa famille. Sur Internet, elle a ainsi acquis le surnom de Dame Républicaine.

– Ce surnom n'est pas très politiquement correct, remarqua Chen d'un air pensif. Depuis 1949, nous sommes la Républiquc populaire de Chine dirigée par le parti communiste et non la République de Chine fondée par les nationalistes du Kuomintang. Le terme "républicain" renvoie généralement à la période d'avant 1949.

– Comme Sima nous l'a expliqué, ce surnom lui a été donné sur Internet en hommage à une femme appelée Lin Weiyin. Une vraie beauté et une poétesse de talent qui fut célèbre pendant la période républicaine. Aucune figure féminine de cette envergure n'est apparue depuis que le parti communiste a pris le pouvoir…

– Lin Weiyin, une grande poétesse en effet. Elle tenait un salon littéraire réputé où elle recevait des hommes de l'élite qui se disputaient ses faveurs. Mais elle ne cuisinait pas – du moins elle n'était pas connue pour ses talents culinaires… » Avant de se perdre dans cette digression, Chen reprit le fil de leur conversation. « Et donc pourquoi vous intéressez-vous à Min ?

– Elle a été arrêtée à cause d'un meurtre commis vendredi dernier, après un de ses dîners.

– Un meurtre !

– À l'agence, nous mettons toujours un point d'honneur à ne pas interférer dans les enquêtes de police. Dans certains cas, pour des raisons politiques, les affaires sont bouclées avant même que l'enquête ait commencé. Mais vous savez ça mieux que moi. Nous ne voulons pas d'ennuis. Mais Sima est un homme qui a des relations, il nous l'a confirmé, et la somme qu'il nous a proposée est trop importante pour que nous lui fermions la porte au nez.

– Combien ?

– Deux cent mille yuans pour commencer et encore deux cent mille à la fin de la mission. Et il couvre également tous nos frais.

– C'est colossal. Mais que veut-il que vous fassiez pour une somme pareille ?

– Il veut que nous prouvions l'innocence de Min et que nous obtenions sa libération le plus vite possible. » Vieux Chasseur laissa planer un silence théâtral. « Il y a plusieurs détails troublants dans cette affaire. Min côtoie des hommes puissants, mais elle ne s'est jamais mêlée de politique et d'ailleurs, elle n'est même pas membre du Parti. Pourtant elle fait l'objet d'un *shuanggui*, comme les cadres corrompus envoyés en détention dans des endroits secrets. »

Littéralement, le terme « *shuanggui* » signifiait « détention dans un lieu défini pour une durée déterminée ». Le dispositif n'appartenait à aucun cadre juridico-légal, mais une des justifications souvent citées par les autorités était que s'ils étaient libérés sous caution, les cadres haut placés risquaient de détruire les preuves et de continuer à comploter avec leurs complices. En réalité, la mesure visait à éviter le scandale. En mettant les accusés à l'ombre, les autorités pouvaient s'assurer que les détails scabreux des affaires de corruption n'éclataient pas au grand jour et, à l'issue du *shuanggui*, les détenus épuisés plaidaient coupable, selon la version rédigée par le Parti afin de préserver son image glorieuse et immaculée.

« Tout ça est bien étrange, observa Chen en tapotant la table du bout des doigts. Avez-vous parlé de l'affaire à d'autres personnes qu'à votre client ?

– Comme Min est détenue dans un endroit secret, nous n'avons aucun moyen de la contacter. J'ai interrogé Yu, mais il ne sait presque rien. L'enquête n'a pas été confiée à la brigade des affaires spéciales, mais à l'inspecteur Xiong, de la brigade criminelle. Et ensuite, la Sécurité intérieure a pris le relais.

– La Sécurité intérieure sur une affaire de meurtre ?

– Bizarre, n'est-ce pas ? Je ne sais pas encore comment c'est arrivé. Une des hypothèses émises par Sima est que Min a été inquiétée à cause de son surnom de Dame Républicaine. Les cadres du Parti y ont vu une marque de soutien aux valeurs de l'ancienne république et donc indirectement comme une attaque contre le système actuel.

– Attendez, Vieux Chasseur. Quel âge a-t-elle ?

– Une trentaine d'années, je crois, peut-être plus. Mais son enfance a été bercée par les histoires de sa famille, les récits des dîners mondains et des fêtes grandioses où brillait l'élite intellectuelle de la République de Chine.

– Elle a grandi dans la maison *shikumen* où elle vit aujourd'hui ?

– Sa famille a été chassée de la maison pendant la Révolution culturelle, mais il y a quelques années, elle a réussi à la récupérer. Et elle s'est fait connaître sur Internet en publiant des articles et des photos montrant la sophistication et le raffinement de la période républicaine. Bref, il est possible que cette punition soit en quelque sorte une dénonciation publique du mythe républicain. Politiquement…

– Je comprends, l'interrompit Chen, mais de là à lui faire subir un *shuanggui*… » Il se tut à nouveau. Plusieurs personnes âgées avançaient d'un pas traînant vers le pavillon de thé, des parapluies pliés à la main et des sourires las aux lèvres. Après des heures fastidieuses passées au coin des mariages, elles jetaient des regards curieux vers les deux hommes attablés.

Chen et Vieux Chasseur continuèrent à boire leur thé en silence. On n'entendait plus que les craquements des graines de melon qu'ils décortiquaient.

5

« Parlez-moi du meurtre maintenant, demanda Chen dès que les passants se furent éloignés.

– J'y viens, chef. À l'origine, Min organisait des dîners pour divertir ses amis et puis, c'est devenu un business à part entière. Une fois la régularité des dîners établie, son affaire s'est révélée de plus en plus lucrative. Elle lui apportait un revenu supplémentaire tout en renforçant son réseau de relations. Elle ne pouvait pas s'arrêter en si bon chemin, mais elle a rapidement eu du mal à gérer l'intendance et la cuisine toute seule.

« Pour un repas de ce type, il faut compter au moins douze plats à base de produits frais dont plusieurs servis chauds. La cuisinière est donc sur tous les fronts. Elle fait cuire les spécialités en temps réel, court servir les plats, glisse quelques mots délicats aux convives, décrit toute la subtilité des recettes et repart aux fourneaux préparer le plat suivant. Lors d'un dîner de famille ordinaire, tout ça n'aurait rien de gênant. Un mari mégalomane pourrait même tirer une certaine fierté à voir son épouse se démener ainsi pour contenter ses invités.

Mais Min n'avait rien d'une épouse dévouée. Elle était la maîtresse de maison et le chef en cuisine.

« Et puis, certains invités ne venaient pas chez elle uniquement pour se ravir les papilles. Sur Internet, un article a pour titre *Elle est tellement délicieuse qu'on la dévorerait*, en référence à la célèbre phrase de Confucius. Vous comprenez pourquoi les hommes lui reprochaient de ne pas passer assez de temps à table avec eux.

« Elle a donc engagé du personnel : une apprentie habile et débrouillarde nommée Qing qui a bientôt été capable de cuisiner aussi bien qu'elle. Min a enfin pu souffler un peu. Elle n'était plus obligée de passer la soirée à courir entre ses fourneaux et la salle à manger. Malheureusement, le bonheur fut de courte durée…

– On se croirait vraiment dans un opéra de Suzhou, Vieux Chasseur. Vous allez enfin arriver au cœur du drame ?

– Oui, j'y viens. Vendredi dernier, Min a bu un verre de trop au dîner et est montée se coucher plus tôt que prévu, obligeant ses convives à quitter les lieux. Qing est restée dans la maison pour ranger. Le lendemain, son corps a été découvert dans la cuisine, le crâne fracassé. Min a prétendu qu'elle avait dormi comme une souche. La police n'a trouvé aucun signe d'effraction. Mais plusieurs personnes ont dit que Min en voulait à sa cuisinière qui avait décidé de la quitter pour aller travailler ailleurs. Comme elle était la seule suspecte et qu'elle avait un mobile, elle a été placée en garde à vue.

– Elle aurait tué sa cuisinière parce qu'elle démissionnait ?

– C'est assez peu probable, je vous l'accorde, c'est pour ça que Sima veut que nous menions l'enquête. Il ne pense pas que Min ait commis un meurtre pour si peu.

– Donc votre riche client, visiblement très épris, vous a offert un demi-million de yuans pour délivrer sa belle ?

– On sait que ça n'était pas un accident. L'autopsie a exclu la possibilité que Qing se soit cogné la tête en tombant.

– Est-ce que Sima vous a proposé un autre scénario ? Il est peut-être au courant de quelque chose.

– Non, il n'a rien dit du tout. D'ailleurs, je ne pense pas que Sima soit son vrai nom. Mais je me suis engagé à préserver son anonymat – bien que ses relations aient pu nous être utiles. Quant à son histoire à elle, j'ai rassemblé pour vous ce que j'ai pu trouver dans un dossier…

– Qu'est-ce qu'il va lui arriver… demanda Chen sans prendre le dossier. Je veux dire, si vous refusez la mission ?

– Quand elle sortira du *shuanggui*, il y aura un procès public dirigé par le juge Liu Xiaohua. Il a déjà été nommé. Le verdict est couru d'avance. "Dans le contexte politique actuel, sa notoriété de Dame Républicaine suffit à la condamner", a dit Sima. Et des tas de rumeurs, plus folles les unes que les autres, circulent déjà sur Internet. Certains prétendent que le meurtre est un coup monté, d'autres citent les noms d'hommes puissants avec qui elle serait liée, certains dénoncent même le choix du juge qui espérait vainement être convié à sa table et qui, par dépit, pourrait vouloir se venger…

– Est-ce que votre client vous a donné des instructions précises ? » demanda Chen qui avait décidément du mal à placer un mot. Il irait voir lui-même plus tard ce qu'on racontait sur Internet.

« Comme elle n'a pas d'alibi et qu'on ne sait pas où elle est actuellement, on ne peut pas faire grand-chose pour elle. C'est pour ça que Sima a pensé à vous.

– Pourquoi ça ?

– Il est persuadé que vous pouvez nous aider. Il est bien renseigné. Il s'est dit qu'ayant longtemps travaillé avec l'inspecteur Yu, vous accepteriez sûrement de prendre une tasse de thé avec moi. »

C'était rusé de sa part. Sachant que Chen était en congé, il ne pouvait pas lui demander d'enquêter ouvertement, mais une tasse de thé avec un vieil ami n'avait rien de répréhensible.

« Vieux Chasseur, vous savez très bien ce que signifie un congé de convalescence. Je suis sûrement surveillé. Tout écart de ma part risquerait de vous attirer aussi des ennuis. Quand vous m'avez appelé, vous m'avez parlé du coin des mariages sans évoquer votre affaire. Vous saviez que mes appels étaient certainement sur écoute, n'est-ce pas ?

– On n'est jamais trop prudent, mais personne n'a besoin de savoir que vous travaillez avec nous, il suffit que vous nous apportiez votre aide en toute discrétion. Ce n'est pas en discutant avec un vieux bavard comme moi que vous éveillerez les soupçons. Nous pourrions nous retrouver au coin des mariages ou dans n'importe quelle maison de thé.

– Vous avez pensé à tout », admira Chen en songeant que le vieil homme lui avait rendu trop de services pour qu'il refuse de lui rendre la pareille. « Mais je vous préviens, dans ma situation, je ne suis pas censé mettre le nez dans une enquête ni vous servir de conseiller, même à titre exceptionnel. J'espère que votre patron et votre mystérieux client comprendront ça…

– Je sais, chef, mais tout ça est tellement…

– Cela dit, je ne vois pas quel mal il y aurait à ce que nous prenions le thé ensemble de temps en temps.

– D'accord, nous prendrons le thé, du véritable Puits du Dragon. Je vais régulièrement dans un petit village près de Hangzhou où je connais un vieux fermier qui cultive son propre thé. Rien à voir avec ce qu'on trouve sur le marché. » Vieux Chasseur sourit de toutes ses dents et, tout en poussant le dossier vers Chen, déclara tout haut : « Jetez-y un œil. On trouve de tout au coin des mariages.

– Pas pour votre fille donc, pour moi, vieux filou », rétorqua Chen assez fort pour être entendu par un autre groupe qui approchait.

Le mensonge n'était pas si absurde. Comme Vieux Chasseur le répétait souvent, il était peut-être temps que l'ancien inspecteur rencontre quelqu'un, surtout maintenant qu'il en avait le loisir.

« Je devrais sûrement songer à me mettre en couple. Je vais regarder attentivement ces photos. Appelez-moi si vous avez du nouveau, Vieux Chasseur.

– Je n'y manquerai pas. Et la prochaine fois, nous boirons du bon thé. Je vais prévenir mon ami fermier dès ce soir. Je le connais depuis trente ans…

– Vous m'en avez déjà parlé », s'empressa de préciser Chen avant que Vieux Chasseur ne se lance dans un nouveau récit.

Le plumage d'un oiseau surgi soudain au-dessus de leurs têtes réfléchit brièvement l'éclat aveuglant du soleil.

6

De retour chez lui, Chen s'empressa d'ouvrir le dossier que Vieux Chasseur lui avait confié.

Il n'avait fait aucune promesse, mais ça n'engageait à rien d'y jeter un coup d'œil.

Une photo s'échappa du dossier. Une jeune femme d'une beauté saisissante en qipao de soie levait les yeux vers lui, un doux sourire aux lèvres. Adossée à la tête d'un lit en acajou, elle laissait apparaître un pied et une jambe nus par la fente de sa robe. Chen se pencha pour ramasser la photo quand une image – un autre qipao rouge sur le sol poussiéreux d'une autre maison *shikumen* – surgit soudain de sa mémoire[1].

En feuilletant l'ensemble, Chen trouva d'autres photos de Min. Il fut particulièrement frappé par l'une d'elles où, vêtue d'un qipao également rouge sans manches orné d'un phénix brodé, elle apportait un plat de porcelaine aux motifs floraux à ses hôtes assis à une table rouge. La photo avait servi d'illustration à un article publié sur Internet avec la légende : « Rien n'a plus de prix que les faveurs d'une beauté. » L'accroche, sans doute tirée d'un vieux poème oublié, était lourde de sous-entendus.

Chen s'intéressa ensuite au rapport d'enquête qui avait l'air d'avoir été rédigé par Vieux Chasseur car il commençait par une succession de formules inutiles destinées à mettre le lecteur en appétit.

« Le meurtre a été commis vendredi dernier. Pour bien comprendre l'affaire, il est nécessaire de prendre l'histoire depuis le début… »

Chen se prépara une tasse de café noir serré sans sucre. Il ajouta une cuillère de lait végétal pour ne pas trop agresser son estomac fragile et, les sourcils froncés, se concentra sur sa lecture.

Min venait d'une des familles les plus en vue de la dynastie Qing. Ils étaient restés assez influents sous la République, jusqu'en 1949, année où le vent avait tourné

1. Cf. *De soie et de sang*, Liana Levi, 2007.

pour eux. Pendant la Révolution culturelle, ils avaient été chassés de leur maison *shikumen* érigée dans le quartier des anciennes concessions françaises. Plus tard, Min avait réussi à récupérer cette maison, soi-disant dans le cadre d'une nouvelle politique gouvernementale, mais surtout grâce à ses relations personnelles. Après avoir acheté plusieurs appartements pour sa famille, elle s'était installée seule dans la vieille cité et avait adopté un style de vie semblable à celui de la période républicaine. Sa beauté légendaire et sa notoriété fascinaient les hommes riches qui tournaient autour d'elle comme des papillons de nuit attirés par une flamme.

Quelles qu'aient été les raisons de son succès, elle était rapidement devenue une icône d'Internet. Incarnation parfaite du chic républicain, elle maîtrisait la cithare, le jeu de go, la calligraphie, la peinture et bien sûr, la cuisine. Grâce aux photos et aux rumeurs qui inondaient chaque jour la toile ainsi qu'à ses propres articles vantant ses recettes de famille, toute la ville avait rapidement succombé à son charme.

Face à la popularité grandissante de ses dîners, elle avait engagé Qing, une jeune fille du Sichuan, comme aide cuisinière. En plus de sa maison *shikumen*, Min possédait un *tingzhijan*, une petite chambre située dans l'escalier d'une autre maison de la cité. Elle avait proposé à Qing de s'y installer, afin qu'elle puisse être tout près de son travail. Les jours de dîner, Min l'envoyait au marché tôt le matin avec une liste de courses, puis elle préparait elle-même les plats sans livrer à son assistante tous les secrets de ses recettes. Dans la cuisine étroite, Qing apprenait vite et, à force de regarder discrètement les woks frémissants, elle fit siennes plusieurs astuces à l'insu de sa patronne.

Elle acquit peu à peu plus de responsabilités dans la cuisine où Min ne se rendait que deux ou trois fois par dîner afin d'ajouter les ingrédients mystérieux aux moments cruciaux. Ses hôtes étaient ravis du changement.

Le vendredi du meurtre, la jeune femme effectua son service, puis, une fois Min partie se coucher, elle dit à son tour au revoir aux clients. En théorie, elle aurait dû être la dernière à quitter la maison.

En plus de Qing, Min employait une jeune femme nommée Feng qui vivait avec sa famille dans le district de Yangpu et ne venait que deux ou trois fois par semaine. En règle générale, les lendemains de dîners, elle était chargée de préparer le petit déjeuner.

Ce samedi matin-là, Feng arriva peu après neuf heures. Sachant que la réception de la veille avait dû se prolonger tard dans la nuit, elle glissa sa clé dans la serrure et traversa discrètement la cour avant de monter chez Min. En passant devant la chambre, elle crut entendre les ronflements légers de la propriétaire.

Elle se dirigea vers la cuisine où elle fut étonnée de trouver une chaise renversée dans un coin. C'était inhabituel, mais après tout, peut-être que la soirée avait été particulièrement festive. Puis elle sursauta en apercevant le corps de Qing couché sur le sol, près du comptoir en marbre. Quand elle toucha sa main, elle la trouva froide et raide, sans pouls. Un minuscule filet de sang avait séché au coin de sa bouche.

« Au secours ! » cria-t-elle en montant les escaliers quatre à quatre. Par la porte entrouverte elle aperçut Min, à moitié nue, qui se dépêchait de se lever et d'enfiler une robe de chambre.

Les deux femmes redescendirent à la cuisine. D'après Feng, Min avait eu l'air horrifiée et était restée figée, les yeux exorbités, devant le cadavre. Puis elle avait fourni de gros efforts pour se ressaisir et appeler la police. Elle avait aussi dit à son employée de ne rien toucher avant l'arrivée des autorités.

Une fois sur place, l'équipe de police dirigée par l'inspecteur Xiong avait examiné la scène, pris des photos et recueilli les témoignages des deux femmes. Le corps avait été envoyé à la morgue et deux heures après, tout le monde était parti.

Le compte rendu rédigé par l'inspecteur Xiong après l'examen de la scène de crime – que Vieux Chasseur avait pu récupérer grâce à Yu – indiquait qu'il n'y avait aucun signe d'effraction sur les portes situées à l'avant et à l'arrière de la maison *shikumen*, ni sur aucune des fenêtres. Une nouvelle serrure avait été installée à la porte principale, en plus du vieux loquet en bois qui n'avait plus qu'une fonction décorative et ce matin-là, Feng avait dû glisser la clé dans la serrure pour ouvrir la porte, même si celle-ci n'avait pas été verrouillée.

À l'exception de la chaise retournée, il n'y avait aucun signe de lutte dans la pièce et aucune marque sur le corps de Qing hormis sa blessure fatale à la tête.

L'autopsie avait conclu que la victime était morte d'une hémorragie cérébrale et que son crâne avait été fracturé à l'aide d'un objet lourd. L'heure du décès avait été estimée aux alentours de minuit.

La déposition de Min était assez longue, mais n'apportait aucune précision utile. Elle avait trop bu, disait-elle, il avait fallu l'aider à monter dans sa chambre où elle avait dormi d'un sommeil de plomb. Elle ne savait même pas quand ses invités étaient partis. Elle n'avait rien entendu et ne s'était réveillée qu'au cri de Feng le matin.

C'est tout ce que j'ai pour l'instant, avait griffonné Vieux Chasseur au crayon rouge, *mais je vous tiendrai informé.*

Chen posa le dossier, se leva et fit quelques pas avant de se décider à appeler Lu, son vieil ami surnommé « Le Chinois d'Outremer ». Les deux hommes s'étaient connus sur les bancs de l'école. Lu était devenu un Gros-Sous de la ville de Shanghai, à la tête d'une dizaine de restaurants, mais malgré sa réussite éclatante, il était resté proche de Chen.

« Je ne suis pas très occupé en ce moment, Lu, je vais peut-être enfin avoir le temps d'aller déguster le délicieux bortsch de ton *Faubourg de Moscou.*

– Mon vieil ami, tu penses enfin à moi. Tant mieux. Tu es pour moitié responsable de mon succès, tu le sais. Viens quand tu veux. » Lu ne cessait de remercier Chen pour l'aide financière qu'il lui avait apportée au début de sa carrière. « Le temps passe trop vite, mais je n'oublierai jamais que tu m'as offert un sac de charbon au cœur de l'hiver

– Allons. J'avais reçu une avance pour la traduction d'un roman policier. Ça n'était rien ; n'en parlons plus.

– Mais tu n'es plus policier, tu es en congé de convalescence, viens donc travailler avec moi. Je te laisserai diriger n'importe quel restaurant, je suis sûr que tu serais à la hauteur. Entre ton immense culture gastronomique, ta notoriété, ton sens aigu des affaires et tes relations…

– Tu recommences, Lu. Je ne suis pas un homme d'affaires comme toi. Je ne connais rien à la restauration. Et puis, je suis trop vieux jeu. De nos jours, les gens branchés ne s'intéressent plus qu'aux tables privées.

– De quoi parles-tu ?

– Je viens de lire plusieurs articles de blogs qui parlent de la table privée d'une certaine Min, surnommée la Dame Républicaine.

– Oh, elle. Elle ne risque pas d'empiéter sur nos plates-bandes. Peu de gens ont les moyens d'aller chez elle, déclara Lu en ricanant. Mais tu ne m'appelles que quand tu es en train de mener une enquête. Alors qu'est-ce que tu veux savoir ?

– Je ne mène pas d'enquête, mais c'est un personnage intéressant et cette nouvelle tendance culinaire m'intrigue. Dis-moi ce que tu sais sur elle et sur les gens qui fréquentent sa maison.

– Eh bien, j'ai entendu deux ou trois histoires… »

Une vibration annonça à Chen qu'il recevait un autre appel. Le numéro de Vieux Chasseur s'affichait à l'écran.

« Désolé, j'ai un appel urgent, s'excusa-t-il. Je peux te rappeler un peu plus tard ?

– Aucun problème. »

Chen changea d'interlocuteur.

« Quoi de neuf, Vieux Chasseur ?

– Sima vient de nous contacter. Il était tout heureux d'apprendre que nous étions allés boire le thé ensemble. Il est prêt à couvrir tous nos frais – les cafés, les thés, les restaurants, tout ce qu'on veut. Nous pouvons aller jusqu'à dix mille yuans par jour.

– Vous avez tiré le gros lot avec lui. En parlant de thé, j'ai lu le dossier que vous m'avez donné sur la candidate du coin des mariages.

– Le dossier n'est pas très complet, je sais, reconnut Vieux Chasseur. Je viens de vous en envoyer un autre. Il vous sera livré par Petit Cha, un garçon qui travaille à mi-temps pour notre agence. Il est digne de confiance, mais bien sûr, vous n'êtes pas obligé de lui parler de quoi que ce soit. »

7

Moins d'un quart d'heure plus tard, Chen reçut une large enveloppe des mains de Petit Cha, grand échalas laconique qui repartit aussi vite qu'il était venu.

À l'intérieur de l'enveloppe, se trouvait un résumé des dernières avancées de l'enquête. Vieux Chasseur avait dû obtenir ces renseignements de l'inspecteur Yu, qui s'entendait assez bien avec l'inspecteur Xiong de la brigade criminelle.

Après son premier examen de la scène de crime, l'inspecteur Xiong était allé interroger à nouveau Feng chez elle, dans le district de Yangpu. Ce matin-là, l'employée était certaine d'avoir vu Min dormir nue, seule, dans sa chambre. Elle ne savait pas à quel point sa patronne était fâchée du départ de Qing, mais elle savait que la cuisinière avait donné sa démission la veille du dîner. Min avait dû être contrariée de ne pas avoir été mise au courant plus tôt.

Le soir même, Xiong était retourné interroger Min à propos de ce que Feng lui avait appris. Elle n'avait pas réussi à expliquer pourquoi elle dormait nue. Sa mémoire de la soirée était très floue, à cause de l'alcool, mais elle jurait que personne n'était resté chez elle cette nuit-là.

Quant à la démission de Qing, Min avait avoué ne pas être enchantée de la nouvelle, mais en soi, ça n'était pas si grave. Elle n'aurait aucun mal à trouver une autre cuisinière.

L'inspecteur Xiong avait ensuite joint plusieurs convives et d'après eux, le dîner ne rentrait pas dans le calendrier habituel de Min ; il avait été organisé pour une occasion spéciale, bien qu'aucun ne pût dire de quoi il s'agissait.

Au milieu du repas, Min avait appelé Qing pour porter un toast à sa future carrière prometteuse au sein d'une autre maison. Le geste n'avait pas eu l'air prémédité. Kong Jie, rédacteur en chef du *Wenhui* et client régulier des dîners, avait admiré à table les progrès remarquables que Qing avait faits sous l'égide de Min et l'hôtesse s'était aussitôt levée pour tirer la cuisinière hors des fourneaux.

« Le phénix a décidé d'aller se percher sur une branche plus élevée, c'est compréhensible, avait-elle déclaré en levant son verre, il rêve de s'envoler à des milliers et des milliers de kilomètres dans le ciel des possibilités illimitées. »

Le ton sarcastique reflétait clairement l'irritation de l'oratrice et ni Qing ni les convives n'avaient su comment réagir.

Qing était retournée en courant dans la cuisine et Min avait bu deux ou trois verres de vin d'affilée, contrairement à ses habitudes.

Elle avait bientôt été soûle au point de ne plus pouvoir tenir assise à table et avait dû recevoir l'aide de Zheng, un des convives, pour monter dans sa chambre.

L'assemblée était déconcertée. Tous savaient que Qing avait acquis un rôle de plus en plus important en cuisine, mais son départ ne suffisait pas à expliquer que la maîtresse de maison se mette dans un état pareil. Après tout, la préparation des plats avait lieu sous l'œil aiguisé de Min ; elle n'aurait aucune difficulté à apprendre à une autre les secrets de ses recettes.

Comme dans une vieille fable chinoise, une fois que le tigre avait appris du chat à sauter, il prenait son indépendance. Min avait dû considérer sa démission comme une haute trahison et le compliment de Kong sur ses talents culinaires avait suffi à la mettre en rogne.

À cause de sa mauvaise humeur, les clients avaient dû quitter la table avant la fin du repas, un tout petit peu avant vingt-trois heures.

Kong, Peng et Shang étaient partis ensemble. Qing les avait raccompagnés à la porte à la place de sa patronne. Pendant que Kong attendait son chauffeur dehors, il avait vu Zheng sortir de la cité. Le jeune homme lui avait adressé un salut de la main avant de se diriger vers le centre commercial *Pacific Ocean*, de l'autre côté de la rue. Puis la voiture de Kong était arrivée.

En d'autres termes, les convives se servaient mutuellement d'alibis. Ils étaient tous sortis de la maison *shikumen* entre vingt-trois heures et vingt-trois heures quinze.

Comme il n'y avait aucun signe d'effraction, le meurtre avait dû être commis par une personne qui se trouvait déjà à l'intérieur ou qui possédait une clé de la maison. D'après Min, seules trois personnes en avaient une : Qing, Feng et elle-même.

Feng avait joué au mah-jong chez elle jusqu'à une heure du matin avec des amis qui avaient confirmé son alibi. Elle n'aurait jamais pu être chez Min à minuit.

Min était donc la seule suspecte et elle avait un mobile. Sous l'emprise de l'alcool, elle était vraisemblablement entrée dans une rage incontrôlable et avait passé sa colère sur son employée.

À la police de Shanghai, l'inspecteur Xiong avait transmis un rapport succinct au secrétaire du Parti Li qui lui avait répété que plusieurs personnes haut placées étaient très préoccupées par cette affaire. Compte tenu de la notoriété de l'hôtesse, la nouvelle ne tarderait pas à faire le tour de la ville, puis du pays, ce qui risquait d'entamer « l'énergie positive » de toute la société chinoise. L'inspecteur Xiong et son équipe avaient intérêt à aboutir à une conclusion rapidement.

L'inspecteur Xiong était donc allé interroger Feng une troisième fois. Elle lui avait alors révélé un détail qu'elle avait omis d'évoquer jusqu'alors. Il était possible que Min ait eu une liaison avec M. Rong, un des clients réguliers des dîners. Riche homme d'affaires et « célibataire diamant »[1], il avait dépensé des fortunes pour lui plaire, mais Feng avait entendu sa patronne le traiter de « péquenaud », ce qui avait dû le vexer terriblement. Trois ou quatre semaines plus tôt, alors que Feng entrait dans la cité, elle avait vu Rong se glisser hors de la chambre de Qing. Elle avait pensé qu'ils s'étaient donné rendez-vous en secret, surtout qu'elle avait appris que Qing partait travailler pour Rong.

Pourquoi Rong aurait-il préféré la servante à la maîtresse ? On pouvait comprendre qu'il ait renoncé à conquérir le cœur de la froide Min, mais pourquoi choisir alors de se rabattre sur sa cuisinière ?

Par vengeance, peut-être.

Qing n'était pas d'une beauté exceptionnelle, mais elle était plus jeune, plus mince et plus dévouée, en cuisine et sûrement aussi au lit. Rong avait peut-être fini par voir en elle plus qu'une petite main efficace.

De son côté, Min avait toujours considéré Rong comme un plouc qui lui rapportait gros. Mais quand elle avait appris qu'il avait jeté son dévolu sur Qing, elle était entrée dans une colère noire. La double trahison de son employée avait pu lui donner des envies de meurtre.

1. Expression employée en Chine pour désigner les riches célibataires de quarante à cinquante ans.

Dans ce cas, le fait de se soûler devant ses invités était peut-être une ruse.

L'inspecteur Xiong avait donc décidé de la placer en détention pour l'empêcher de demander à ses amis haut placés de la protéger. Il avait à nouveau discuté avec le secrétaire du Parti Li qui l'avait encouragé à agir et qui s'était engagé à prévenir les membres du gouvernement municipal.

Et puis, il y avait eu un brusque revirement de situation. Après que Li se fut entretenu avec la municipalité, l'inspecteur Xiong avait appris que la Sécurité intérieure s'emparait de l'affaire et que Min allait être emmenée dans un endroit tenu secret, comme un cadre du Parti sous *shuanggui*.

D'après Li, la Sécurité intérieure intervenait pour la raison qu'ils avaient évoquée ensemble : il fallait couper la suspecte du reste du monde et surtout, de ses puissants amis.

« Une enquête médiatisée n'est pas dans l'intérêt du Parti, avait expliqué Li. On ne peut pas la laisser discuter avec des journalistes ou des cybercitoyens. Par désespoir, elle est capable de parler sans réfléchir et d'entraîner d'autres personnes dans sa chute. La Sécurité intérieure a l'habitude de ce genre de situation délicate. Et puis, si elle est innocente, une enquête discrète lui causera moins de tort. »

Le secrétaire du Parti Li trouvait toujours des arguments pour justifier les machinations politiques dont il était l'instrument. L'inspecteur Xiong savait très bien que le *shuanggui* servait à sauver l'image du Parti et non pas celle de l'accusée, mais il comprenait aussi pourquoi les services spéciaux avaient été appelés.

Entre-temps, la nouvelle de l'arrestation de Min avait été relayée sur Internet, donnant naissance à des théories et des suppositions plus aberrantes les unes que les autres, notamment une selon laquelle la Dame Républicaine était punie d'avoir osé renier les valeurs du socialisme à la chinoise.

8

Chen posa le nouveau rapport de Vieux Chasseur et surligna les paragraphes sur le *shuanggui* et les rumeurs qui couraient sur Internet. Il était naturel que les cybercitoyens perçoivent l'arrestation comme une manœuvre politique visant à évincer une partisane de l'idéologie républicaine. Pour ajouter de l'huile sur le feu, pas plus tard que la veille, un des journaux du Parti avait publié un éditorial déclarant que le modèle républicain incarné par Min n'était qu'un mythe pernicieux et que les citoyens feraient bien de se méfier de cette dangereuse érosion de la pensée.

Chen soupira et décida de relire la partie concernant le dîner. Le discours de Min visait clairement à mettre Qing dans l'embarras. Elle en voulait à sa cuisinière, mais serait-elle allée jusqu'à la tuer ? Et la prétendue liaison entre Qing et Rong n'était pas très crédible non plus.

Chen sortit une cigarette sans l'allumer. Il essayait de diminuer sa consommation de nicotine, mais il était soudain en proie à une insurmontable baisse d'énergie. Il avait sauté le petit déjeuner et n'avait rien avalé de la journée en dehors du thé bu avec Vieux Chasseur.

Rechignant à cuisiner pour lui seul, il décida de se faire livrer, comme la plupart des habitants de la ville. Ces temps-ci, les jeunes utilisaient leurs téléphones portables pour commander tout et n'importe quoi.

Sur son portable officiel, il chercha le numéro d'un restaurant délabré mais assez fréquenté situé juste au coin de la rue. L'adresse était connue pour ses spécialités savoureuses et accessibles comme le riz sauté au chou et les *xiaolong bao*, des raviolis vapeur au bouillon. Chen se rappelait que le chef, qui était aussi le propriétaire, se faisait appeler Gros Zhou. Il y avait souvent une longue file d'attente dans la rue et Chen n'avait pas envie de perdre une heure.

« Gros Zhou, ici Chen Cao, un vieux client à vous, vous vous souvenez ?

– Bien sûr que je me souviens de vous, inspecteur principal Chen.

– Est-ce que vous pourriez me livrer deux portions de *xiaolong bao*, s'il vous plaît ?

– Aucun problème. C'est un honneur pour nous de vous compter parmi nos habitués, cria Gros Zhou pardessus le grésillement de l'huile dans ses poêles. Vous aurez vos raviolis tout chauds, le bouillon à l'intérieur brûlant et prêt à exploser en bouche.

– Fantastique. Merci mille fois.

– Vous êtes dans l'immeuble des hauts cadres du Parti, c'est ça ? Vous pouvez me redonner le numéro de votre appartement ?

– 3 C.

– Parfait. J'ai tellement de monde au restaurant en ce moment que vous devrez peut-être attendre une petite demi-heure.

– Aucun problème. Vos *xiaolong bao* sont célèbres, je le sais. Les clients qui font la queue doivent être servis avant, évidemment. Je ne suis pas pressé. »

En posant son téléphone, Chen vit qu'il avait reçu un texto sur son portable privé. « Vérifiez vos mails », avait écrit Vieux Chasseur. Décidément, le détective ne chômait pas.

Chen ouvrit sa boîte mail et y découvrit la liste des convives au dîner de Min. Vieux Chasseur s'était bien renseigné, même s'il n'avait pour l'instant contacté aucun d'entre eux. En même temps, ils n'étaient pas faciles d'accès. À côté de leur nom, se trouvait une courte biographie de chacun.

HUANG ZHONGLUO, Gros-Sous partiellement à la retraite. « Numéro un des antiquaires de Shanghai. » Possède plusieurs galeries spécialisées. Connu aussi pour ses penchants épicuriens.

KONG JIE, rédacteur en chef du quotidien *Wenhui* et secrétaire général du groupe de presse Wenxin. Très influent, mais proche de la retraite. Client régulier de la cuisine privée. Son livre, *Saveurs anciennes de Shanghai*, contient plusieurs recettes de Min.

PENG JIANJUN, célèbre investisseur financier. Suivi par des millions d'abonnés sur Weibo où il écrit des articles et des conseils en placements financiers. Entretient des relations privilégiées avec de hauts cadres du Parti malgré son « approche capitaliste ».

SHANG GUANHUA, un des plus gros promoteurs immobiliers de la ville, également surnommé « Numéro un des promoteurs de Shanghai ». Sa fortune personnelle est estimée à cinq ou six milliards de yuans.

ZHENG KEQIANG, propriétaire d'une petite imprimerie. Travaille aussi en tant qu'assistant de Huang. Poids plume de la bande.

En effectuant une recherche succincte sur le parcours des cinq hommes, Chen ne trouva rien d'étonnant ou de suspect, du moins rien qui pût donner à croire que l'un d'eux était un assassin. D'ailleurs, ils n'auraient probablement même pas vu Qing ce soir-là si Min ne l'avait pas tirée hors de sa cuisine.

Sous le nom de Zheng Keqiang, Vieux Chasseur avait ajouté une courte note : « À l'origine, Huang figurait sur la liste des invités, mais il n'a pas pu se rendre au dîner pour une raison inconnue pour l'instant. Il a donc envoyé son neveu Zheng à sa place. »

Cela voulait dire que les convives n'étaient que quatre. Chen souligna le nom de Huang. On pouvait aisément comprendre que Zheng ait profité du désistement de son oncle pour aller s'asseoir à la table réputée, mais un gourmet notoire comme Huang avait dû renoncer à contrecœur.

Chen griffonna un point d'interrogation sur la liste et consulta sa montre.

Plus d'une demi-heure était passée depuis qu'il avait appelé le restaurant. La file d'attente devait être longue. Chen retourna à son écran et rédigea quelques notes à la suite de la liste.

Qui était le mystérieux client nommé Sima ?

Conscient des enjeux cachés de l'affaire, il se montrait prêt à dépenser des fortunes pour tirer Min d'embarras. Il devait tenir beaucoup à elle. Était-il possible qu'un milliardaire puissant comme lui soit tombé éperdument amoureux d'une courtisane controversée ?

Qu'est-ce que l'amour en ce monde/ pour lequel les hommes vivent et meurent ?

Chen songea un instant au verset écrit sous la dynastie Song, puis décida de ne pas se laisser emporter par une de ses vagues de sentimentalisme.

Il reprit le roman du juge Ti en se rappelant un passage qu'il avait survolé le matin. Il lui fallut plusieurs minutes pour retrouver le paragraphe en question, dans la postface rédigée par Van Gulik :

« Les aventures relatées dans ce roman sont entièrement fictives, ainsi que les personnages, à l'exception de la poétesse Yo-Lan. Je me suis inspiré de la fameuse Yü Hsüan-Ki [Yu Xuanji en *pinyin*], poétesse qui vécut de 844 env. à 871 env. C'était une courtisane qui, après une vie mouvementée, mourut sur l'échafaud, accusée d'avoir battu à mort une de ses servantes ; mais la preuve de sa culpabilité n'a jamais été faite. En ce qui concerne sa vie et son œuvre, je renvoie mes lecteurs à mon ouvrage *La Vie sexuelle dans la Chine ancienne* (Gallimard 1971), p. 223. Le poème cité p. 184 de ce roman est réellement son œuvre[1]. »

Il comprenait mieux d'où lui venait cette impression familière. Il avait traduit en anglais un poème de Yu Xuanji pour une anthologie de textes de la dynastie Tang et il s'était renseigné sur elle afin de rédiger la notice biographique du livre.

De plus en plus intrigué, il lança sur Internet une recherche rapide sur Xuanji. Il ajouta plusieurs adresses à ses favoris, parcourut un certain nombre de pages, copia et colla quelques fragments de textes intéressants et réussit à compiler un fichier de sept pages sur la vie de la poétesse. Puis il imprima le document.

Quand il se leva pour récupérer les feuillets, il vit que le crépuscule avait plongé la rue dans le noir. Il surligna quelques passages et releva les différences entre

1. *Assassins et poètes*, Robert Van Gulik, trad. Anne Krief, éd. 10/18, 1989.

les informations qu'il venait de rassembler et le roman de Van Gulik.

Mais il n'arrivait pas à rester concentré. Son esprit le ramenait sans cesse à l'affaire Min et il était frappé par les nombreuses similitudes entre les deux suspectes. Xuanji et Min étaient toutes deux des courtisanes célèbres, fleurons de la société mondaine de leur époque, et toutes deux accusées du meurtre de leur servante sans mobiles satisfaisants.

Fervent admirateur du style raffiné de Xuanji, Chen avait du mal à l'imaginer en meurtrière de sang-froid. Ses vers révélaient une âme sensible et délicate.

Qu'en était-il de Min ?

Il sortit une feuille de papier et commença à énumérer les points communs entre les deux affaires.

Sa longue carrière dans la police l'avait sans doute modelé au point de le rendre incapable de raisonner autrement que comme un flic, même quand il n'en était plus un et aspirait avidement à devenir autre chose.

Il hésitait pourtant à se lancer dans une nouvelle enquête. Et sa fatigue latente était loin d'être son seul frein.

9

Alors qu'il s'apprêtait à reprendre sa lecture, le calme de son congé de convalescence fut à nouveau interrompu par des coups légers à la porte.

Certain qu'il s'agissait du livreur, Chen se leva et courut ouvrir.

Il fut surpris de se trouver face à Jin, la secrétaire du Bureau de la réforme du système judiciaire. La jeune femme avait le bras levé, prête à toquer à nouveau.

Chen ne savait pas grand-chose sur sa nouvelle collaboratrice. Comme il avait été mis en congé juste après sa nomination, Jin dirigeait seule les opérations depuis le premier jour. Chen lui avait rendu une courte visite symbolique – pas plus de dix minutes – et l'avait trouvée penchée sur une pile de dossiers en parfaite secrétaire assidue. Depuis, ils s'étaient parlé quelques fois au téléphone, dans un cadre strictement professionnel, et semblaient avoir passé un accord tacite : Chen ne mettrait jamais les pieds au bureau et Jin le tiendrait informé de tous les sujets en cours sans hésiter à lui demander ses instructions si besoin.

« Oh, c'est vous, Jin, s'étonna Chen.

– Excusez-moi de venir chez vous sans prévenir, inspecteur Chen. J'ai essayé de vous joindre plusieurs fois aujourd'hui, sans succès. »

Chen se demandait ce qui la poussait à venir frapper chez lui si tard.

« Entrez, dit-il. Ne vous excusez pas. Je suis sorti ce matin pour aller boire le thé avec un vieil ami, j'ai éteint mon téléphone et j'ai oublié de le rallumer. Quoi de neuf ?

– Le gouvernement municipal a appelé. Ils réclament une déclaration officielle au nom de notre bureau. C'est urgent. » Lisant la surprise dans les yeux de son supérieur, elle ajouta : « Ils veulent que le texte soit publié dans la newsletter de la municipalité dès demain.

– Une déclaration à propos de quoi ?

– À propos du scandale autour du juge Jiao. L'histoire de la sextape a créé un véritable raz-de-marée sur Internet. »

Chen prit une profonde inspiration et désigna à Jin une chaise pour qu'elle s'assoie en face de lui. Le scandale du juge Jiao ? Il n'était pas du tout au courant. Et il avait côtoyé assez de juges en une journée à son goût.

Jin était tout à fait capable de rédiger la déclaration officielle sans lui. Il suffisait d'enchaîner les clichés politiquement corrects et de répondre aux attentes des autorités, en somme de recopier des phrases du *Quotidien du peuple* ou du *Wenhui.* Pourquoi la chute d'un juge corrompu avait-elle soudain tant d'importance ?

Personne ne se soucierait de savoir si le texte avait réellement été écrit par l'ancien inspecteur principal, dont tous savaient qu'il avait été mis à l'écart.

« Le scandale du juge Jiao ? lança-t-il enfin. J'ignore tout de cette histoire. Je ne suis plus inspecteur principal, vous savez. Je passe le plus clair de mon temps à voir des médecins, à lire et à dormir. Mais je vous en prie, dites-moi de quoi il s'agit. »

Il se leva pour lui préparer une tasse de thé.

« C'est une longue histoire, mais je vais tâcher d'être brève, commença-t-elle. Ça pourrait s'appeler *La Vengeance de Pang Xinguo*, un drame épique, une sorte de *Comte de Monte-Cristo* chinois.

« Pang est un homme d'affaires qui a fait fortune grâce à une entreprise montée au début de la réforme économique. Il y a deux ans, il a décidé de convertir une vieille propriété du centre-ville en boutique-hôtel. Il a donc signé un contrat avec un architecte d'intérieur nommé Ren et convenu de verser deux millions de yuans pour la rénovation. Il a tout payé d'un coup car Ren prétendait avoir besoin de fonds pour acheter les matériaux. À la fin des travaux, l'architecte a réclamé huit millions de yuans supplémentaires. Comme Pang refusait de payer, Ren l'a traîné en justice et il a gagné le procès, le juge Jiao ayant estimé que la somme versée ne représentait qu'un acompte, ce qui *était d'usage dans ce genre de contrat*. Pang a fait appel mais il a encore perdu.

« Pang a appris par la suite que le juge était le secrétaire général du tribunal du district, donc intouchable, et aussi le mari de la cousine de Ren – donc lié à la famille de l'accusé. Après sa deuxième condamnation, Pang, à court de ressources, a été obligé de vendre ses biens pour payer sa dette. Comme il n'avait pas réussi à obtenir gain de cause par le biais de la justice, il a décidé de se venger par ses propres moyens.

« Il a commencé à suivre en douce le juge Jiao, comme un vrai détective privé. Il ne lui a pas fallu longtemps pour établir l'emploi du temps de sa cible. Malgré son apparence d'honorable fonctionnaire, le juge fréquentait un hôtel boîte de nuit géré par le gouvernement du district de Qingpu qui proposait toutes sortes de services louches dans ses chambres louées à l'heure. Tout le monde savait ce qui se passait entre ces murs, mais bien sûr, la police n'aurait jamais osé contrôler un établissement d'État dont la majeure partie de la clientèle était constituée de cadres du Parti.

« L'endroit était cependant ouvert à des clients sans carte de membre prêts à payer le prix fort. Le portier nommé Xiahou prit donc Pang pour un Gros-Sous venu prendre du bon temps et il put repérer les lieux comme un professionnel. Un après-midi, alors que le juge et ses copains de débauche entraient dans l'hôtel, il les suivit à l'intérieur. Les hommes disparurent chacun dans une chambre avec une fille sous le bras. Pang loua aussitôt une chambre à côté des leurs. Au bout d'une heure ou deux, il entendit Jiao et ses amis discuter avec les filles dans le couloir.

« Il sortit à son tour de l'hôtel, mais au bout d'un quart d'heure, il revint sur ses pas en prétendant avoir perdu un objet de valeur. Xiahou lui répondit d'un air navré qu'une fois la clé rendue, seul un membre du personnel pouvait retourner dans la chambre. Pang demanda alors l'autorisation de jeter un coup d'œil aux vidéos de surveillance. Il tendit à l'homme un billet de cent yuans et une cigarette et lui dit en souriant : "Allez fumer une cigarette dehors, j'en ai pour une minute."

« Xiahou empocha l'argent en silence et alla fumer dans la rue.

« Quelques minutes plus tard, Pang fourra dans sa poche une clé USB contenant tous les enregistrements des caméras de surveillance. Il dit à Xiahou qu'il avait dû oublier ce qu'il cherchait ailleurs et s'en alla.

« Le lendemain, un grand nombre de photos paraissaient sur Internet. Elles montraient le juge Jiao dans un couloir d'hôtel, une fille à moitié nue appuyée contre son épaule. Il entrait ensuite dans une chambre en la tenant par la main, puis sortait, suivi de la même jeune fille simplement vêtue d'un peignoir. Les clichés affichaient le jour et l'heure des faits donc la succession des événements était claire. Le message aussi.

« La chasse à l'homme a aussitôt commencé. Les internautes s'en sont donné à cœur joie ; ils ont fouillé, traqué, commenté, publié et révélé tous les petits secrets sordides du magistrat avec souvent des photos à l'appui. Ils en ont profité pour déverser toute leur colère à l'égard du système. Au départ, la municipalité a mis en doute l'authenticité des photos et rappelé quelles conséquences pouvait avoir une "campagne de diffamation" irresponsable. Mais Pang a écrit une longue déclaration signée de son nom dans laquelle il expliquait avoir essayé à plusieurs reprises de s'en remettre aux plus hautes instances, sans succès. Il prévenait aussi qu'il possédait d'autres preuves accablantes. À la suite de cette publication, les autorités ont changé radicalement de position et promis de faire la lumière sur le scandale du juge Jiao. »

Jin s'arrêta et poussa un léger soupir. Elle s'était laissé emporter malgré elle par son récit.

« Et notre bureau doit se prononcer sur cette affaire ? s'étonna encore Chen. Cela dit, elle n'est pas sans rapport avec la réforme du système judiciaire. Ce type de conflits d'intérêts est un problème qui doit être pris au sérieux.

– Je suis d'accord. Certains de nos juges ne sont même pas qualifiés, ajouta Jin en hochant la tête. D'après un citoyen du net, avant d'être juge, Jiao était commissaire du Parti dans l'armée, un poste qui lui a évidemment ouvert des portes. Ensuite il a obtenu un vague diplôme de droit en suivant des cours du soir pendant un mois. Et il y a pas mal de juges d'un certain âge dans le même cas, qui sont là uniquement parce que les autorités savent qu'ils leur sont dévoués.

– La situation s'améliore, heureusement. Les nouveaux juges sont obligés d'avoir un diplôme.

– Les jeunes, oui, mais ils doivent aussi jurer allégeance au Parti et servir ses intérêts avant de servir la loi. Les examens de droit sont truffés de questions politiques…

– Inutile de parler de ça dans votre déclaration, l'avertit Chen. Il y a d'autres juges comme Jiao, c'est sûr, mais comme dit toujours *Le Quotidien du Peuple*, ils sont rares et ils sont loin de représenter la Chine d'aujourd'hui. La loi s'applique à tout le monde.

– La loi, comme le reste, est soumise au bon vouloir du Parti. »

Chen leva vivement les yeux vers elle. Ces remarques étaient inattendues de la part de la secrétaire d'un cadre du Parti. L'avait-on chargée de le sonder ? Elle était peut-être simplement trop jeune, trop naïve pour ce poste, mais dans le doute, il préférait rester sur ses gardes.

Soudain d'autres coups à la porte interrompirent leur échange.

10

Cette fois, c'étaient bien les *xiaolong bao*, livrés par Gros Zhou en personne. Le cuisinier se tenait sur le seuil, le visage fendu d'un sourire contrit.

« Excusez-moi pour l'attente, inspecteur principal Chen », bredouilla-t-il en sortant une grande boîte en plastique d'une housse isotherme en coton. Il tendit ensuite des sachets de gingembre et un flacon de vinaigre de Zhenghai. « On était débordés aujourd'hui. Mais on trouve toujours le temps de livrer les clients importants comme vous. Les raviolis sont encore fumants, vous allez voir. »

Le restaurateur regardait à la dérobée le vaste appartement et la jeune femme qui lui souriait sans prendre la peine de se présenter.

Chen le remercia et lui offrit un généreux pourboire.

« Excusez-moi, dit-il à Jin dès qu'ils se retrouvèrent seuls, j'avais commandé des *xiaolong bao* avant votre arrivée.

– Mangez-les pendant qu'ils sont chauds. Quand ils refroidissent, le bouillon à l'intérieur devient épais et gras, c'est immangeable. Vous avez de la chance d'avoir droit à une livraison spéciale.

– Dans ce cas, vous devez m'accompagner. Ils viennent du restaurant du coin, mais ils sont délicieux.

– Je suis au régime en ce moment, mais je vais en goûter quand même », accepta-t-elle en attrapant un ravioli entre ses doigts.

Elle l'enfourna en entier dans sa bouche pour éviter de mettre du bouillon partout. Elle parut se délecter au contact du liquide brûlant sur sa langue. Elle se lécha les doigts et en prit un autre, puis encore un autre. Elle en dévora quatre avant de s'arrêter pour s'essuyer la bouche avec une serviette en papier rose.

« Désolée, j'en ai mangé la moitié…

– Ne vous en faites pas, la rassura Chen, amusé par son jeune appétit. Je crois que Gros Zhou m'en a livré trois portions au lieu de deux. »

Ce repas improvisé brisait la glace entre eux. Chez lui, ils n'étaient pas obligés d'être aussi protocolaires qu'au bureau.

Chen se leva pour moudre deux cuillerées de café, les versa dans sa cafetière à piston et remplit deux tasses.

Jin but une gorgée tout en balayant la pièce du regard. Elle posa les yeux sur le livre qui traînait sur le bureau.

« Vous lisez quoi ?

– Une enquête du juge Ti. Un roman très intéressant. C'était un juge incorruptible de la Chine ancienne, l'antithèse des juges Jiao de notre société actuelle. »

Il prit le livre et le lui tendit.

« Ah oui, j'ai lu plusieurs romans de lui, annonça-t-elle. Dans des traductions chinoises, bien sûr.

– Ah bon ? Et qu'en avez-vous pensé ?

– Du juge Ti ? C'était un mélange entre un maire, un magistrat et un Premier ministre. Rien à voir avec ce qu'on entend par le terme aujourd'hui.

– Vous êtes très cultivée.

– Non, pas vraiment. J'ai fait des études d'histoire, c'est tout. »

Chen se rappelait avoir vu cela dans son dossier. Comment une historienne s'était-elle retrouvée embauchée par la municipalité ? En même temps, la plupart des gens estimaient qu'un poste de fonctionnaire, avec tous les avantages qu'il impliquait, représentait une chance énorme pour un jeune travailleur.

« Je suis d'accord avec vous, Jin, reprit-il, on ne sait pas très bien quelle fonction officielle remplissait exactement le juge Ti. Il n'était pas juge, au sens strict du terme, même s'il lui est arrivé de diriger des procès au cours de sa très longue carrière. On le surnommait juge à cause de l'absence de séparation des pouvoirs judiciaire et exécutif sous la dynastie Tang. À l'époque, seul un fonctionnaire de l'exécutif pouvait prononcer un jugement au tribunal.

– Enfin, la séparation des pouvoirs existe-t-elle vraiment aujourd'hui ?

– Bonne question. » À nouveau dérouté par le ton sarcastique de sa secrétaire, Chen mesurait ses propos. « C'est pour ça qu'il faut réformer. Pour en revenir à Van Gulik, c'était un sinologue au savoir encyclopédique. Il a pris des libertés, mais il s'est inspiré d'un personnage historique pour écrire ses propres romans *gong'an*[1] d'après la tradition chinoise.

– Oui, c'était un homme érudit, il a même écrit un livre sur la sexualité dans la Chine ancienne, ajouta-t-elle avec un léger sourire. C'est amusant de lire

1. Genre littéraire apparu sous la dynastie Song (Xᵉ-XIIᵉ siècle) mettant en scène de hauts magistrats et hommes d'État comme le juge Ti.

l'interprétation occidentale des pratiques sexuelles de notre culture.

– Ah, en effet. »

Chen ne savait plus quoi dire. Il était peut-être trop vieux jeu. L'aisance de la jeune femme le décontenançait. Pour la nouvelle génération, il était sans doute naturel qu'une secrétaire parle de « sexologie orientale » avec son patron.

« Maintenant que nous avons mangé tous les raviolis, reprit-il, il est temps de nous remettre au travail. »

Il n'avait aucun mal à croire que le Bureau de la réforme du système judiciaire avait été créé principalement dans le but de le mettre à l'écart tout en le surveillant par le biais de la jeune femme.

« À propos de notre système judiciaire, déclara-t-il, la question soulevée le plus souvent sur Internet est : le parti communiste chinois est-il au-dessus des lois ? Ce n'est même pas la peine d'y répondre. *Le Quotidien du Peuple* a d'ailleurs clos le débat dans un éditorial en disant : "C'est une fausse question formulée par des gens qui voudraient séparer les deux entités." En gros, toute question à laquelle le Parti ne peut répondre n'a pas lieu d'être. Point à la ligne.

« Dans notre déclaration, poursuivit Chen pour quitter un terrain glissant, nous dirons que le Parti est prêt à lutter contre la corruption où qu'elle se trouve, quels que soient les personnes impliquées et le milieu concerné, que le coupable soit un juge éminent ou un simple citoyen. Mais nous dirons aussi qu'il n'est ni souhaitable ni juste que les gens se fassent justice eux-mêmes. Nous devons faire confiance au Parti, à la loi et croire que nous obtiendrons toujours gain de cause par les voies officielles.

– Donc nous allons recopier des passages du *Quotidien du Peuple*.

– Tout le monde pratique le copier-coller, non ? »

Saisissant l'ironie de la remarque, Jin sourit et une étincelle de malice éclaira ses yeux en amande.

« À ce propos, dit-elle, j'ai lu un article sur l'affaire Jiao ce matin et la conclusion est toujours la même : *Suite au retentissement du scandale sur Internet, nous ferons tout pour préserver la stabilité politique du pays et ce, dans l'intérêt de tous.*

– Est-ce que l'article évoquait des mesures que le gouvernement serait prêt à prendre pour sanctionner des initiatives comme celle de Pang ?

– Non. Le ton ne m'a pas semblé trop sévère. Les autorités doivent d'abord chercher à savoir quelles autres preuves détient Pang, ajouta-t-elle après réflexion. Le juge Jiao est allé dans cet hôtel avec toute une bande de fonctionnaires, comme une grappe de crabes accrochés à une même corde. Les caméras de surveillance n'ont pas filmé que le juge Jiao. C'est pour ça que Pang a osé paraître au grand jour. Après tout, il n'a plus rien à perdre.

– Vous parlez comme un vrai détective, Jin. Si l'on poursuit votre raisonnement, il a bien fait de ne pas jouer cartes sur table dès le début. Il assure ainsi ses arrières. Et les autorités vont devoir avancer très prudemment dans leur enquête pour pouvoir protéger les intérêts du Parti.

– Exactement.

– Pour résumer, notre déclaration doit rester dans la même veine que les articles officiels. Les juges corrompus doivent être punis, mais une petite crotte de rat ne peut pas suffire à gâcher la soupe.

– Ce n'est pas qu'une crotte de rat, je crois, observa Jin.

– Et comme je le disais tout à l'heure, nous devons aussi préciser que nous n'encourageons pas la démarche de Pang selon laquelle la fin justifie les moyens.

– Un discours mesuré, c'est noté, directeur Chen.

– Encore une chose : les preuves obtenues illégalement ne constituent pas des pièces à conviction recevables dans d'autres pays. C'est un point de procédure important.

– Bien vu, directeur Chen. Je ne crois pas que *Le Quotidien du Peuple* ait évoqué cet argument. Et je parlerai aussi du conflit d'intérêts. Je vois que vous vous êtes renseigné avant de prendre vos fonctions.

– Non, j'ai lu des romans policiers en anglais et ce genre de détail revient souvent dans les procès. Et puis, je viens d'entendre parler d'une histoire à propos d'un autre juge.

– Encore un juge corrompu ?

– Non, il s'agit de l'affaire Min, celle qu'on appelle la Dame Républicaine. Le juge nommé sur l'affaire est soupçonné de conflit d'intérêts, comme le juge Jiao.

– C'est drôle, remarqua Jin. J'ai parcouru rapidement des articles sur l'affaire Min. » Elle plissa les yeux d'un air concentré. « L'accusée est connue pour ses dîners chics et gastronomiques, c'est ça ? Je me renseignerai si vous voulez.

– D'accord, mais ne vous donnez pas trop de peine. Je m'y intéresse seulement parce que je suis aussi un incorrigible gourmet. Je ne suis jamais allé chez elle. Simple curiosité de ma part. »

Connu pour aimer la bonne chère, il pouvait facilement se servir de ce prétexte. Il entreprit de résumer à la jeune femme ce qu'il savait de l'affaire et du rôle tenu par le juge Liu.

« Je ne dis pas que le juge Liu est corrompu, comme certains internautes le prétendent, expliqua-t-il, mais il a peut-être été vexé de rester si longtemps sur la liste d'attente de Min.

– C'est très enrichissant pour moi de discuter avec vous, directeur Chen. J'en apprends plus qu'en lisant des livres pendant dix ans…

– Vous exagérez, Jin. J'ai été surpris quand vous avez évoqué le scandale du juge Jiao parce que j'étais justement en train de lire une enquête du juge Ti et que plus tôt dans la journée, on m'a parlé de l'affaire Min. C'est une drôle de coïncidence. Mais enfin, l'affaire Min n'a rien à voir avec les activités de notre bureau. Je suis en congé et vous avez beaucoup à faire. L'histoire m'intéresse uniquement parce qu'elle soulève des questions liées à la réforme du système judiciaire. »

Jin avait l'air sceptique. Elle ne disait rien et semblait réfléchir aux liens entre tous les juges cités au cours de leur échange. Pensive, elle déclara finalement en hochant la tête : « Tant que ça a un rapport avec la réforme judiciaire… »

Parfois les mots renferment une intention cachée, pensa Chen, comme au jeu de go, lorsqu'un joueur bouge un pion blanc ou noir apparemment sans raison afin de préparer la manœuvre suivante.

« Ce matin, reprit-il pour briser le silence, je lisais *Assassins et poètes* dans mon lit quand j'ai eu l'idée d'écrire un article sur le roman. Je viens de comprendre que l'assassin en question n'était autre que la célèbre poétesse Xuanji, de la dynastie Tang. Il se trouve que j'ai traduit un de ses poèmes en anglais.

– Encore une coïncidence ! s'exclama-t-elle. L'inspecteur principal légendaire, également poète, critique littéraire et traducteur à ses heures perdues, énuméra-t-elle sur un ton de plus en plus familier. J'ai lu un de vos essais : *L'Archétype de la femme fatale dans l'inconscient collectif chinois*. Un sujet très original avec une perspective historique inédite.

– Vous ne cessez de m'étonner, Jin. Je suis épaté que vous ayez lu l'article et que vous ayez perçu l'originalité de mon analyse.

– Je vous rappelle que j'ai fait des études d'histoire. Et j'ai vu plusieurs films sur le juge Ti à la télé. Il n'y a pas que des romans. Si vous voulez écrire un article sur lui, je pourrais peut-être vous aider ? »

Chen se demanda s'il n'en avait pas trop dit, même s'il y avait peu de chances pour qu'elle envoie un rapport à ses supérieurs là-dessus.

« C'est seulement une façon pour moi de me préparer pour mon nouveau poste. Il faut apprendre du passé avant d'essayer de transformer le présent. Je n'ai jamais vu de film sur le juge Ti. Est-ce qu'il y en a de bons ?

– Je n'en ai pas vu assez pour avoir un avis tranché, mais je crois qu'ils sont pleins d'erreurs historiques.

– Ça ne m'étonne pas. Les réalisateurs ne reculent devant rien pour attirer le public, reconnut-il dans un sourire. Pour en finir avec notre déclaration officielle, je pense que nous en avons tracé les grandes lignes. Je vous laisse la rédiger. Inutile de vous étendre sur le sujet. Une page suffira largement. S'il y a de nouveaux rebondissements dans l'affaire, nous pourrons toujours publier une seconde déclaration.

– Très bien, je vous tiendrai au courant, directeur Chen. Et j'inclurai votre argument sur l'irrecevabilité des preuves.

– D'accord, mais pourquoi y tenez-vous tellement ?

– Ce point n'a pas encore été mentionné. Notre déclaration doit offrir de nouvelles perspectives. Je vous enverrai un premier jet ce soir… Oh ! Vous avez WeChat ?

– J'en ai entendu parler, répondit-il, surpris par cette question abrupte. Mais j'avoue que je suis trop vieux pour être à la pointe de la technologie.

– C'est tellement pratique. Par exemple, quand on cherche des infos sur un juge lubrique au bras d'une fille nue dans une boîte de nuit. On trouve tout en deux secondes sur WeChat. Certaines publications sont bloquées au bout de dix minutes, mais dix minutes plus tard, d'autres articles paraissent. Et puis, ça nous permettrait de communiquer sur les projets du bureau.

– Ah bon ?

– Oui, c'est très facile à utiliser. Passez-moi votre portable. Je vais vous installer l'application.

– Il paraît que les gens passent des heures là-dessus maintenant, s'inquiéta Chen en lui tendant son téléphone.

– Si vous n'avez pas des milliers d'amis, ça ira. Vous pouvez l'utiliser uniquement pour échanger avec votre cercle proche. Ou si vous préférez seulement pour communiquer avec moi. Je vous jure que ça va vous changer la vie. »

Chen hésitait. Il pouvait être pratique de recevoir des messages de sa secrétaire, tant qu'elle restait son seul contact sur l'application.

Jin lui rendit son portable et se leva pour partir travailler sur leur déclaration.

« Merci pour les raviolis, directeur Chen, ajouta-t-elle. Ils étaient délicieux. »

Il la raccompagna jusqu'à la porte et la regarda marcher – ou plutôt sautiller – vers l'ascenseur dans ses baskets blanches.

11

La soirée s'étirait avec la nonchalance d'un homme en congé de convalescence. La visite avait duré longtemps, surtout pour une jeune secrétaire venue sonner à l'improviste chez son patron. Ils avaient parlé du travail, mais la discussion avait pris un tour amical, enjoué, qui n'était pas pour déplaire à Jin.

Chen, avait-elle constaté avec amusement, s'exprimait plus comme un intellectuel que comme un inspecteur de police – et pas du tout comme un cadre du Parti à la bouche pleine de formules ronflantes.

Et il n'avait pas l'air d'un homme vieillissant et malade, ce qui semblait confirmer les rumeurs au sujet des véritables raisons de son congé.

Elle n'avait pas non plus été surprise de voir qu'il ne se reposait pas et semblait même assez occupé. De la part de l'inspecteur Chen, rien n'aurait dû l'étonner, songea-t-elle en se rappelant ce qu'un de ses amis lui avait dit en apprenant qu'elle allait travailler pour lui : « L'inspecteur Chen est une énigme. »

Elle ne s'attendait pas à être aussi intriguée par le personnage. Ni à se poser tant de questions sur lui.

Qu'allait-il manger pour le dîner ? Sans doute une autre portion de raviolis au bouillon. Pour des snacks préparés dans une échoppe de quartier, ils n'étaient pas mauvais, mais une nourriture aussi grasse n'était pas idéale pour se remettre d'aplomb. Et ce menu contredisait sa réputation de gourmet délicat…

Sans savoir si les histoires qui circulaient sur son compte étaient vraies ou fausses, elle pouvait affirmer qu'il ne ressemblait à aucun des cadres du Parti qu'elle avait rencontrés jusqu'alors. Ses remarques sur le scandale du juge Jiao étaient pertinentes. La déclaration officielle ne pouvait être qu'une mascarade conforme aux attentes des autorités. Tout autre point de vue serait contre-productif. Chen avait l'air cynique, or le cynisme n'était pas un trait de caractère facile à cultiver pour un homme de son rang.

Elle se sentait soudain euphorique à l'idée de travailler avec lui, en espérant qu'il reviendrait au bureau dès la fin de son congé.

Mais que pourrait-elle faire pour lui ? À la recherche d'indices, elle repassa mentalement tout ce qu'il lui avait dit, pareille à l'assistante assidue d'un inspecteur plongé dans une enquête.

Elle avait été déroutée par la façon dont il sautait d'une affaire à l'autre, d'un juge à l'autre, mais en y réfléchissant, il pouvait être intéressant d'examiner ces affaires côte à côte, d'autant qu'elles « soulevaient des questions liées à la réforme du système judiciaire », comme avait dit Chen.

Dans le crépuscule, les rues semblaient se resserrer dangereusement sur elle, mais elle choisit d'ignorer leur menace.

12

Chen avait du mal à se concentrer sur le scandale dont Jin venait de lui parler et il était forcé de reconnaître que ça n'était ni parce que l'affaire ne le concernait pas directement ni parce qu'il n'était plus inspecteur de police. Une foule de pensées contradictoires se bousculaient dans sa tête et il était encore troublé par la visite de sa piquante secrétaire.

Les membres du Parti comme Jiao n'avaient aucune indépendance dans le système de parti unique. Le juge n'avait pas eu de chance d'être filmé par des caméras de surveillance, puis littéralement détruit par une chasse à l'homme. Des tas de magistrats pervertis continuaient à exercer leurs fonctions impunément tout en passant pour de bons et loyaux serviteurs du Parti.

Chen s'installa devant son ordinateur et commença à glaner des informations sur le scandale. Un nombre incroyable de cybercitoyens s'indignaient, défendaient Pang, dénonçaient le « système judiciaire régi par le grand et glorieux Parti » tandis que le maire promettait de destituer le juge. La déclaration officielle de Chen faisait donc partie de la mise en scène requise par les autorités.

Qu'aurait-il pu ajouter de plus que ce qu'il avait transmis à Jin ? Il craignait d'en avoir trop dit. Jin était une jeune femme vive et intelligente ; elle saurait très bien quoi écrire.

Il n'arrêtait pas de penser à l'observation spontanée qu'il avait faite au sujet des ressemblances entre les deux histoires de juges. Puis il se remit à comparer deux autres affaires : celle de Min et celle de Xuanji.

Il posa *Assassins et poètes* à côté du dossier sur Min et écrivit dans un carnet toutes les questions qu'il se posait. Étrangement, une enquête de police ressemblait au déconstructionnisme de la critique littéraire postmoderne : il suffisait de se concentrer sur l'inexplicable. Dans les deux cas, il fallait trouver des indices, tâcher de les interpréter puis rassembler des preuves venant corroborer ces interprétations afin d'aboutir à une conclusion.

L'effort s'avéra bientôt au-dessus de ses forces. Il se prépara une autre tasse de café serré. Dès la première gorgée, son estomac se retourna, mais au même moment, son téléphone émit une sonnerie qu'il ne connaissait pas.

C'était Jin qui le contactait par WeChat. Sa photo de profil devait dater de l'époque où elle était étudiante : elle portait une longue queue de cheval, un jean délavé et des tongs. Elle lui transmettait un document Word, sans doute son brouillon de déclaration officielle.

Elle avait été rapide. La déclaration couvrait tous les points qu'ils avaient abordés sans oublier la perspective historique, évoquant aussi les moyens douteux par lesquels les preuves avaient été obtenues. Leur discours se démarquait donc légèrement de l'éditorial du *Quotidien du Peuple*.

À la fin du texte, une note expliquait : « C'est un brouillon de brouillon, je vous enverrai le vrai premier jet ce soir, mais je vous laisse ajouter quelque chose si besoin. »

Il n'avait rien de plus à dire. Peu de gens s'intéresseraient de près à une déclaration officielle inévitablement édulcorée.

À nouveau une sonnerie. C'était encore un message de Jin contenant plusieurs liens vers des films du juge Ti.

« Bon visionnage. Un maître ne peut qu'apprécier le talent d'un autre maître. »

Il cliqua sur un lien vers *Les Aventures du jeune juge Ti* et commença à regarder le film. La qualité de l'image était excellente et malgré la petite taille de l'écran, il céda à la curiosité. Mais au bout de cinq minutes, il comprit que la série n'avait rien à voir avec les romans de Van Gulik.

Sur l'affiche d'un autre film, il fut sidéré de voir le juge Ti dans une charrette de condamné, des chaînes aux mains et aux pieds, suivi d'une autre charrette transportant une femme nue, une coiffe en forme de phénix gisant devant ses pieds ensanglantés. La tige de bambou fixée sur sa nuque indiquait qu'elle allait avoir la tête tranchée sur l'échafaud. À l'époque, il aurait été terriblement humiliant d'être ainsi exhibé en public, non seulement pour la femme, mais aussi pour le juge Ti. Il s'agissait sans doute d'un film commercial aux arguments vendeurs. Chen n'avait aucune envie de le voir. Ces films n'avaient aucun rapport avec *Assassins et poètes* ni avec aucun roman de Van Gulik.

Ces temps-ci, de plus en plus de gens s'intéressaient aux histoires de conspirations de Cour et aux luttes de pouvoir entre l'impératrice Wu et la famille Li. La coiffe aux pieds de la condamnée laissait penser qu'elle avait été concubine impériale, mais Chen doutait qu'un tel scandale ait véritablement eu lieu sous la dynastie Tang. Le thème avait cependant dû plaire au public.

Son téléphone sonna. Cette fois, c'était un appel de Lu, le Chinois d'Outremer.

« J'ai passé plusieurs coups de fil pour toi, lança-t-il. Et j'ai contacté un certain Huang Zhongluo, un riche collectionneur d'antiquités. Le numéro un de Shanghai à ce qu'on dit.

– Tu connais Huang ? »

Chen n'en revenait pas. Il venait de recevoir la liste des hôtes de Min établie par Vieux Chasseur et Lu était déjà en lien avec l'un d'entre eux.

« Je le connais, oui, reprit-il, il a dîné plusieurs fois au *Faubourg de Moscou*, même s'il n'aime pas beaucoup la cuisine russe. Pas assez orientale à son goût. D'ailleurs, il va souvent chez Min, ajouta-t-il après réflexion. Il t'invite à déjeuner à *La Bonne Vieille Assiette* avec lui demain matin. »

Lu avait non seulement contacté un des clients réguliers de Min, mais il avait en plus réussi à arranger un rendez-vous. Huang n'était pas à la table de Min ce soir-là, mais il aurait dû y être et il connaissait bien l'endroit.

« Je ne sais rien sur lui, objecta Chen.

– Ne t'en fais pas pour ça. Je lui ai dit que tu voulais son avis sur une histoire d'antiquités. Il a beaucoup entendu parler de toi et de ta passion pour la gastronomie. Il a tout de suite accepté de te voir, il a même dit que c'était un honneur. Il t'attendra dans un salon privé. À six heures trente.

– Si tôt !

– L'eau de la première marmite de nouilles est la plus claire, sans résidus de cuisson. Pour les vrais amateurs, ça fait toute la différence, du moins, d'après Huang. Essaie d'être à l'heure.

– Bien sûr. Compte sur moi. Merci Lu le Chinois d'Outremer. »

13

Chen se demandait de quelle affaire d'antiquités il allait bien pouvoir parler à Huang. La télé proposait de plus en plus d'émissions sur l'estimation d'objets anciens et les ventes aux enchères. Apparemment, le marché était en train d'exploser en Chine.

Le fil de ses pensées fut à nouveau interrompu par un appel reçu sur son téléphone privé.

C'était Ling, son ex-petite amie, aujourd'hui ex-femme d'un autre homme.

Malgré les années, ils avaient réussi à rester en contact, bien que leur lien se fût quelque peu distendu. Ils étaient comme dans la fable des deux poissons dans l'océan : une immense distance les séparait, chacun était occupé à lutter contre les courants, mais ils savaient que l'autre nageait dans les mêmes eaux et ils se rappelaient de temps en temps les moments passés ensemble…

Chen avait insisté pour lui donner son numéro privé et si elle s'en servait, c'était qu'elle avait quelque chose d'important à lui dire.

« Ça fait longtemps, Ling. J'avais peur que tu ne m'aies oublié toi aussi, commença Chen pour démarrer la discussion sur une note légère.

– Comment veux-tu qu'on t'oublie ? Après ton enquête sur Lai[1], personne ne t'oubliera jamais. »

Il la reconnaissait bien là. Elle allait toujours droit au but et la mention du prince rouge ne présageait rien de bon. Elle savait bien qu'il avait froissé des personnes haut placées et si elle abordait tout de suite le sujet, c'était pour lui faire comprendre qu'il était en danger.

Le puissant Lai était tombé, mais son groupe de princes rouges poursuivait son ascension vers le sommet de la Cité interdite. La chute de Lai avait débarrassé d'un rival celui qui était assis sur le trône, mais les détails scabreux du meurtre avaient irrévocablement terni l'image du Parti.

« Que se passe-t-il, Ling ? » demanda-t-il en remarquant le numéro étranger qui s'affichait. « Tu m'appelles de Londres ? »

Elle possédait un bureau et un appartement à Londres où elle dirigeait une entreprise d'import-export. Il ne savait pas grand-chose sur son travail, en dehors du fait qu'il lui rapportait gros, notamment grâce aux relations de sa famille. Elle habitait cependant toujours à Pékin où elle passait le plus clair de son temps.

« Oui, je suis à Londres. Tu peux parler maintenant ?

– Bien sûr, je suis seul chez moi.

– J'ai eu vent de ton nouveau poste et de ton congé de convalescence. Je m'inquiète pour toi.

1. Cf. *Dragon bleu, tigre blanc*, Liana Levi, 2014.

– Tout va bien. Ne t'inquiète pas, s'empressa-t-il de répondre. J'avais justement besoin de vacances. Ce repos me fera le plus grand bien.

– Allons, Chen, certaines personnes au sommet ont assez de dossiers contre toi pour remplir un placard entier. Est-ce que tu as été en contact avec un certain Yao, professeur de droit à Shanghai ?

– Un professeur de droit ? répéta-t-il machinalement avant de réfléchir à la question. Oui, le professeur Yao, de l'Académie des sciences sociales de Shanghai. Il m'a appelé pour me féliciter pour ma nouvelle nomination.

– L'appel était sur écoute. »

Chen prit une profonde inspiration. Le professeur Yao était depuis longtemps sur liste noire à cause de sa position critique à l'égard du système judiciaire chinois et de ses nombreux articles publiés sur des forums de référence. Chen ne se rappelait pas bien ce qu'ils s'étaient dit au téléphone. Yao avait peut-être évoqué les problèmes liés à l'autoritarisme du parti unique et les espoirs qu'il plaçait en Chen pour mener à bien une réforme significative du système.

Impossible de savoir si la conversation avait été enregistrée à cause de Yao ou à cause de Chen.

« Les autorités redoutent des conspirations contre le régime, conspirations menées par des intellectuels et des cadres du Parti bien implantés…

– Quoi ! » L'accusation de complot contre le régime n'était que trop familière à Chen, elle sonnait comme un écho de sa jeunesse sous la Révolution culturelle. « Merci, de m'avoir prévenu, Ling. Même si je ne suis plus inspecteur principal, je sais encore comment assurer mes arrières.

– Si je peux faire quoi que ce soit pour toi, n'hésite pas, bien que je n'aie plus autant de ressources qu'autrefois », insista-t-elle d'une voix tremblante.

Son père avait quitté son poste au Politburo ; elle ne pourrait sans doute plus grand-chose pour l'ancien inspecteur, mais elle était toujours prête à le secourir, en le prévenant ou en participant activement, comme lorsqu'il s'était retrouvé dans une situation périlleuse au cours de sa première enquête importante impliquant une travailleuse modèle de la nation et un « ECS »[1].

Il eut soudain le sentiment que l'histoire se répétait.

Mais c'était pire qu'une répétition du passé. Le fait que le bruit de ses ennuis ait couru jusqu'à Londres était plus qu'alarmant.

« Merci d'avoir pris la peine de m'appeler, Ling. Je ferai très attention.

– Je songe à m'installer ici, avoua-t-elle, loin des remous de la Cité interdite et de l'air pollué de Pékin. J'ai un deux pièces à Londres, ajouta-t-elle après un bref silence. Tu seras toujours le bienvenu. Aussi longtemps que tu voudras. Ça fait tant d'années qu'on ne s'est pas vus. »

Elle possédait un appartement et une entreprise lucrative. Elle pouvait vivre confortablement sans travailler et partager son temps entre Pékin et Londres. Pourquoi lui parlait-elle de son déménagement et l'invitait-elle à la rejoindre avec tant d'empressement ? Le danger était-il si grand ?

La nouvelle nomination de Chen n'était peut-être qu'un piège diabolique. Congé ou pas, tôt ou tard, il

1. Ancien surnom des enfants des cadres supérieurs aujourd'hui remplacé par l'expression « prince rouge ». Cf. *Mort d'une héroïne rouge*, Liana Levi, 2001.

serait bien obligé de parler des problèmes du système judiciaire et tout ce qu'il dirait serait retenu contre lui comme autant de preuves du complot qu'il fomentait contre le Parti.

Ce genre de scénario avait cours depuis longtemps en Chine et il n'était pas près de disparaître.

Chen était sincèrement touché par la sollicitude et la généreuse invitation de Ling. Après des années de séparation, ils se retrouveraient peut-être enfin, hors de Chine. Malgré l'ironie d'un tel dénouement pour la fille d'un haut cadre du Parti, l'hypothèse n'était pas insensée.

Et lui ? Il devrait gagner sa vie, or il ne pourrait jamais travailler dans la police d'un autre pays. Il pourrait essayer d'écrire en anglais, comme plusieurs écrivains américains le lui avaient suggéré, mais serait-il capable d'aller au bout d'une telle entreprise ?

En raccrochant, il se sentit furieux. Depuis qu'il était en congé, il se faisait discret, réfléchissait même à une reconversion, mais les puissants refusaient de l'oublier.

L'image du juge Ti sur la charrette des condamnés lui revint brusquement à l'esprit. Il fallait se préparer à tout. Comme le juge Ti, Chen allait devoir redoubler d'astuce pour sauver sa peau.

Deuxième jour

1

Chen arriva à *La Bonne Vieille Assiette*, au coin des rues de Fuzhou et de Zhejiang, à six heures trente précises.

La ville était encore plongée dans la grisaille, mais le rez-de-chaussée du restaurant était rempli de clients matinaux, surtout des personnes âgées. Elles s'égosillaient pour faire entendre les numéros de leurs commandes et récupérer leurs plateaux aux fenêtres de la cuisine sordide avant de se faufiler à travers la foule pour aller s'asseoir à leurs tables poisseuses.

Le premier étage, spacieux et propre, avec ses « salons privés » prétentieux et sa vue plongeante sur les rues brumeuses, offrait une tout autre ambiance. Un vieux serveur guida Chen en silence jusqu'à son salon.

Huang était déjà là, assis à une table en acajou près de la fenêtre, devant un thé vert et un assortiment de noix et de fruits séchés. L'homme sembla étrangement familier à Chen. Il se rappela alors l'avoir vu dans une émission de télévision populaire où il expertisait des antiquités.

Chen s'approcha et s'inclina respectueusement. Dans sa main droite, il tenait une boîte en tissu bleu. Elle contenait une vieille édition annotée des *Trois cents poèmes de la dynastie Tang* imprimée sur du papier de bambou avec une reliure traditionnelle cousue. L'ouvrage, datant vraisemblablement de la dynastie Qing, ne devait pas être très recherché, mais il offrait un assez bon prétexte pour ce rendez-vous.

« Maître Huang, merci infiniment d'avoir accepté de me rencontrer ce matin. Je suis honoré.

– Je vous en prie, inspecteur principal Chen, enfin… directeur Chen.

– Appelez-moi tout simplement Chen, maître Huang. »

À l'instant où il prit place en face du collectionneur, le serveur se précipita vers lui avec un menu en souriant fièrement : « Je vous recommande les nouilles aux anchois-couteaux. À Shanghai, nous sommes les seuls à servir ce célèbre plat. Et c'est la saison des anchois, il y en a plein dans le Yangtsé en ce moment.

– Le vrai nom du poisson est le *saira*, mais les gens l'appellent "l'anchois-couteau" à cause de sa forme allongée, expliqua Huang, fidèle à sa réputation d'expert culinaire. Je vous invite. Deux portions de nouilles aux anchois-couteaux. Autre chose ?

– Non, pas pour moi, merci. Ici, je prends toujours les nouilles au porc *xiao*, avoua Chen. Je trouve qu'il y a trop de petites arêtes dans le poisson, désolé », ajouta-t-il encore, effaré par les prix affichés. *Trente mille yuans le kilo de poisson avec un minimum de cent grammes par bol.*

Huang le regarda avec étonnement.

« Voulez-vous autre chose ?

– Une petite portion de riz sauté au chou, s'il vous plaît.

– Mais vous ne trouverez les nouilles aux anchois nulle part ailleurs, insista le serveur, visiblement déçu.

– Nous prendrons deux nouilles au porc, mais ne vous en faites pas, dit simplement Huang, nous paierons le prix minimum pour le salon privé. »

Pendant que le serveur dépité partait envoyer la commande, Huang se tourna vers Chen et demanda avec un sourire amusé :

« Vous n'aimez vraiment pas les nouilles aux anchois ?

– Non, la dernière fois que j'en ai mangé, c'était il y a vingt ans. J'ai trouvé ça cher pour ce que c'était. Un tas d'arêtes. Et à l'époque le bol coûtait seulement trente yuans. Les prix sont devenus aberrants. À quoi bon dépenser autant pour un plat qu'on n'apprécie pas vraiment ?

– Je suis bien d'accord avec vous. Je dois dire que je n'aime pas tellement ce poisson non plus. Le goût est bon, mais c'est vrai qu'il y a trop d'arêtes. Quand j'étais jeune, on trouvait des anchois-couteaux à moins de dix yuans le kilo au marché, mais à cause de la pêche intensive, l'espèce est maintenant menacée. Les prix ont grimpé en flèche. Pour préparer un bol de nouilles, j'ai entendu dire que le chef mettait les écailles, les miettes, les arêtes, la tête et la queue dans un sac de toile qu'il faisait bouillir pendant des heures. Au moment de servir, il ajoute un tout petit peu de chair de poisson sur les nouilles. Finalement, il n'y a presque pas de poisson dans son plat.

– Ça ne vaut définitivement pas ce que ça coûte.

– Non, c'est sûr. Mais dans notre monde de consommation effrénée, si j'invitais un homme distingué comme vous à manger des nouilles au porc, vous et moi perdrions la face.

– Voyons, le simple fait que vous m'invitiez est une marque de considération suffisante. Pourquoi le porc *xiao* serait-il honteux ? Quand j'étais jeune, mon père m'emmenait manger des nouilles au porc ici. C'était une telle fête pour moi, et je dois dire que ça l'est toujours, car cet endroit me rappelle de bons souvenirs. À l'époque, nous dînions au rez-de-chaussée. Je suis venu ici plusieurs fois et figurez-vous que je n'étais jamais monté à l'étage.

– J'avoue que ça n'est que la deuxième fois pour moi, je veux dire, dans un salon privé. Les plats servis au rez-de-chaussée sont beaucoup moins chers et tout aussi bons. Seulement la salle est assez bruyante, on a du mal à s'entendre. » Huang avala lentement une gorgée de thé. « En tout cas, nous avons un point commun. Mes plats préférés ne sont pas forcément les plus chers. Et on ne les trouve pas dans les restaurants. Selon moi, c'est dans les échoppes de rue qu'on mange le mieux.

– Vraiment ?

– Une boule de riz chez un petit marchand du district de Yangpu, voilà mon plus beau souvenir culinaire », confia Huang qui s'avérait assez bavard, presque autant que Vieux Chasseur. « C'était il y a plus de quarante ans. À l'époque, j'étais ouvrier dans une unité de production de quartier, je gagnais soixante-dix fens par jour et je travaillais comme une bête de somme. Un matin d'hiver, en allant à l'usine, je suis passé devant une échoppe et j'ai acheté une boule de riz à un marchand qui les sortait d'une boîte en bois couverte de coton matelassé. Elles étaient fourrées de morceaux de beignets. Je me souviens de la première bouchée, un pur délice, ça m'a donné de l'énergie et de la joie pour toute la journée. Depuis, je retourne souvent là-bas, même si j'ai quitté le district de Yangpu depuis longtemps.

– Quelle jolie histoire, maître Huang.

– J'ai de la chance que l'échoppe soit encore là et que les propriétaires continuent à préparer leurs plats à l'ancienne. Le goût n'a pas changé. C'est un secret que je n'ai confié à personne. Si les médias s'emparaient de l'information, en un jour, le commerce serait transformé.

– Merci pour votre confiance. J'irai goûter ces boules de riz et je vous promets que je n'en parlerai à personne.

– Le plus grand plaisir culinaire vient quand on satisfait l'appétit du cœur. Le prix ou le prestige du plat n'a aucune importance. Comme on dit chez nous, vous comprenez la musique, Chen[1]. Vous et moi parlons le même langage. À mon âge, je crois que je sais reconnaître un objet précieux, un bon plat et un homme rare quand j'en croise un.

– Vous êtes l'antiquaire le plus réputé de la ville. Je ne sais pas si Lu vous a dit que j'avais un conseil à vous demander, commença Chen en sortant le livre de son étui bleu. J'ai ici une vieille édition héritée de mon père. Je ne devrais pas m'en séparer, mais maintenant que ma mère est dans une maison médicalisée, j'ai beaucoup de frais. J'envisage donc de vendre quelques ouvrages anciens.

– Je suis flatté que vous vous adressiez à moi, Chen. Qu'un homme de votre rang soit obligé de vendre des objets de famille pour aider sa mère en dit long tant sur sa piété filiale que sur son intégrité. Vous êtes un des rares cadres du Parti vraiment honnêtes aujourd'hui ; vous vous dressez comme une grue blanche au milieu

1. Allusion à l'expression « *zhiyin* » (littéralement celui qui comprend la musique) employée pour désigner deux amis qui s'entendent bien.

de tous ces poulets corrompus. Ils se gavent comme les rats rouges du poète Tang Liu Zhonguyan.

– Non, je suis seulement un homme du passé. Comme dit Confucius, *il y a des choses qu'un homme peut faire et d'autres qu'il ne peut pas faire*. C'est aussi simple que ça. S'agissant de ma mère, je vous citerais un autre célèbre poème Tang : *Qui prétend qu'une pensée menue comme un brin d'herbe / Puisse payer le soleil bienfaisant du printemps*[1] *?* C'est le moins que je puisse faire pour elle.

– Je vais me renseigner. Les livres anciens ne sont pas ma spécialité, mais j'ai des amis qui s'y connaissent. Dans notre domaine, certaines estimations peuvent être délicates.

– C'est vrai », approuva Chen, hésitant à aborder trop rapidement le sujet qui l'intéressait. Après tout, il serait peut-être réellement obligé de vendre ses livres. Il ne connaissait rien au marché, mais il savait que les antiquités revenaient à la mode. « Et puis, vous avez sûrement beaucoup à m'apprendre sur votre métier.

– Eh bien, les gens se plaignent de la flambée des prix de l'immobilier, mais ça n'est rien comparé à la flambée des prix des antiquités. J'ai eu la chance de dénicher une paire de vases de la dynastie Ming pour une bouchée de pain pendant la Révolution culturelle. Au moment de la campagne d'éradication des “quatre vieilleries”, les collectionneurs avaient tellement peur des gardes rouges qu'ils se débarrassaient de tous leurs trésors. On les achetait pour presque rien. Et on n'avait pas à s'inquiéter des contrefaçons.

1. Mong Kiao, « Chanson du fils qui part en voyage », traduction de Tchang Fou-jouei, revue par Yves Hervouet, in Paul Demiéville (dir.), *Anthologie de la poésie chinoise classique*, Paris, Gallimard, coll. Poésie, 1962, p. 37.

« Mais vous savez pourquoi ces objets sont soudain recherchés ? demanda Huang avant de fourrer une cacahuète dans sa bouche. C'est simple, le gouvernement a imprimé trop de billets de banque. Le prix d'un bol de nouilles ici montre bien à quel point le yuan est dévalué. Les intérêts bancaires ne pourront jamais compenser l'inflation, l'économie va mal et personne ne croit plus au système. Les antiquités sont donc devenues un investissement sûr. Les gens se disent que si la bulle explose, ils posséderont toujours des biens de valeur.

« Et la motivation va plus loin. Certains cadres du Parti refusent les pots-de-vin en liquide, mais acceptent des antiquités. Si un jour ils sont inquiétés, ils pourront toujours prétendre que ce sont des contrefaçons bon marché. Et ils peuvent aussi les revendre. Ceux qui espèrent obtenir leurs faveurs leur achètent leurs "pièces de collection" – qui sont souvent fausses – au prix fort. Ils ont donc tout à y gagner.

– Je n'avais jamais entendu parler de cette pratique.

– Ça ne m'étonne pas. Ces transactions ont lieu sous le manteau, dans un milieu très fermé.

– Vu votre réussite, vous devez avoir un vaste réseau de relations, hasarda Chen. Je me souviens d'ailleurs avoir lu quelque part que vous alliez souvent dîner dans une table privée. Ça ne m'étonne pas qu'un gourmet sophistiqué comme vous fréquente ce genre de lieu.

– Je vois, marmonna Huang en levant les yeux de sa tasse, vous parlez de la table privée de Min, là où un meurtre a été commis l'autre soir, c'est ça ?

– C'est ça. Des tas de rumeurs circulent sur Internet. Mais je vous rassure, je ne fais plus partie de la police et je ne suis pas en train d'enquêter. Je suis simplement curieux de savoir ce qui s'est passé et aussi ce qu'on mange de bon chez elle.

– Les dîners de Min sont très chers, mais c'est une cuisinière et une hôtesse hors pair. Les gens ne vont pas chez elle uniquement pour apprécier son talent culinaire. C'est un peu comme un club très select dont elle choisit les membres elle-même. On peut être extrêmement riche et rester des mois sur sa liste d'attente. Une place à sa table est la reconnaissance sociale suprême. Certains vont là-bas principalement dans le but de tisser des relations. Ça peut être très utile pour les affaires, surtout dans le commerce des antiquités. Elle connaît des personnes très haut placées, même si elle est trop sage pour se vanter de fréquenter en secret certains grands de ce monde… »

La conversation fut interrompue par le serveur qui revenait avec leur commande.

Les nouilles au porc *xiao* étaient aussi bonnes que dans le souvenir de Chen. Elles étaient accompagnées d'une coupelle remplie de fines lamelles de gingembre qui rehaussaient subtilement le goût de la viande. Huang attrapa un morceau de porc presque translucide et le plongea cérémonieusement dans la soupe fumante.

« C'est comme ça que mon père mangeait ce plat aussi, remarqua Chen.

– C'est la méthode des vieux habitués de ce restaurant, confirma Huang. Qu'est-ce que je disais ? Ah oui, beaucoup de clients de Min vont chez elle pour gonfler leur carnet d'adresses. Pour moi, ça constitue l'alliance parfaite des plaisirs épicuriens et des intérêts commerciaux. Certains de ses clients sont très fortunés et la tendance veut qu'ils investissent dans des objets anciens autant par goût que pour faire des placements. Dans notre milieu, il y a tellement de contrefaçons qu'il vaut mieux éviter les ventes aux enchères. Les habitués de Min préfèrent passer par elle. Sachant que ses invités sont triés sur le volet, ils n'ont pas à craindre de se faire rouler. Elle m'a présenté beaucoup de clients au cours de ses dîners.

– Mais vous n'étiez pas chez elle le soir du meurtre, n'est-ce pas ?

– J'y viens, inspecteur principal Chen. Il y a environ deux mois, elle m'a appris qu'un mystérieux ami à elle voulait vendre une peinture sur rouleau de la dynastie Tang. J'ai passé des jours à faire des recherches pour m'assurer qu'il s'agissait d'une œuvre authentique de Wu Daozi.

– Une peinture de Wu Daozi ! Ça doit valoir une fortune !

– À qui le dites-vous ! Et grâce à mon expertise minutieuse, j'ai réussi à trouver un acheteur qui en proposait un prix tout à fait correct. Le vendeur évitait ainsi les frais d'une vente aux enchères, les taxes, la paperasse et la médiatisation d'une telle transaction. Mais au dernier moment, il a décidé de ne plus vendre. J'étais extrêmement ennuyé. Il aurait pu me demander une estimation gratuite dès le départ. Et Min ne m'a jamais dit pourquoi il avait changé d'avis.

« Pour s'excuser, elle a organisé un dîner. Au départ, je ne voulais pas y aller, mais je sais aussi que dans notre métier, ce genre de déconvenue peut arriver. Je n'avais aucun intérêt à scier moi-même la branche sur laquelle j'étais assis.

« J'ai donc décidé de prétexter un empêchement et d'envoyer mon neveu Zheng à ma place. Il était évidemment partant. Il avait entendu parler de Min et il me posait toujours des tas de questions sur ses dîners. S'asseoir à sa table pouvait l'aider à grimper des échelons. Il était fou de joie.

– Donc, c'est votre neveu, Zheng, qui…

– Enfin, ce n'est pas vraiment mon neveu, l'interrompit Huang, mais il vient du même village que moi, et là-bas, on se considère tous comme une seule et même famille. Il est venu à Shanghai il y a environ dix ans, il a ouvert une petite imprimerie et puis je l'ai engagé comme assistant. Depuis qu'il est avec moi, il gagne beaucoup plus d'argent. Il est jeune et dynamique, j'en suis très content.

– Vous avez dû lui apprendre les ficelles du métier.

– Non, pas vraiment. C'est plutôt mon garçon de courses. Je l'envoie en mission un peu partout. En Chine et à l'étranger. Vous avez dû entendre parler des Chinois qui parcourent le monde pour prendre du bon temps ou faire du shopping, mais il y en a aussi quelques-uns qui vont acheter des antiquités.

– Des antiquités étrangères ?

– Nous n'allons pas dans les villes touristiques où nos compatriotes sont déjà passés des milliers de fois. J'envoie Zheng chez les antiquaires des petites villes acheter des objets que je revends beaucoup plus cher à des millionnaires excentriques. Je suis trop vieux pour voyager sans arrêt, mais lui peut aller n'importe où. Il parle bien anglais, ce qui est assez pratique…

– Mais comment peut-il savoir si un objet a de la valeur ou non ?

– Bonne question. Quand il repère un objet qui lui semble intéressant, il m'envoie une photo et je lui donne mon accord ou non pour l'acheter. »

Chen avait l'impression d'assister à un cours magistral sur le commerce des antiquités. Huang était un personnage hors du commun et Chen l'écoutait avec intérêt, mais il n'avançait pas beaucoup dans son enquête.

« Zheng doit être d'une grande aide pour vous.

– C'est pour ça que j'étais content de lui céder ma place au dîner. C'était une occasion rêvée pour lui. Évidemment, je ne pouvais pas savoir ce qui allait arriver. Comme je suis un habitué, j'avais vu que Min se reposait de plus en plus sur Qing, son aide cuisinière. Il n'est pas si facile de trouver quelqu'un qui soit à la fois fiable et qualifié. Je comprends qu'elle ait été déçue par son départ.

– Elle était contrariée, approuva Chen, mais pas au point de la tuer. D'après les bruits qui courent sur Internet, Qing devait aller travailler pour un autre habitué de la table de Min.

– Vous êtes bien informé, directeur Chen. Vous parlez de Rong. Mais Rong ne serait jamais tombé amoureux d'une "petite sœur de province" comme Qing. Cela dit, certains nouveaux riches comme lui entretiennent des "servantes sexuelles" qui les bichonnent aussi bien à table qu'au lit. Allez savoir ce que la jeune femme espérait trouver dans sa nouvelle vie, réfléchit Huang avant d'avaler sa dernière cuillerée de soupe et de consulter sa montre. Excusez-moi, j'ai rendez-vous avec un client à neuf heures et demie. C'est pour ça que je vous ai convié si tôt. Je demanderai à mes confrères d'estimer votre livre. Je vous tiendrai au courant rapidement.

– Merci infiniment, maître Huang. La prochaine fois, c'est moi qui vous invite. »

2

En arrivant au bureau ce matin-là, Jin relut la dernière version de la déclaration qu'elle avait écrite sur le scandale du juge Jiao. C'était sa première vraie mission au sein du bureau et elle tenait à être à la hauteur. Peu après avoir envoyé le document au ministère de la Propagande de la ville, elle reçut un mail du ministre en personne :

« Excellent travail, camarade Jin. Vous pouvez mettre la déclaration en ligne immédiatement. Elle paraîtra aussi dans la lettre d'information du gouvernement municipal. N'oubliez pas d'ajouter la signature de Chen à la fin du texte. Accompagnée de cette note : *Actuellement en congé de convalescence, le directeur Chen a tenu à s'exprimer sur l'affaire et souligné le caractère irrecevable des preuves apportées contre le juge Jiao. Ce vice de procédure est régulièrement soulevé dans d'autres pays et devrait l'être aussi en Chine.* »

Elle ne pouvait pas refuser cette demande. Elle hésita à prévenir Chen, puis renonça. Lui non plus n'aurait rien à objecter. Dans l'intérêt du Parti, son nom devait apparaître. La déclaration serait probablement reprise dans les journaux et sa remarque sur les preuves obtenues illégalement serait certainement soulignée, recopiée et commentée.

Finalement, elle signa et appuya sur la touche « envoyer ». La suite ne lui appartenait pas.

Elle contempla le décor immuable du vaste bureau. Aux yeux de ses parents et de ses amis, elle avait eu une chance inouïe d'obtenir un poste au sein de la municipalité avec un bon salaire, avantages et primes à la clé. Ses parents n'avaient pas hésité à faire jouer leurs relations pour l'aider professionnellement.

Mais secrètement elle se demandait si sa position était si enviable. Le bruit courait que le bureau était un organisme temporaire créé uniquement dans le but de mettre l'ancien inspecteur de police à l'ombre, une façade visant à prouver la stabilité sociale et politique du pays. Le bon et honnête policier conservait un statut élevé, même s'il avait changé de fonction. Les interprétations qu'elle avait lues sur Internet, systématiquement bloquées au bout de quelques minutes, avaient de quoi l'inquiéter. Et puis, Chen n'était venu la voir qu'une fois brièvement. Depuis le premier jour, elle passait ses journées seule, dans une routine lancinante.

Et il y avait d'autres détails suspects. Un organe officiel comme celui-là aurait dû employer plusieurs personnes, or il n'y avait qu'elle et Chen, qui était absent. Même le chauffeur affecté au directeur ne s'était jamais présenté.

Devait-elle croire que cette instance était plus que le décor factice d'une mise en scène politique ? Elle n'était pas assez au fait des rouages du pouvoir pour comprendre les enjeux cachés de sa mission. Mais elle était sûre d'une chose : pour Chen, ce poste était temporaire, pour elle, il était précieux. Ce serait une catastrophe, surtout pour ses parents, si elle venait à perdre son travail.

Depuis qu'elle avait rendu visite à Chen, leurs rapports avaient changé. Pour la première fois elle s'adressait à lui directement, de façon informelle. Sous sa carapace de cadre politiquement correct, elle avait décelé une pointe d'humour et de désillusion. Conscient du rôle qu'il devait jouer devant elle, il avait adopté un ton presque parodique, mécanique, comme un vieux disque branché sur la Radio du Peuple de Shanghai…

La sonnerie du téléphone fixe retentit. Le numéro qui s'affichait à l'écran était celui d'un autre poste de la mairie. Sans doute l'appelait-on à propos du communiqué, supposa-t-elle.

Elle fut étonnée d'entendre la voix de Ma Yuan, le secrétaire général du gouvernement municipal, dont le bureau se trouvait au dernier étage.

« Vous pouvez monter me voir, Jin ?

– Est-ce qu'il y a un problème avec le communiqué, secrétaire Ma ?

– Non, je voudrais seulement vous parler.

– Mais j'attends des retours sur le texte que je viens d'envoyer. Et je suis seule au bureau en ce moment.

– Très bien, dans ce cas, c'est moi qui vais descendre. »

Ma était un homme puissant. Elle n'en revenait pas qu'il vienne s'entretenir avec elle.

Moins de cinq minutes plus tard, il entra sans frapper et déclara de but en blanc : « Vous avez fait du bon travail, Jin. Nous avons regardé votre dossier. Vous êtes jeune, diplômée et vous avez déjà publié plusieurs articles dans des magazines. Vous êtes promise à un brillant avenir au sein du système. Vous avez parlé avec le directeur Chen avant de rédiger ce texte ?

– Oui. J'ai essayé plusieurs fois de le joindre sans succès et comme la requête était urgente, je suis allée directement chez lui hier après-midi. Quand je lui ai résumé l'affaire du juge Jiao, il a tout de suite parlé de l'irrecevabilité des preuves », ajouta-t-elle prudemment. Elle fournissait de grands efforts pour répondre correctement. « Il a beaucoup d'expérience. J'ai rédigé le communiqué après avoir écouté ses suggestions et il a approuvé mon texte.

– Que vous a-t-il dit d'autre ? demanda prestement Ma. Rassurez-vous, nous savons que c'est un policier hors pair, mais nous avons besoin de connaître un peu mieux ses positions. Ce poste est nouveau pour lui et pour la municipalité aussi ; nous devons être sûrs que ce bureau servira à améliorer la société.

– Nous n'avons parlé que de la déclaration. Ah si, il lisait une enquête du juge Ti…

– Une enquête du juge Ti… Pourquoi ça ?

– Il a dit que c'était pour se préparer à son nouveau poste. Il pense que mieux connaître le système judiciaire de la Chine ancienne peut l'aider à réformer celui d'aujourd'hui.

– Il est tellement consciencieux ! Le directeur Chen est un bourreau de travail, c'est connu. Un homme excentrique, l'avertit Ma en faisant tourner son index contre sa tempe, un farfelu. Il vaut mieux qu'il reste en congé de convalescence pour l'instant. Un brin de folie n'est pas gênant chez un homme ordinaire, mais Chen est une figure publique. Nous devons faire attention à lui, c'est aussi ce que pense un de nos camarades haut placés à Pékin. »

Jin sentit la peur l'envahir. Peut-être en avait-elle trop dit. Mais elle était obligée de poursuivre.

« Merci de me prévenir, secrétaire Ma. J'ai trouvé le directeur Chen fatigué. Il n'a pas l'air de prendre soin de lui, il saute des repas, il boit trop de café et il avait un léger tremblement à l'œil gauche, mais à part ça, je n'ai rien remarqué d'inquiétant chez lui. Bien sûr, je serai plus attentive la prochaine fois et je vous dirai si je remarque quoi que ce soit. »

Dès que Ma fut sorti, elle tenta de mettre de l'ordre dans ses pensées. Malgré les compliments qu'elle avait reçus sur son travail, elle se sentait coupable. Elle aurait pu dire que, n'ayant pas réussi à joindre Chen par téléphone, elle avait communiqué avec lui par mail. Maintenant, elle allait devoir surveiller son « patron excentrique » pour le compte du gouvernement.

Cette situation était tellement injuste pour l'ancien inspecteur. Elle avait beaucoup entendu parler de lui avant d'être sous ses ordres. C'était un policier emblématique, connu pour l'intégrité et la droiture dont il avait fait preuve au cours d'enquêtes brillamment résolues. Dans un système de parti unique rongé par la corruption, il était un des rares fonctionnaires honnêtes encore en place – une espèce en voie de disparition, comme disaient en plaisantant les internautes.

À présent elle se sentait dépassée par les événements. Au lieu de servir son patron, elle allait devoir rendre des comptes à des personnes au-dessus de lui – et sûrement contre lui. Voilà pourquoi elle avait été embauchée. Si elle voulait garder son poste, elle devrait faire tout ce que le Parti lui demandait, à commencer par l'espionner. Refuser n'était pas une option.

Mais si elle fournissait les informations que le secrétaire Ma et ses amis espéraient obtenir, Chen serait éliminé et le bureau avec. Ce qui voulait dire qu'elle perdrait son poste…

Après tout, elle n'était pas obligée de respecter les consignes de Ma à la lettre. Elle lui ferait son rapport, consciencieusement, mais serait libre d'inclure ou d'omettre certains détails.

Devait-elle alerter Chen ? La situation était périlleuse, pour lui comme pour elle. Il en avait sans doute conscience, plus qu'il ne le lui avait laissé entendre.

Refusant d'agir dans la précipitation, elle poursuivit sa réflexion. Maintenant que le communiqué était validé, elle avait du temps devant elle.

Elle se rappela alors ce qu'il lui avait appris sur l'affaire Min : le juge était peut-être mêlé à un conflit d'intérêts. Chen avait évoqué le fait divers sur un ton désinvolte, mais elle le soupçonnait d'avoir une idée derrière la tête. Il lui avait donné l'impression de s'intéresser à l'enquête en secret, comme dans les rumeurs folles qu'elle avait glanées sur l'infatigable inspecteur.

Lui avait-il donné discrètement des pistes à suivre ?

Quoi que son mystérieux patron soit en train de mijoter, l'affaire était complexe. Elle pouvait toujours essayer de rassembler des informations ; elle verrait bien si elles s'avéraient utiles.

Ce projet lui offrirait aussi un bon entraînement. Et, dans le cadre de ses recherches sur la réforme du système judiciaire, il était plausible qu'elle s'intéresse à une affaire médiatisée.

Elle décida donc d'enquêter sur Min à sa façon. Elle disposait de moyens dont Chen était actuellement privé. Il était censé rester chez lui et se reposer, il ne pouvait sillonner la ville pour interroger des témoins.

Elle sortit une tablette, ouvrit une application permettant de contourner le « grand pare-feu » et chercha des détails politiquement sensibles sur l'affaire. Elle n'était pas sûre que Chen sache comment utiliser ces outils.

Elle constata d'emblée que les théories sur le meurtre avaient déferlé comme un raz-de-marée sur Internet. Dans un article assez long sur la cité où vivait Min, elle trouva une description détaillée du lieu, l'adresse et quelques informations sur le quartier.

La maison *shikumen* se trouvait à une vingtaine de minutes à pied de l'Hôtel de ville. Elle consulta sa montre. Elle n'aurait qu'à avancer sa pause-déjeuner. Et même la prolonger si besoin. Elle n'avait aucun patron sur le dos.

3

Peu après neuf heures, rue de Huaihai centrale, Chen sortit d'un taxi et leva les yeux vers l'Académie des sciences sociales de Shanghai.

L'idée d'aller là-bas lui était venue la veille, après le coup de fil de Ling et la relecture d'un vieux texte sur l'art de la guerre intitulé *Les Trente-Six Stratagèmes.*

Un des chapitres racontait un épisode survenu sous la dynastie Han. Encerclé, le général Xin voulait faire sortir ses troupes de Hanzhong. Conscient de la présence de l'ennemi, prêt à attaquer avec une armée supérieure en nombre à la sienne, il décida de construire ostensiblement une route de montagne. Pendant ce temps, ses soldats empruntèrent un sentier secret pour rejoindre Chencang, d'où il put prendre l'ennemi par surprise. Cette légende donna lieu à une des stratégies militaires les plus célèbres, « l'avancée secrète vers Chencang ».

Ce matin-là Chen empruntait donc une « route de montagne » en rendant visite au professeur Yao. Comme ceux qui le surveillaient savaient qu'il était en contact avec le professeur, il venait délibérément le voir, certain que leur entretien serait rapporté.

Il se sentait de plus en plus enclin à croire que c'était à cause de lui que leur conversation téléphonique avait été enregistrée. Yao était un obscur universitaire ; même si ses remarques avaient heurté certains cadres, il ne représentait pas de véritable menace pour le Parti. Contrairement à l'ancien inspecteur.

Parler au professeur Yao de son projet sur le juge Ti détournerait l'attention de ceux qui l'épiaient dans l'ombre. Comme le général Xin, Chen ferait semblant de s'intéresser à une figure historique de la dynastie Tang pour ne pas montrer qu'il enquêtait en douce sur des personnes réelles.

Le professeur Yao n'était malheureusement pas dans son bureau. Chen alla donc voir le directeur de l'Institut de droit, un maître de conférence d'une cinquantaine d'années nommé Hou. L'homme l'accueillit avec déférence.

« Vous avez dû avoir vent de ma mutation, directeur Hou, commença Chen en souriant. Je suis encore en congé de convalescence, mais je ne vais pas passer mes journées chez moi à ne rien faire. Je me sens investi d'une grande responsabilité. J'ai travaillé dans la police pendant des années et pourtant je ne connais pas grand-chose au système judiciaire de notre pays. Je dois me préparer pour ce nouveau poste. En venant ici, j'emprunte en quelque sorte un raccourci.

– Vous êtes trop modeste, directeur Chen. »

Voyant l'air déconcerté de Hou, Chen comprit qu'il avait entendu parler de ses ennuis. Dans la hiérarchie du système, l'ancien inspecteur restait cependant supérieur à lui. Et puis, Hou avait intérêt à se montrer prudent. Après tout, Chen réussirait peut-être à rentrer dans les bonnes grâces des autorités.

« Dites-moi ce que notre Institut peut faire pour vous, proposa-t-il poliment.

– Eh bien, j'aimerais avoir accès à votre bibliothèque. Il paraît qu'elle est plus commode que la bibliothèque de Shanghai car vos livres sont en consultation libre. Et vous avez une collection gigantesque, m'a-t-on dit, qui participe au prestige de votre Institut.

– Merci, directeur Chen. Notre bibliothèque est pratique, en effet. Vous pouvez emprunter tous les livres que vous voulez.

– Dans le cadre de mes recherches sur la réforme judiciaire, je prévois d'écrire un article sur le juge Ti.

– Un article de recherche sur le juge Ti, de la dynastie Tang ? s'étonna Hou.

– Oui, c'est ça. Je sais que le professeur Yao maîtrise parfaitement l'histoire du système judiciaire chinois.

J'aimerais beaucoup m'entretenir avec lui, mais j'ai vu qu'il n'était pas dans son bureau ce matin.

– Le professeur Yao assiste à une conférence dans le Guangxi, mais il a effectivement publié un grand nombre d'articles sur le sujet. Je ne sais pas s'il fait référence au juge Ti, mais il parle certainement de la dynastie Tang. Vous trouverez tous ces documents dans nos archives.

– Merveilleux ! Puis-je vous demander de me dresser une liste de ces articles ? Quand le professeur reviendra, je parlerai de tout ça avec lui de vive voix. Le juge Ti est une figure emblématique de la Chine ancienne. Un article sur lui serait un bon moyen d'attirer l'attention du public sur l'urgence de la réforme judiciaire.

– Vous avez toujours un point de vue très original sur les choses, inspecteur principal… pardon, directeur Chen.

– Ne vous excusez pas. J'ai moi-même du mal à m'habituer à mon nouveau titre. C'est pour ça que je tiens à maîtriser mon sujet en faisant des recherches et en rencontrant des experts comme le professeur Yao.

– Nous serions honorés de pouvoir vous aider », conclut Hou en se levant avant de s'incliner cérémonieusement.

La bibliothèque était assez petite, mais confortable et fonctionnelle, avec une classification simple et un grand nombre d'ouvrages à disposition. Chen parcourut les rayons et en tira une édition en plusieurs volumes du *Code Tang annoté*, une réimpression rare datant de la période républicaine. Les livres portaient l'étiquette : *À consulter sur place uniquement.* Il les posa sur une table près de l'entrée où il fut surpris de trouver un ouvrage en anglais : *True Crimes in Eighteenth Century*

China : Twenty Case Histories[1], écrit par un sinologue contemporain nommé Robert Hegel. Étrangement, Chen avait souvent plus de facilité à lire des textes juridiques en anglais qu'en chinois classique. Peut-être parce que dans ce domaine, beaucoup de concepts n'avaient pas d'équivalents exacts dans sa langue maternelle. Il mémorisa le titre de l'ouvrage en se disant qu'il pourrait le commander sur Amazon. Le budget des frais professionnels de son nouveau poste était en adéquation avec son titre ronflant.

Chen alla demander à une bibliothécaire assise dans un coin l'autorisation de reproduire quelques pages du *Code Tang annoté*. Il se mit donc à photocopier précautionneusement l'ouvrage page à page. Les feuillets jaunis semblaient extrêmement fragiles. Le directeur Hou surgit soudain dans la salle.

« Ne vous embêtez pas avec ça, directeur Chen. Je vais demander à quelqu'un de le faire pour vous. » Hou était tombé entre-temps sur la déclaration officielle du Bureau de la réforme du système judiciaire. « C'est très pertinent de votre part d'avoir parlé de l'irrecevabilité des preuves dans l'affaire du juge Jiao. À l'ère de la globalisation, nous avons aussi beaucoup à apprendre de l'Occident. C'est dommage que les voyous du Net soient passés à côté de cet argument.

– Oui, c'est un point de procédure. Nous avons encore beaucoup à apprendre ; de l'Occident sans doute, mais aussi de notre propre passé. »

Cette observation politiquement correcte montrait qu'il prenait son travail à cœur. Hou entretenait des

1. Litt. « Véritables crimes du XVIIIe siècle chinois : Vingt affaires historiques ». Livre publié en anglais par University of Washington Press en avril 2009.

relations étroites avec la municipalité ; il ne faudrait pas longtemps pour qu'un rapport sur la visite du directeur atterrisse sur le bureau des autorités, mais jusqu'à présent, Chen n'avait rien à se reprocher.

« Au fait, ajouta Hou, je sais qui pourrait vous aider dans votre projet : le professeur Zhong de l'Institut de littérature.

– Le professeur Zhong Longhua ?

– Oui, lui-même. Il vient de travailler comme conseiller historique sur un film inspiré du juge Ti.

– Ah bon ? Je n'étais pas au courant. Merci beaucoup, directeur Hou. Voici les numéros des pages qui m'intéressent. Je vais tout de suite aller voir le professeur Zhong. L'Institut de littérature est au deuxième étage, c'est ça ?

– C'est ça. »

Chen partit aussitôt dans la direction indiquée.

4

Chen avait croisé le professeur Zhong plusieurs fois, à l'Institut de littérature et à l'Association des écrivains de Shanghai, bien que le grand spécialiste de poésie Tang fît partie du groupe de littérature classique et Chen du groupe de poésie moderne.

Entre deux étages, Chen sortit son portable pour consulter la liste des films du juge Ti que Jin lui avait envoyée la veille. Le nom de Zhong apparaissait bien au générique d'un téléfilm récent. En poursuivant rapidement ses recherches sur Internet, il apprit que le professeur avait écrit une biographie de Xuanji dont quelques extraits avaient été publiés dans des magazines. Cette information lui fournirait un prétexte idéal pour l'interroger sur le meurtre de la dynastie Tang.

Les chercheurs de l'Académie venaient seulement deux fois par semaine assister à des réunions ou des séances d'études politiques et il leur suffisait de fournir à la fin de l'année une liste de leurs publications afin d'être évalués par le conseil d'administration. Ce matin-là, sous la pression du Parti qui encourageait ses intellectuels à participer à la vie politique, le bâtiment était plein.

Chen eut la chance de trouver le professeur Zhong assis à son bureau. Le vieil homme se leva et vint à sa rencontre, la mine réjouie.

« Quel bon vent vous amène, directeur Chen ?

– Le vent de la dynastie Tang, la pluie glacée du palais de Chang'an.

– Quel lyrisme pour un directeur !

– Je paraphrase seulement un vers de Wang Changling.

– Oui, je sais, c'est *Sous le clair de lune des Qin, franchissant le col des Han*[1]. C'est un honneur de vous recevoir dans mon petit bureau. »

L'endroit n'était pas exigu, mais Zhong le partageait avec quatre ou cinq collègues qui avaient l'air de se demander s'ils devaient laisser les deux hommes seuls.

Chen les salua de la tête et s'assit en face de Zhong en citoyen qui n'a absolument rien à se reprocher.

« Je viens comme un élève qui aurait besoin des lumières d'un maître en poésie Tang, commença-t-il.

1. Wang Changling, « Au-delà de la frontière », traduction de Georgette Jeager, in *L'Anthologie de trois cents poèmes de la dynastie des Tang*, Pékin, Société des éditions culturelles internationales, 1987.

Vous savez combien j'ai toujours admiré votre travail, professeur Zhong.

– Vous me flattez, directeur Chen. Vous avez traduit un certain nombre de poèmes Tang ; nous pouvons donc parler d'égal à égal. Êtes-vous en train de traduire une nouvelle série de poèmes ?

– C'est un projet. Mais en ce moment, je lis une enquête du juge Ti écrite par le sinologue hollandais Van Gulik. C'est un roman fascinant, inspiré de Xuanji, la poétesse au destin tragique. Il m'a amené à me poser un tas de questions sur ces personnages. Je sais que vous êtes un expert en la matière. Je viens de lire un entretien dans lequel vous parlez de votre biographie de Xuanji. Et je crois que vous avez aussi travaillé en tant que conseiller historique sur un film… »

Leur conversation fut interrompue par l'entrée d'un chercheur d'une cinquantaine d'années que Chen ne connaissait pas. En apercevant l'intrus, l'homme fit volte-face, poussa un soupir exaspéré et sortit du bureau.

« Allons en bas, c'est plus calme, proposa Zhong. Il y a un café au premier étage du bâtiment principal. Rien d'extraordinaire, mais nous serons tranquilles. Nous donnons souvent rendez-vous à nos visiteurs là-bas. Mais je vous préviens, le café n'est pas terrible.

– Ne vous inquiétez pas pour le café. Je m'en passerai. J'en bois déjà trop. »

La cafétéria était assez spacieuse. À cette heure, seuls deux ou trois clients lisaient près du comptoir.

Chen et Zhong s'installèrent tout au fond de la salle, derrière un rayonnage d'étagères blanches garnies de magazines qui leur offraient un semblant d'intimité.

Zhong commanda un thé noir au citron pour Chen et un café pour lui.

« Vous parliez du juge Ti… reprit Zhong avec un sourire d'excuse.

– Oui, aussi fou que cela paraisse, je m'intéresse à ce roman à cause d'un poème de Xuanji que Van Gulik cite partiellement dans *Assassins et poètes*. Je crois qu'elle l'avait écrit pour Wen, son premier amant.

– Ça ne m'étonne pas de vous, cher inspecteur poète. Moi aussi, j'ai reconnu le poème dans la traduction chinoise du roman. Mais vous savez quoi ? Le traducteur ne connaissait pas l'original, donc il l'a retraduit au lieu d'aller chercher le poème véritable !

– Quel dommage qu'il n'ait pas fait honneur au roman de Van Gulik. Le mélange de poésie, de romance et de meurtre m'a vraiment tenu en haleine. Mais je suis curieux d'avoir l'avis d'un connaisseur.

– Vous êtes venu frapper à la bonne porte. J'ai écrit une biographie sur Xuanji. Elle sortira l'année prochaine. Son procès reste une des affaires les plus sensationnelles de la dynastie Tang.

– Que pensez-vous de cette affaire justement ?

– Celle de la fiction ou celle de la réalité ?

– Les deux.

– Eh bien, dans le roman de Van Gulik, le héros reste le juge Ti ; l'histoire de Yo-Lan, la poétesse, ne se déroule qu'en toile de fond. Pour être honnête, je trouve le personnage féminin assez peu convaincant.

– Pour quelle raison, professeur ?

– Pour vous expliquer, il faut que je vous raconte brièvement la vie de Xuanji, même si j'imagine que vous êtes déjà renseigné. Interrompez-moi si vous connaissez toute cette histoire ou si je vous ennuie.

« Xuanji, née dans une famille pauvre, montra dès son plus jeune âge un talent certain pour la poésie. Sous la dynastie Tang, une jeune fille ne pouvait envisager de consacrer sa vie à cet art. L'examen impérial était réservé exclusivement aux garçons. Il était mal vu pour une femme de s'instruire puisque selon les principes confucéens, son rôle était d'obéir à son père avant le mariage, à son mari après le mariage et à son fils à la mort de son mari. Mais la poésie était tellement populaire à l'époque que très vite, Xuanji attira l'attention de plusieurs lettrés, parmi lesquels le célèbre Wen Tingyun. Wen fut charmé par sa beauté et par ses vers. Bien qu'il fût de trente ans son aîné, Xuanji tomba éperdument amoureuse de lui. On dit qu'ils se sont écrit quantité de poèmes passionnés. Mais leur histoire ne dura pas. Une des raisons avancées par certains critiques tardifs est que Wen était laid et gauche en présence des femmes. D'autres prétendent qu'il était pétri d'ambition, obnubilé par sa carrière. Une liaison avec une jeune poétesse avait son charme ; un mariage aurait été une autre affaire. Quelles qu'aient été les causes de leur séparation, Wen prit ensuite une décision étonnante en présentant sa maîtresse à Zi'an, un jeune lettré promis à un brillant avenir. Zi'an en tomba aussitôt amoureux, mais il était déjà marié à une femme issue d'une famille éminente sur laquelle il comptait pour réussir. Il était hors de question pour lui de divorcer. Xuanji et lui vécurent donc ensemble quelque temps dans la capitale à l'insu de son épouse, mais quand celle-ci le rejoignit, Xuanji dut se retirer. Seule, elle se languissait jour et nuit.

– C'est à ce moment-là qu'elle a écrit pour lui le poème intitulé “Vers à Zi'an au bord de la rivière”. Il est dans le recueil que j'ai traduit.

– Un poème magnifique, c'est vrai. L'épouse entra dans une colère noire en apprenant que Zi'an entretenait secrètement une concubine. Il n'eut pas d'autre choix que d'envoyer Xuanji dans un monastère taoïste en lui promettant de la libérer au bout d'un an. Mais il resta sous la coupe de sa femme et ne lui donna plus signe de vie. Désespérée par cette attente interminable, Xuanji entretint des liaisons avec d'autres hommes qui venaient au monastère admirer sa beauté et son talent. La suite de l'histoire est assez floue. Elle continua à écrire et sa vie retirée lui permit de mener une existence d'artiste tout en recevant des clients comme une courtisane de luxe. Et puis un événement inexplicable se produisit : dans un accès de jalousie, elle battit à mort sa servante sous prétexte qu'elle s'était mise à fréquenter un de ses amants. Elle enterra le corps dans la cour du monastère. Le lendemain, des visiteurs remarquèrent un essaim de mouches qui bourdonnaient autour des fleurs et découvrirent le corps de la victime. Xuanji fut condamnée à mort et exécutée.

– Quelle histoire tragique ! Merci beaucoup, professeur Zhong. Je pense pouvoir trouver des indices sur ses relations avec Wen et Zi'an dans ses poèmes. Mais pouvez-vous m'en apprendre un peu plus sur le meurtre commis dans le monastère ?

– D'abord, il faut savoir que les documents historiques qui nous restent sur l'affaire sont rares et souvent peu fiables. Il n'y a aucune trace du procès. Rien qu'une courte mention dans une série d'anecdotes intitulée *Notes des trois eaux*, un ouvrage à la paternité douteuse écrit au IXe siècle. Certains chapitres relatent des faits réels du milieu de la dynastie Tang. Celui sur Xuanji est un des plus connus. Dans le texte, la servante tient tête à sa maîtresse qui la corrige violemment. Une fois le corps découvert, elle plaide coupable puis est exécutée. Mais cette version reste discutable. Les soupçons qui pesaient sur Xuanji ne furent confirmés ni par des preuves ni par aucun témoignage. Comment une intellectuelle aussi brillante s'est-elle transformée soudain en meurtrière hystérique ? Certains historiens pensent que le verdict n'a servi qu'à couvrir la vérité, voire même à protéger le véritable assassin.

– Une couverture ? Voilà qui est intéressant.

– D'après un autre passage du livre dont je vous parle, le juge qui a condamné Xuanji s'était vu refuser ses avances. Mais la réalité est sûrement plus complexe qu'on ne l'imagine. En l'absence de documentation historique, la meilleure option reste de s'en tenir au scénario le plus plausible. Tout ce que je peux vous dire avec certitude, c'est qu'à l'époque, les histoires d'amour avaient beau être populaires dans la littérature, elles étaient loin d'être en accord avec la morale confucéenne en vigueur. En d'autres termes, la condamnation de Xuanji a pu aussi servir à faire passer un message au peuple. »

Zhong hocha la tête et baissa les yeux vers sa tasse d'un air morose.

« C'est peut-être à cause de l'absence de sources historiques que Van Gulik a préféré laisser Xuanji au second plan pour mettre en avant une autre affaire dans laquelle elle apparaîtrait encore plus clairement comme une victime de la passion amoureuse, observa-t-il pensivement.

– Vous êtes vraiment calé, professeur Zhong. À vrai dire, je ne suis pas venu uniquement pour vous faire part de ma curiosité envers l'affaire Xuanji. Je songe à écrire un article sur le juge Ti et le système judiciaire Tang. J'aimerais citer l'affaire Xuanji en exemple. En tant qu'ancien officier de police, je n'ai pas pu m'empêcher de lire le roman comme un rapport d'enquête, en tentant d'analyser objectivement les faits.

– C'est une excellente idée de vous appuyer sur une affaire historique. Et vous avez toutes les compétences qu'il faut pour l'analyser : vous avez traduit des poèmes Tang et vous êtes vous-même poète. Sans parler de votre expérience au sein de la police. » Zhong s'arrêta pour boire une gorgée de café. « Et vous avez choisi le bon moment. Le juge Ti est un héros chinois politiquement correct très à la mode. J'ai eu une grande conversation là-dessus avec le producteur du film sur lequel j'ai travaillé. C'est beaucoup plus facile pour le Bureau de la censure d'approuver un film sur le juge Ti – un héros du passé qui n'a rien à voir avec le socialisme de marché d'aujourd'hui. S'emparer d'un mythe est beaucoup moins dangereux que… »

Ils furent interrompus par un jeune homme qui avançait droit vers eux, un livre à la main.

« Excusez-moi de vous déranger, inspecteur principal Chen, commença l'inconnu, mais j'ai appris que vous étiez ici et je tenais absolument à vous saluer. Je m'appelle Guan, je suis un collègue du professeur Zhong et aussi un de vos plus grands fans, de vos enquêtes, mais surtout de vos poèmes. J'ai apporté un de vos recueils que j'apprécie beaucoup. Vous voulez bien me le dédicacer ?

– Vous voyez, comme dirait Gao Shi, *tout le monde vous connaît sous les cieux*, observa Zhong. Vous avez des admirateurs partout.

– Vous exagérez, vous venez de m'instruire sur le juge Ti comme un vrai professeur.

– Vous êtes trop modeste, inspecteur principal Chen, vous êtes le juge Ti du XXIe siècle, enchérit Guan. Mais je vois que vous êtes en pleine conversation, je ne vais pas vous déranger plus longtemps. Y a-t-il quelque chose que je puisse faire pour vous ?

– Vous pouvez imprimer ma biographie de Xuanji qui sortira dans quelques mois, proposa Zhong. Elle intéressera sûrement le directeur Chen, ajouta-t-il en sortant une clé USB. Allez dans le bureau du directeur de l'Institut, avec l'imprimante laser, le tirage sera plus rapide et de meilleure qualité.

– Bien sûr, professeur Zhong. Je m'en occupe. Encore une fois, merci, inspecteur principal Chen. Votre autographe me comble de joie. »

Une fois Guan parti exécuter sa mission, Zhong reprit le fil de leur conversation.

« J'ai une suggestion à vous faire, directeur Chen.

– Ah oui, laquelle ?

– Au lieu d'écrire un article de recherche, vous devriez vous lancer dans une enquête du juge Ti.

– Comment ça ?

– Je fais des recherches sur la poésie Tang depuis trente ans, j'ai publié des dizaines d'articles et de livres, mais, figurez-vous que l'argent que j'ai touché pour tous ces travaux mis ensemble représente dix fois moins que ce que j'ai gagné en donnant mon avis sur un film sur le juge Ti. C'est scandaleux, non ? Le scénario était assez mauvais, mais le producteur m'a fait une offre que je ne pouvais pas refuser. Il va sans dire que je leur ai fourni presque tout le contexte historique du film.

– Je suis sûr que votre contribution les a sauvés, avança Chen. Et votre nom au générique est un gage de qualité pour eux. Mais pourquoi voulez-vous que j'écrive un roman ?

– En dehors de l'aspect financier, je suis sûr que vous inventeriez une bien meilleure histoire. Une histoire digne du juge Ti, de Xuanji et de la poésie Tang. Et vous auriez un lectorat tout trouvé. Vos admirateurs, comme Guan, s'intéressent à tout ce que vous faites. Un inspecteur de police légendaire qui écrit l'histoire d'un juge légendaire de la Chine ancienne, imaginez l'enthousiasme que vous susciteriez !

– Je vais y réfléchir.

– Et je pourrais vous aider. Je vous fournirais tous les détails historiques dont vous auriez besoin pour le livre – et pour le film qui en découlerait.

– Vous allez trop vite en besogne, professeur Zhong. Je n'ai pas écrit un seul mot et vous parlez déjà d'une adaptation cinématographique ! Nous avons quand même un petit problème. Le juge Ti et Xuanji n'ont pas vécu exactement à la même époque. Le roman de Van Gulik est anachronique.

– L'explication est simple : c'était l'affaire la plus sensationnelle de la dynastie Tang. Elle rassemble tous les ingrédients d'une intrigue palpitante : amour, poésie, sexe, jalousie, meurtre, esprit de renard maléfique et que sais-je encore. Et le juge Ti est le personnage le plus célèbre de cette époque. Van Gulik n'a pas pu résister à la tentation de les réunir.

– Je reconnais que c'est tentant.

– Plusieurs sociétés de production m'ont contacté dans l'idée d'écrire un scénario digne de ce nom. Je leur parlerai de votre projet dès ce soir. Attendez mon appel. »

Au même moment, le portable de Zhong se mit à sonner.

« C'est un message du directeur de notre Institut. Il m'attend dans son bureau.

– Je vous en prie, allez-y. Je vous ai déjà retenu trop longtemps.

– Je vous appellerai quand j'aurai eu les producteurs. Le marché du cinéma chinois est énorme. Les Occidentaux sont sur les dents pour essayer de se tailler une part du gâteau. Et c'est un sujet sans risque. Le Sherlock Holmes chinois plaît à tout le monde. »

5

Il fallut moins de vingt minutes à Jin pour atteindre la cité de Min, mais elle mit ensuite un certain temps à trouver le bureau du comité de quartier, tapi à l'angle des rues de Jinling et de Madang.

Elle était face à un décor banal dans cette ville en perpétuelle mutation : d'un côté, les gratte-ciel modernes se serraient les uns contre les autres et à deux pas de là, quelques maisons *shikumen* délabrées tenaient bon, parmi lesquelles le local du comité de quartier, pareil aux cartes postales jaunies par le temps que ses parents avaient conservées.

La façade du bâtiment était partiellement masquée par l'échoppe d'un marchand ambulant dans laquelle s'alignaient des plats crus à côté d'un poêle à charbon et d'une batterie de woks. Le cuisinier était occupé à faire frire les commandes de ses clients assis sur des bancs à des tables de bois brut.

Jin entra dans le local et se présenta auprès d'une femme aux cheveux argentés, le visage aussi fripé qu'une noix, qui somnolait sur une chaise près de la porte. Elle lui tendit sa carte de visite de secrétaire du Bureau de la réforme du système judiciaire de Shanghai, persuadée qu'elle tenait là une excuse parfaite pour se renseigner sur l'affaire Min.

« Mon bureau est à l'Hôtel de ville, place du Peuple, tout près d'ici…

– Le chef n'est pas là. C'est la pause-déjeuner. Je suis à la retraite, je me suis seulement assise là quelques minutes, expliqua la vieille femme avec indifférence.

– Vous avez un bureau à la mairie ! » s'extasia soudain un vieil homme qui se dirigeait vers la porte, une boîte en plastique à la main. Il se pencha vers la carte de visite.

« Oui, répondit vivement Jin, nous avons entendu parler du meurtre qui a été commis dans votre quartier. Je ne suis pas de la police, mais dans le cadre de mon travail, je suis venue me renseigner sur les circonstances de l'affaire.

– Si vous voulez parler de Min, vous êtes venue frapper à la bonne porte, secrétaire Jin, se vanta l'homme. J'ai habité dans la même cité qu'elle pendant des années. Je l'ai vue grandir, depuis l'époque où elle avait une couette de petite fille et où ses parents et elle vivaient à trois dans un *tingzhijian*. On était loin de la maison *shikumen* de millionnaire où elle est maintenant. Je vous dirai tout ce que vous voulez…

– Tu peux vraiment pas t'empêcher d'ouvrir ta grande bouche, toi, le réprimanda la vieille femme.

– Ne vous en faites pas, la rassura Jin. Je ne suis pas journaliste. Rien de ce que vous me direz ne paraîtra dans les médias ni dans aucun rapport officiel. Mais vous rendriez un grand service au gouvernement. Quel est votre nom, camarade ?

– Bao Guoqing. Je suis là seulement pour réchauffer mon déjeuner au micro-ondes. Avant j'étais surveillant de quartier.

– Pardon. Je n'avais pas fait attention à l'heure », s'excusa Jin.

Elle était étonnée que l'homme en soit réduit à utiliser le micro-ondes du comité de quartier. Il ne devait pas avoir beaucoup d'argent. Elle repensa alors à l'échoppe de rue et se souvint avoir entendu dire que l'inspecteur Chen menait toujours ses interrogatoires autour d'un bon plat. Pourquoi pas ? Bao parlerait plus librement à table, sans craindre d'être interrompu par la vieille commère.

« Et si vous partagiez un déjeuner avec moi dehors ? proposa-t-elle d'une voix aimable.

– Mais, j'ai déjà un plat dans ma boîte, hésita l'homme.

– Vous le mangerez ce soir. Je vous invite. »

Bao ne se fit pas prier. Il lui emboîta le pas, souriant jusqu'aux oreilles, tandis que la vieille femme les regardait en secouant la tête sans bouger de sa chaise.

L'échoppe ne proposait pas un grand choix de plats. Jin commanda une portion de « clochettes croustillantes » – petites boulettes de tofu frites –, un plat généralement apprécié, bien qu'elle craignît que l'huile de cuisson n'ait été trop de fois recyclée. Bao opta pour des tranches de bœuf à la sauce soja accompagnées de chou vert et de riz blanc.

« Pas mauvais du tout, soupira-t-il radieux après avoir fini sa première tranche de viande en s'essuyant la bouche du revers de la main. Avant, j'étais quelqu'un ici, je patrouillais dans le quartier sans arrêt. À l'époque, les marchands étaient en admiration devant un surveillant comme moi. Le monde a bien changé. Et je sais que ce n'est pas pour rien qu'une jeune fonctionnaire de la ville invite un pauvre retraité à déjeuner. Alors allez-y, posez-moi vos questions.

– Merci. » Elle sortit son téléphone et, tout en faisant mine de consulter un message, lança l'enregistreur vocal.

Le témoignage ne servirait jamais de preuve ; elle n'avait pas besoin de s'inquiéter de sa non-recevabilité.

6

En sortant de l'Académie des sciences sociales, ne sachant où aller, Chen s'engagea au hasard dans la rue de Huaihai.

Au bout de quelques centaines de mètres, il aperçut une longue file d'attente devant l'épicerie fine d'un ancien restaurant, *Le Village heureux*. Leurs plats étaient préparés dans le plus grand respect de la tradition shanghaienne : poulet au vin de riz jaune, tête de poisson fumée, poitrine de porc braisée à la sauce rouge. Tout avait l'air délicieux et les prix affichés en vitrine étaient deux fois moins chers que ceux pratiqués par le restaurant.

Chen avait beau avoir pris son petit déjeuner tôt le matin, il n'avait pas faim. Il décida de marcher encore un peu. Il avait besoin de digérer tout ce que le professeur Zhong lui avait appris.

Sa visite à l'Académie s'était avérée plus productive qu'il ne l'aurait pensé. Il avait pu expliquer à plusieurs personnes qu'il travaillait sur un projet autour du juge Ti, s'assurant ainsi que le bruit se répandrait rapidement. Zhong lui avait fourni en quelques minutes des informations historiques qu'il aurait mis des mois à rassembler. En y réfléchissant, le professeur avait peut-être raison de l'encourager à écrire un roman. Il n'avait pas rédigé d'article universitaire depuis des années. Et il n'aurait jamais le temps d'effectuer les recherches nécessaires. Une fiction n'avait pas besoin d'être aussi fouillée. Grâce aux récits condensés du professeur, il pourrait facilement inventer une intrigue assez fiable historiquement.

L'idée de publier un best-seller et de le voir ensuite adapté au cinéma, comme l'avait prédit Zhong, avait de quoi le tenter. Il devait penser au confort de sa mère, à défaut du sien. Il souhaitait qu'elle passe ses dernières années en paix, sans manquer de rien.

En même temps, son ambition le poussait à publier un livre de qualité, au moins égal à celui de Van Gulik, un texte que les gens liraient pendant des années, comme l'imaginait Du Fu, le célèbre poète Tang, conscient que « *l'écriture dure des milliers d'automnes* ».

Ses pensées se mirent à osciller entre l'interprétation de Van Gulik, selon laquelle Xuanji cherchait à protéger son amant secret, et la déclaration de Min qui affirmait avoir été seule la nuit du meurtre alors qu'elle s'était réveillée nue le lendemain.

Chen contourna la file qui longeait le restaurant, aussi lente qu'une traînée d'escargot. Un client avait le nez baissé sur une tablette qu'il tapotait régulièrement de l'index.

Il fit encore quelques pas et entra dans une librairie. Il fut surpris de trouver en tête de gondole trois histoires du juge Ti en chinois : *Le Paravent de laque*, *Le Fantôme du temple* et *Meurtre sur un bateau-de-fleurs*. Visiblement, le personnage avait la cote. Chen n'était pas certain que les traductions chinoises de Van Gulik soient très bonnes, mais il lirait sans doute plus vite dans sa propre langue.

Les livres sous le bras, il se dirigea machinalement vers le New World avec la vague idée d'aller au Starbucks quand son téléphone privé se mit à sonner.

« J'ai du nouveau, annonça précipitamment Vieux Chasseur.

– Du nouveau ? répéta Chen. Oui, nous devrions essayer quelque chose de nouveau. Et si nous nous retrouvions au Starbucks du New World ? Ils servent du thé vert là-bas aussi.

– Du thé vert au Starbucks ?

– Oui, ils ont un thé vert au lait et d'autres sortes de thé. L'entrée se trouve près de la porte Nord du centre commercial. Le thé ne sera peut-être pas à la hauteur de vos exigences, mais au moins, vous serez fixé.

– D'accord. J'y serai d'ici un quart d'heure. »

Vieux Chasseur ne devait pas être loin. De son côté, Chen n'était qu'à dix minutes de marche.

Le Starbucks était bondé, comme toujours. L'enseigne était extrêmement populaire chez les jeunes cols blancs du quartier et par rapport aux autres bars et restaurants du New World, les prix restaient abordables.

Chen eut la chance de trouver une table à l'extérieur. Il commanda un grand café noir et ouvrit *Le Paravent de laque*. Le temps était doux. Assis en terrasse avec son roman, il eut le temps de lire dix pages en sirotant son café à petites gorgées avant de voir arriver Vieux Chasseur à grands pas. L'homme se laissa tomber sur la chaise en face de lui.

Comme convenu, le vieil homme commanda un thé vert au lait qu'il regarda d'un air méfiant. Il but la première gorgée en fronçant les sourcils mais s'abstint de tout commentaire.

Il confia à Chen qu'il comptait l'inviter dans un autre café bien plus luxueux que le Starbucks.

« Je pensais au jardin de l'hôtel *Villa Moller*. Il paraît que leur café est excellent, très noir et très fort. Très cher aussi, mais ça vaut la peine. L'atmosphère du jardin est magique. Et si on veut avoir un peu plus d'intimité, ils louent aussi des tentes. Vu le budget alloué par Sima, on peut se le permettre.

– Je vois, le café du jardin de la *Villa Moller*, au coin de la rue de Yan'an et de la rue de Shanxi », précisa Chen, le cœur serré à la pensée des souvenirs douloureux convoqués par ce lieu[1]. Pour lui le nom évoquait tout le contraire d'un havre de paix.

1. Cf. *Cyber China*, Liana Levi, 2012.

L'hôtel, préservé en raison de son histoire singulière, faisait partie des sites légendaires récemment redécouverts par l'élite de la ville. Dans les années trente, Eric Moller, un homme d'affaires norvégien qui avait gagné gros dans les courses de chevaux et de chiens, avait fait ériger un véritable château de conte de fées pour concrétiser le rêve de sa fille. La demeure était devenue une sorte de « folie » architecturale. À partir de 1949, le gouvernement y avait installé des bureaux et au début des années deux mille, la maison avait été reconvertie en hôtel de luxe. Il avait fallu d'énormes travaux pour restaurer les éléments de décoration et meubler les pièces dans l'esprit de l'époque. Un nouveau bâtiment avait été construit dans le même style que l'original afin d'augmenter les capacités d'accueil.

« Depuis quand êtes-vous si exigeant dans vos choix de cafés, Vieux Chasseur ?

– Vous êtes déjà allé là-bas ? demanda le vieil homme, éludant la question.

– Oui, il y a quelques années, pour une enquête.

– Alors vous savez… »

Vieux Chasseur n'avait pas besoin de poursuivre. Chen avait compris l'allusion : Min, objet d'un *shuanggui*, avait été enfermée dans cet hôtel, sous l'étroite surveillance du gouvernement.

Des années plus tôt, Chen avait découvert qu'un cadre haut placé du Parti avait été détenu là-bas avant d'être assassiné. La résolution de cette affaire complexe avait provoqué la chute du secrétaire général du Parti de Shanghai.

Ironie du sort, le rêve féerique d'une petite fille norvégienne, évocateur de merveilles et de mondes fantastiques, était devenu le lieu secret de détention d'un gouvernement autoritaire, surveillé vingt-quatre heures sur vingt-quatre par une horde d'employés formés à des méthodes d'intimidation douteuses.

Il y avait cependant un détail nouveau dans la description de Vieux Chasseur. Au cours de son enquête, Chen avait constaté que seuls les clients de l'hôtel buvaient leur café dans le jardin. À présent, les visiteurs extérieurs pouvaient aussi profiter du ravissant écrin de verdure tapi au cœur de la capitale.

« Vous qui êtes un grand buveur de thé, comment avez-vous entendu parler de cet endroit ?

– Grâce à Sima. Il a beaucoup de relations, vous savez. Mais nous ne savons pas où elle loge exactement. »

Les enjeux politiques de l'affaire devaient être encore plus graves qu'ils ne l'avaient imaginé. Il ne pouvait simplement s'agir de punir publiquement la provocation que représentait un simple surnom.

Vieux Chasseur avait-il une idée en tête en voulant inviter Chen au café de l'hôtel ? Peut-être comptait-il mener une mission de reconnaissance. L'endroit était bien gardé, il était vain d'espérer se glisser à l'intérieur et entrer en contact avec Min. Et les agents de sécurité risquaient de reconnaître Chen, même dans une tente privée. Il y avait des caméras de surveillance partout là-bas. D'après un article publié sur Internet, la Chine allait bientôt compter autant de caméras de surveillance que d'habitants.

Le risque était trop grand, conclut Chen. Jusqu'à présent, il s'en était toujours sorti, mais la chance pouvait tourner à tout moment.

« Je suis désolé, Vieux Chasseur, le gouvernement municipal vient de me demander de rédiger une déclaration sur un scandale impliquant un juge du Parti. Je vais être assez occupé.

– Je croyais que vous étiez en congé ?

– Après notre promenade au coin des mariages, ma secrétaire est venue me parler de cette requête officielle. Elle travaille très dur et j'attends d'ailleurs son appel d'une minute à l'autre. Je vous ferai signe dans un jour ou deux. Ne vous en faites pas. Le café noir de l'hôtel est sûrement trop fort pour mon estomac, mais nous irons dans la maison de thé dont vous m'avez parlé. Le thé est plus digeste pour moi. »

7

Chen regarda Vieux Chasseur s'éloigner en traînant des pieds. Que pouvait-il faire ? La question ne s'appliquait pas seulement à son enquête. Pendant des années, il avait cru qu'en travaillant consciencieusement au sein du système, il réussirait à changer les choses, mais il reconnaissait à présent que ses espoirs n'avaient été que des chimères. Peu à peu, il avait pris conscience de son impuissance. Et il ne faisait même plus partie de la police.

Qu'allait-il devenir ?

Il se dit qu'il ferait bien de prendre des nouvelles de Jin. Elle s'était peut-être renseignée sur le juge Ti et elle pourrait aussi lui apprendre comment le communiqué avait été reçu par la municipalité. Son projet d'écriture lui servirait aussi de « route de montagne » avec elle. Il n'était pas impossible que les autorités l'aient chargée de l'espionner.

Chen sortit son téléphone portable. Alors qu'il s'apprêtait à l'appeler, il vit s'afficher un message WeChat avec un émoji représentant une jeune fille en qipao, les bras aussi blancs que des pousses de lotus dans un poème Tang, qui agitait la main d'un air mutin. Il ne savait pas du tout comment utiliser les émojis, mais il répondit aussitôt.

« Quoi de neuf, Jin ? »

« Les retours de la ville et des médias sur notre déclaration sont très positifs. Tout le monde est ravi. »

« Très bien. C'est grâce à vous. »

« Non, c'est vous qui m'avez guidée, directeur Chen. » Un autre émoji montrait une fille rougissante se couvrant le visage de ses mains. « Je vais vous appeler sur l'appli. Il vous suffit d'appuyer sur "Accepter". »

« D'accord. »

Elle avait peut-être eu du mal à le joindre sur son téléphone officiel, mais il n'était pas encore prêt à lui confier son numéro privé.

Elle avait lancé un appel vidéo. Il fut agréablement surpris de voir apparaître son visage jeune et jovial. Elle n'était visiblement pas au bureau.

« À propos de notre déclaration, le rédacteur du *Quotidien du Peuple* a ajouté un commentaire sans me prévenir, comme si l'irrecevabilité des preuves était le seul argument de notre texte.

– Les journaux du Parti ont des directives. Le succès de Pang risque de faire des émules, ce que le gouvernement veut à tout prix éviter. Du nouveau sur l'affaire ?

– Le juge Jiao a officiellement fait l'objet d'un *shuanggui*. Il sera sûrement inculpé prochainement. En attendant, Pang a déclaré dans une interview pour le journal *Liberation Daily* que justice était enfin rendue et qu'il n'entreprendrait plus jamais ce genre de démarche à l'avenir.

– C'est bien. Et merci aussi pour les liens vers les films sur le juge Ti.

– Après notre conversation d'hier, j'ai regardé un des films en DVD et j'ai réuni quelques informations sur les juges dont nous avons parlé.

– Les films sont intéressants », répondit-il machinalement non sans avoir remarqué qu'elle avait employé le mot « juge » au pluriel.

« Et j'ai trouvé autre chose, pas sur le juge Ti, mais sur l'affaire qui ressemble à celle du roman. Elle fait un énorme buzz sur Internet. Je me suis renseignée en contournant le pare-feu.

– Ah… articula-t-il seulement, étonné par son initiative.

– J'ai imprimé quelques pages pour vous. Mais où êtes-vous ? J'entends beaucoup de bruit.

– Dans un café du New World. Ce matin, je suis allé faire des recherches à l'Académie des sciences sociales. Sur le juge Ti. Et je suis en train de lire un roman de Van Gulik au Starbucks.

– Vraiment ? Je suis au coin de la rue de Huaihai et de la rue de Madang. Je pourrais venir vous faire un rapport sur notre communiqué… et sur un autre sujet.

– Mais… » commença-t-il avant de songer à « l'autre sujet ». « Bien sûr, vous pouvez m'y rejoindre.

– J'y serai dans vingt minutes. Attendez-moi.

– Entendu. Ne vous pressez pas, je suis plongé dans ma lecture. »

Chen était à nouveau décontenancé par le zèle de la jeune femme. Au moins, sa venue soulageait sa conscience. Il avait moins l'impression d'avoir menti à Vieux Chasseur, même si c'était sans mauvaise intention.

Jin se faufila entre les tables. Avec sa robe gris clair ajustée et ses chaussures noires à talons, elle avait l'air d'une véritable femme d'affaires.

« Qu'est-ce que vous voulez boire, Jin ? demanda Chen pendant qu'elle s'asseyait. Je vous invite.

– Un green latte glacé, merci, directeur Chen.

– C'est original.

– Pourquoi ? »

Chen ne put que s'amuser du parallèle : à cette même table, quelques minutes plus tôt, Vieux Chasseur avait regardé son thé au lait d'un air désapprobateur. Pour le vieil homme, la seule façon de boire le thé était de verser de l'eau brûlante, de souffler vigoureusement sur les feuilles vertes, de les regarder tournoyer à la surface avant de couler vers le fond, puis d'avaler de petites gorgées bienfaisantes.

Jin appartenait à une autre génération. Elle buvait de grandes lampées de latte, broyait la glace entre ses dents et essuyait son visage en sueur avec une serviette en papier.

« Vous travaillez au café maintenant, directeur Chen ?

– Non, pas vraiment. Chez moi, je trouve toujours une bonne raison de ne pas m'y mettre. Une émission de télé, une portion de raviolis et je finis par ne rien faire de la journée. Alors qu'au café, je me sens obligé de rentabiliser ma commande.

– Vous plaisantez. Vous n'êtes ni paresseux, ni près de vos sous.

– Comme je vous l'ai dit, j'ai eu une conversation avec le professeur Zhong, de l'Académie des sciences. Il m'a conseillé d'écrire une histoire inspirée du roman *Assassins et poètes* et j'ai ressenti le besoin d'un café pour réfléchir à sa suggestion.

– Un roman ! C'est une idée géniale. Vous êtes à la fois poète et inspecteur de police, je suis sûre que vous ferez encore mieux que Van Gulik. Et certainement beaucoup mieux que ce qu'on voit dans les films sur le juge Ti. »

Elle rejoignait l'avis du professeur Zhong, mais Chen ne tenait pas à se lancer dans une grande discussion là-dessus pour l'instant.

« Vous disiez que vous aviez un rapport à me faire ? demanda-t-il pour couper court.

– Oui, voilà d'abord le communiqué officiel », se reprit-elle avant de sortir son portable pour lui montrer le texte paru dans la newsletter de la municipalité. Le communiqué arrivait en tête des articles et le paragraphe sur l'irrecevabilité des preuves était surligné.

Elle lui montra ensuite une série de microblogs décrivant Chen comme la figure de proue du discours officiel sur le scandale. Certains internautes ne cachaient pas leur mécontentement, même si en soi, son argument était valable.

« Beau travail, Jin. Je vous en suis très reconnaissant. Pour les tâches quotidiennes, inutile de passer par moi, je vous fais confiance. Bien sûr, j'aimerais beaucoup travailler avec vous au bureau, mais j'ai peur de ne pas avoir encore assez d'énergie pour reprendre mes fonctions.

– Autre chose, directeur Chen, poursuivit-elle sans relever le commentaire, ce matin, dans le cadre de notre mission, je suis allée interroger un habitant du quartier de Min.

– Attendez, vous voulez dire la Dame Républicaine dont je vous ai parlé hier ?

– Oui, c'est ça. J'ai pensé qu'il en allait de ma responsabilité, en tant que collaboratrice, de me renseigner sur une affaire qui suscite tant de réactions sur Internet. Et j'ai appris par un blog qu'elle habitait tout près du bureau. » Elle saisit son verre et fit tinter les glaçons contre les parois avant d'avaler une généreuse gorgée. « Donc je suis allée au comité de quartier de Min, mais il n'y avait personne à l'heure du déjeuner. Cela dit, j'ai réussi à enregistrer une conversation que j'ai eue avec un ancien surveillant nommé Bao. »

Chen était abasourdi. S'il n'avait pas été pieds et poings liés, il aurait fait exactement la même chose et elle s'était mise en route encore plus rapidement que lui.

Il ne se rappelait plus ce qu'il lui avait dit au sujet de l'affaire, mais elle avait dû percevoir quelques allusions cachées dans ses propos.

« Vous êtes épatante, Jin. Vous n'étiez pas obligée de vous déplacer, nous n'avons pas d'enquête à mener, mais j'écouterai votre enregistrement tout à l'heure – après tant d'années dans la police, la curiosité est devenue une déformation professionnelle chez moi, s'empressa-t-il d'ajouter. Et j'aurai sûrement encore besoin de votre aide dans mes recherches sur le juge Ti. Grâce à votre expertise, j'espère pouvoir rester fidèle à l'histoire.

– Super ! s'exclama-t-elle avant de finir son thé d'un trait. Je ferais bien de me dépêcher de retourner au bureau. Je me suis éclipsée pendant la pause-déjeuner et j'ai largement dépassé l'heure. Je vous envoie l'enregistrement sur WeChat, comme ça vous pourrez commencer à l'écouter en finissant votre café.

– Votre aide est précieuse, Jin.

– N'hésitez pas à me dire sur quoi vous voulez que je me renseigne », ajouta-t-elle en se levant avant d'ajouter d'un ton désinvolte : « Au fait, M. Ma, le secrétaire général du gouvernement municipal, est venu me voir ce matin. Il s'inquiète beaucoup pour votre santé. Il m'a demandé de lui donner de vos nouvelles régulièrement – dans les moindres détails.

– Merci, Jin. Mon principal problème, c'est que je n'arrive pas vraiment à me reposer. La nuit, je n'arrête pas de me tourner et de me retourner dans mon lit ; les idées fourmillent dans ma tête comme des ondes électriques dans une ampoule prête à sauter si bien qu'au réveil, je me sens déjà fatigué. C'est pour ça que j'essaie de m'occuper, notamment avec cette histoire du juge Ti, dans l'espoir de mieux dormir. Un conseil que m'a donné le docteur Xia, un vieil ami à moi… »

Elle hocha la tête en souriant sans rien dire, comme si elle devinait pourquoi il se plaignait ouvertement de son état de santé.

8

Chen retira le couvercle en plastique d'un second café et commença à écouter l'enregistrement.

Il entendit d'abord un brouhaha qui ressemblait à des conversations lointaines – « Une petite courbine et une soupe de chou au vinaigre bien blanche », « Un tofu fermenté frit avec beaucoup de sauce au poivre », « Des tranches de porc avec sauce au poisson aillée »…

L'entretien avait vraisemblablement été enregistré dans un restaurant de quartier. C'était la première fois que Jin travaillait pour Chen, mais elle employait déjà sa méthode. Il secoua la tête pour se concentrer sur la discussion.

JIN : Je vous le répète, Vieux Bao, je ne suis pas venue pour mener l'enquête. Mais cette histoire a un tel retentissement sur Internet que j'aimerais en apprendre un peu plus sur le contexte. Le point de vue d'un ancien membre du comité de quartier qui connaît parfaitement les lieux me sera très utile. Vous m'avez bien dit que vous habitiez dans la même cité que Min ?

BAO : Oui, depuis des années. Et vous voulez que je vous dise, secrétaire Jin ? Quoi qu'il arrive à cette salope dépravée, elle l'aura bien cherché. Elle peut toujours nourrir des rêves « de printemps et d'automnes[1] » en croyant qu'elle s'en sortira toujours, cette fois, ça m'étonnerait que ce soit si simple.

JIN : Est-ce qu'elle a déjà eu des ennuis par le passé ? Je vous en prie, racontez-moi tout depuis le début.

BAO : J'ai emménagé dans la cité dans les années soixante. Au début de la Révolution culturelle, ses parents ont été expropriés de leur maison *shikumen* et relégués dans une chambre aussi petite qu'un carré de tofu, dans l'escalier d'une autre maison. Leur *tingzhijian* était dans l'aile que j'occupais à l'époque.

Min est née quelques années après la fin de la Révolution culturelle, je crois. Elle a grandi dans la petite chambre et j'ai tout de suite su qu'elle allait devenir une traînée. À la fin du lycée, il y avait déjà toute une horde de garçons qui tournaient autour d'elle comme des mouches autour d'un morceau de viande avariée. Et puis sa famille a connu un retour

1. L'expression fait référence à la période tumultueuse des Printemps et Automnes (– 770-221 av. J.-C.) pendant laquelle chaque État rêvait de remporter la guerre et de régner sur tous les autres. L'expression est employée aujourd'hui pour parler d'un rêve démesuré qui ne se réalisera jamais.

de fortune. Avant 1949, son grand-père avait été un banquier très patriote et dans les années quatre-vingt, plusieurs de ses relations influentes ont commencé à revenir de l'étranger. Un fonctionnaire du district est venu leur proposer de les dédommager pour les pertes qu'ils avaient subies pendant la Révolution. À partir de ce moment-là, tout le monde disait qu'elle venait d'une « bonne famille » et plein d'hommes riches et puissants lui rendaient visite, les bras chargés de fleurs et de liasses de billets sous le manteau. Et puis, un beau jour, on leur a rendu leur maison *shikumen*, soi-disant en application d'une nouvelle politique gouvernementale, mais moi je crois plutôt que c'était grâce à ses relations… sexuelles.

JIN : Le gouvernement a bien mis en place une politique visant à favoriser le retour à la propriété privée, mais c'est vrai que peu de gens ont réussi à récupérer leurs biens. Certains ont attendu vingt ans, d'autres attendent encore.

BAO : C'est ça. Elle a reçu beaucoup d'argent de ces hommes, sans travailler un seul jour de sa vie. Elle a gardé la petite chambre et elle a acheté plusieurs appartements près du New World pour ses parents et son petit frère. Et puis, elle s'est installée dans la maison *shikumen* entièrement rénovée – toute seule – comme une vraie pute de luxe dans un bordel chic.

JIN : Un bordel chic ? Vous voulez dire que les clients payaient pour coucher avec elle ?

BAO : Euh, ça n'était pas une prostituée au sens habituel du terme, plutôt une *mingyuan*, une sorte de courtisane mondaine, en gros. Bref, elle a commencé à organiser ses dîners hebdomadaires. Des repas hors de prix. En général, elle recevait sept ou huit hommes en même temps. Avant, on appelait ces dîners de maisons closes des « fêtes des fleurs », et si les clients se montraient prêts à ouvrir leur bourse, pendant la nuit ils pouvaient…

Évidemment, ce genre de pratique a nui à la réputation de notre cité. Les voisins se sont plaints au comité de quartier, mais on leur a répondu que Min était intouchable.

JIN : Parce qu'elle avait le soutien du gouvernement ?

BAO : Pas du gouvernement en tant que tel, mais le chef du comité de quartier a entendu dire qu'un de ses clients réguliers était un haut dirigeant. Bien sûr, il s'est bien gardé de nous dire qui c'était.

JIN : Je vois. Elle doit connaître des hommes puissants pour avoir réussi à récupérer sa maison et à obtenir l'autorisation d'organiser ces fêtes.

BAO : Et elle a le culot d'appeler ça « un salon ». Un salon scandaleux comme à la vieille époque. Elle vit au temps du parti communiste, mais elle vénère tout ce qui a trait à la période républicaine du Kuomintang. C'est pour ça qu'elle se fait appeler la Dame Républicaine.

JIN : J'ai lu ce surnom quelque part. À part ça, avez-vous vu ou entendu des choses étranges sur elle et ses visiteurs ou encore sur ses fêtes débridées ?

BAO : Pour être parfaitement honnête, je n'ai personnellement jamais vu d'homme sortir de chez elle au milieu de la nuit, mais certains de ses voisins ont été témoins de choses étranges à des heures indues…

JIN : Pouvez-vous me donner les noms de ces voisins ?

BAO : Vous n'avez qu'à demander au comité de quartier.

JIN : Très bien. Et la nuit du meurtre, avez-vous remarqué quoi que ce soit d'inhabituel ?

BAO : Ce soir-là, je suis allé chez mon fils dans le district de Hongkou et je suis rentré assez tard, vers onze heures environ. Maintenant que j'y pense, j'ai vu un homme près de l'entrée de la cité. Sûrement un client de Min qui attendait sa voiture.

JIN : Comment savez-vous qu'il sortait de chez Min ?

BAO : Ils attendent toujours leurs chauffeurs dehors après le dîner. Et il avait l'allure typique de ses clients avec son costume de luxe. Notre cité est trop étroite pour les taxis et il n'y a pas beaucoup de places de parking dans le quartier. Les plus riches demandent à leur chauffeur de venir les chercher ; certains ont même des gardes du corps. Bref, il y a souvent des gens devant la cité le soir.

JIN : Parlez-moi de l'aide-cuisinière, Qing. Si je comprends bien elle vivait juste au-dessous de chez vous, dans le *tingzhijian*.

BAO : C'est juste. Qing travaillait dans la maison *shikumen* le jour et dormait dans la petite chambre la nuit. De temps en temps, je crois qu'elle restait dans la maison, quand elle avait trop à faire, mais je n'en suis pas certain.

JIN : Encore une question. Savez-vous si la jeune fille recevait aussi des visiteurs en secret ?

BAO : Vous voulez dire… Oh, je vois où vous voulez en venir. Si elle avait voulu passer la nuit avec quelqu'un, elle ne l'aurait pas fait dans sa petite chambre, au milieu des allées et venues continuelles des voisins. Il n'y a aucune intimité, les cloisons sont vieilles et fines, les portes ferment mal. Vous imaginez. Tout le monde sait tout sur la vie des autres.

JIN : Que pensiez-vous d'elle ?

BAO : Telle maîtresse, telle fille. Elle s'habillait de façon de plus en plus provocante. Les épaules nues, le dos nu, les cuisses à l'air. Pour plaire aux hommes, évidemment. Je ne l'ai jamais vue en compagnie d'un homme, mais les voisins m'ont dit qu'ils avaient aperçu plusieurs fois quelqu'un sortir de sa chambre très tôt le matin.

JIN : Donc finalement, peut-être qu'elle recevait des visiteurs chez elle ?

BAO : Oui, vous avez raison.

JIN : Dernière question, Bao. Les maisons de la cité sont pratiquement collées les unes aux autres. J'imagine que s'il y avait une effraction ou un cambriolage la nuit, les habitants seraient réveillés. Personne n'a rien entendu d'anormal cette nuit-là ?

BAO : Non, pas que je sache.

JIN : Merci, Vieux Bao. Si un détail vous revient en mémoire, n'hésitez pas à m'appeler. Et peut-être que nous pourrons à nouveau déjeuner ensemble.

L'enregistrement s'arrêtait là. L'ancien inspecteur lui-même n'aurait pas insisté plus longtemps. Ces anciens serviteurs du Parti étaient naturellement méfiants et renâclaient à livrer trop de détails sur la vie de leur quartier. Mais Jin avait été discrète ; Bao n'aurait rien à rapporter aux autorités.

Il était clair qu'il nourrissait des sentiments hostiles à l'égard de Min et son témoignage devait être pris avec des pincettes. En attendant, le fait qu'un homme ait été vu en train de sortir de la chambre de Qing le matin confirmait la version de Feng selon laquelle la cuisinière aurait noué une liaison avec Rong, bien qu'il pût aussi s'agir d'un autre homme.

Chen admirait de plus en plus les qualités de sa secrétaire. Elle avait endossé avec le plus grand naturel le rôle de l'assistante d'un inspecteur de police. Et elle avait pris l'initiative, parce qu'elle le savait actuellement dans l'incapacité d'aller et venir librement.

Ils semblaient avoir conclu un accord tacite, sans qu'il lui ait donné la moindre instruction.

La remarque qu'elle lui avait glissée avant de partir l'avertissait discrètement que des gens comme le secrétaire général Ma attendaient la moindre occasion de le faire tomber. En Chine, il fallait savoir lire entre les lignes, comme dans une peinture traditionnelle où les vides sont souvent plus parlants que les pleins.

9

Au moment de ranger son portable dans sa poche, Chen se ravisa. Il but une gorgée de café et composa le numéro de Kong Jie, secrétaire du Parti et rédacteur en chef du *Wenhui*.

Les deux hommes se connaissaient depuis des années, bien avant que Kong ne prenne la tête du quotidien influent. Des poèmes de Chen avaient même été publiés dans le journal.

Kong faisait partie des rares cadres qui n'avaient pas tourné le dos à l'ancien inspecteur depuis qu'il avait été mis en congé.

« Je me doutais que vous alliez m'appeler, annonça Kong au grand étonnement de Chen. J'ai les oreilles qui sifflent en ce moment.

– Je vous appelle pour une raison que vous ne devinerez jamais, commença Chen. J'étais à l'Académie des sciences sociales de Shanghai ce matin pour m'entretenir avec le professeur Zhong au sujet du juge Ti. J'envisage d'écrire un article sur le personnage, une entrée en matière aux questions que j'aurai à aborder dans mon nouveau poste. Une sorte de parallèle entre le système judiciaire de la Chine ancienne et celui de la Chine actuelle, mais le professeur m'a plutôt conseillé d'écrire une enquête du juge Ti. Qu'en pensez-vous ?

– Je ne m'attendais pas à ça, directeur Chen. Si l'article n'est pas trop long, je le publierai dans le *Wenhui*, je suis sûr qu'il intéressera nos lecteurs. Je vois déjà le titre : “Le point de vue d'un enquêteur d'aujourd'hui sur un enquêteur du passé". Et puis, le juge Ti jouit d'une nouvelle popularité en ce moment. Mais…

– Mais quoi ?

– Mais j'aurais tendance à vous conseiller d'écrire une fiction plutôt qu'un article de fond. Pour une raison très simple : une étude comparative des systèmes judiciaires constitue un sujet trop sensible en ce moment. Vous allez être obligé d'aborder certains thèmes épineux comme la séparation des pouvoirs ou l'indépendance judiciaire. Entre nous, nous avons reçu des instructions nous interdisant de publier le moindre papier qui ait trait à ces notions. Le contrôle idéologique se resserre. Il y a un mois, Zhou Qiang, le chef de la justice chinoise, a déclaré que le Parti devait être prêt à "sortir l'épée" pour se battre contre la séparation des pouvoirs.

– Oui, j'ai lu ce discours de Qiang, confirma Chen après un bref silence. Ne vous méprenez pas, je cherche seulement à m'instruire avant d'entrer dans mes fonctions, mais j'entends votre argument. Une fiction serait sans doute moins risquée.

– Oui, vous pourriez vous servir de ce support pour comparer les deux systèmes, comme vous aviez l'intention de le faire, mais sans parler de l'actualité ni lancer de grands débats d'idées. Racontez-moi ce que vous avez en tête. »

Chen lui raconta en deux mots l'histoire de Xuanji.

« Je n'ai jamais écrit de récit historique, avoua-t-il à la fin de son résumé, mais ma nouvelle assistante est historienne. Elle pourra m'aider à rester dans la vérité, du moins à un niveau comparable à celui de Van Gulik.

– Plus que comparable, j'en suis sûr. Et si votre texte est plus long qu'une nouvelle, nous le publierons sous forme de série. Ce serait un gros coup de pub pour le journal.

– D'après les éléments que j'ai pour l'instant, j'imagine un court roman.

– Alors, c'est décidé. N'en parlez à personne d'autre. Je veux l'exclusivité. Je vous verserai une avance. C'est tellement dommage que ce soit un Occidental – il était Hollandais, c'est ça ? – à qui nous devions des succès mondiaux sur un héros chinois. Et ce projet tombe à pic. Il y a plusieurs films sur le juge Ti qui vont sortir cette année. C'est un sujet qui plaît et qui n'a pas à craindre de subir la censure.

– Vous êtes très persuasif. J'ai encore besoin d'y réfléchir, mais je vous tiendrai au courant rapidement. Au fait Kong, lança Chen sans transition, je crois bien avoir entendu parler de vous récemment. Ça devait être au sujet de ce qui est arrivé à cette table privée. Je vous rassure tout de suite, je ne fais plus partie de la police, je n'ai nullement l'intention de mener l'enquête. Et puis d'après ce que j'ai compris, l'affaire a été placée entre les mains de la Sécurité intérieure et je ne tiens pas à les contrarier. Mais vous comprenez, je ne peux pas m'empêcher d'être curieux.

– Curieux de quoi, directeur Chen ?

– Elle avait beau être une femme très en vue, pourquoi la Sécurité intérieure a-t-elle mis en place un *shuanggui* ? Ça ne fait que donner plus d'ampleur au scandale et aux rumeurs. Ça n'est pas bon pour la stabilité du Parti.

– Vous connaissez les rouages du système. La table privée de Min est en ligne de mire depuis longtemps, mais elle a toujours été décrétée intouchable. À cause des hommes qui la protègent.

– Des hommes ?

– Et des liens spéciaux qu'elle entretient avec eux.

– Des clients de la table privée ?

– Des clients privilégiés. Ceux à qui elle n'ouvrait pas uniquement sa salle à manger. Personne n'est sûr de rien et elle s'est toujours bien gardée d'en parler. Ce que j'ai entendu est très flou et lacunaire. Ce ne sont peut-être que des ragots. *Les gens attrapent le vent et courent après les ombres*, comme dit le proverbe. »

Chen savait qu'il ne servait à rien de pousser le cadre du Parti avisé à la confidence.

« J'ai eu vent d'une autre rumeur étrange à propos de l'affaire, poursuivit Chen. Le Parti serait divisé. Des factions rivales pousseraient la Sécurité intérieure dans des directions opposées. Comme dans le poème de Xu Zhimo, *je ne sais pas où va le vent, je ne sais pas.*

– Vous êtes sûrement plus au courant que moi, directeur Chen.

– Et dernière énigme pour un incurable inspecteur : Min ne semble pas avoir de mobile. Bien sûr, je suis très mal informé…

– Ça a été un choc pour tout le monde. »

De toute évidence, Kong ne tenait pas à s'étendre sur le sujet. Ignorant ce que Chen avait appris, il ne voulait pas courir le risque de partager ce qu'il savait avec lui.

« On ne parle que de ça sur Internet, insista Chen. Si l'enquête traîne trop, le scandale va causer du tort à toutes les personnes concernées – même à un client innocent comme vous qui vous êtes trouvé par hasard à la table ce soir-là.

– Je sais bien.

– Si vous avez envie de me confier certains détails, n'hésitez pas. Je pourrais les transmettre à des personnes bien placées. Une fois l'assassin arrêté, l'orage passera. Entre nous, je ne pense pas que la Sécurité intérieure soit capable de mener une enquête digne de ce nom. Mais encore une fois, je ne suis pas en charge de l'affaire donc s'il vous plaît, ne dites à personne que je vous en ai parlé. »

Chen ne faisait plus partie de la police, mais il pouvait quand même l'aider. Kong préférerait peut-être passer par lui plutôt que par les voies officielles.

Et comme l'ancien inspecteur venait de lui parler de son projet d'écriture, sa proposition pouvait passer pour un échange de bons procédés, donc pour une offre désintéressée.

« J'apprécie la proposition, directeur Chen. Je n'hésiterai pas à vous solliciter si besoin. »

10

Quand elle rentra chez elle vers vingt heures, Jin trouva ses parents devant la télévision. Un bol de riz de Yangzhou l'attendait sur la table de la salle à manger. Elle leur fit signe de continuer à regarder leur série préférée.

Elle enfila un vieux T-shirt et un pantalon de pyjama, réchauffa le riz au micro-ondes, se prépara une soupe instantanée à l'œuf et emporta le tout dans sa chambre. Elle ferma la porte et s'assit à son petit bureau, près de la fenêtre. Le mélange de grains de riz dorés, de pois verts, de porc haché et de crevette exhalait un parfum alléchant. Pourtant, elle engloutit son bol sans le savourer.

Après son échange avec Chen au café, elle s'était préparée à passer un après-midi tranquille au bureau, mais elle n'avait pas cessé de recevoir des appels de journalistes à propos de la déclaration officielle et surtout de l'argument concernant l'irrecevabilité des preuves. Elle avait dû répéter inlassablement les mêmes explications. La journée avait finalement été chargée et stressante. Et maintenant, le son de la télévision l'empêchait de se concentrer. De temps en temps, le sifflet accompagnant le vol d'un pigeon traversait le ciel, un bruit de plus en plus rare à Shanghai où les sifflets pour oiseaux étaient passés de mode[1].

Au Starbucks, Chen avait eu l'air plus intéressé par le juge Ti que par l'actualité du pays. Il était tellement passionné par son projet qu'il était allé jusqu'à l'Académie des sciences sociales.

Mais comment l'ancien inspecteur pouvait-il consacrer tant d'énergie à une entreprise littéraire alors que de lourdes menaces pesaient sur lui ? Il ferait mieux de se concentrer sur sa survie au sein du Parti. À moins que l'histoire du juge Ti ne lui servît de couverture pour masquer d'autres missions en cours ?

Il ne s'était pas étendu sur l'affaire Min, mais il ne l'avait pas non plus dissuadée de se renseigner. Comme elle, il n'arrêtait pas de dire qu'il « menait des recherches » et jamais qu'il « menait l'enquête ».

« Je vous remercie de mener des recherches sur les circonstances de l'affaire. Au train où vont les choses, nous devrons peut-être bientôt rédiger une nouvelle déclaration officielle », lui avait-il confié à la fin de leur entrevue.

Il tenait vraisemblablement à ce qu'elle croie que l'affaire avait un rapport avec la réforme. Il lui donnait ainsi toutes les raisons de continuer à creuser.

1. Traditionnellement, en Chine, des sifflets étaient attachés sur le dos des pigeons pour émettre des sons quand l'air les traversait pendant leur vol.

Elle s'abstint de tirer des conclusions trop hâtives. Le peu d'informations qu'elle avait recueillies sur Min ne serviraient peut-être à rien et Chen aurait certainement pu les obtenir tout seul.

Le séjour était à présent silencieux. Ses parents avaient dû aller se coucher, il était tard. Agitée et perplexe elle sursauta quand la sonnerie de son portable retentit. C'était un appel WeChat de Chen. Il n'avait pas choisi l'appel vidéo. Tant mieux, sa chambre était en désordre.

« Pardonnez-moi de vous déranger à une heure aussi tardive, Jin, mais j'ai une question pour l'historienne que vous êtes. Comment mesurait-on le temps dans la dynastie Tang – notamment la nuit ?

– La nuit, pendant leur ronde, les gardiens des monastères frappaient un bâton sur un palet de bois pour annoncer la première ronde, la deuxième, la troisième, jusqu'à la cinquième…

– Une ronde équivalait donc à une heure ?

– Non, plutôt deux, la première ronde avait lieu à sept heures, puis à neuf heures et la cinquième à cinq heures du matin.

– Est-ce que je pourrais écrire "après deux heures d'insomnie, le juge Ti se leva" ?

– Je pense que ça passerait. De toute façon, vous écrivez pour le lecteur d'aujourd'hui.

– Merci. Ça me rassure. Tout était tellement différent à l'époque.

– C'est à ça que ça sert d'avoir une secrétaire historienne.

– Au fait, ce matin, j'ai parlé à Huang Zhongluo d'un vieux livre – pas de la dynastie Tang, mais de la dynastie Qing – qu'il va peut-être m'aider à vendre aux enchères…

– Ah bon ?

– Je l'ai hérité de mon père, je devrais le garder, mais la maison de retraite de ma mère me coûte de plus en plus cher.

– Je suis désolée d'apprendre ça, mais attendez… vous avez bien dit Huang Zhongluo ? Ce nom me dit quelque chose, je l'ai vu quelque part récemment.

– Peut-être dans le cadre de vos recherches sur Min. Il n'est pas allé au dîner ce soir-là, mais c'était un de ses clients réguliers. Au cours de notre déjeuner, Huang m'a parlé d'un autre client nommé Rong qui aurait prévu d'embaucher Qing. Apparemment, Min avait refusé ses avances. C'est une drôle de coïncidence qui n'est pas sans rappeler l'histoire de Xuanji qui avait aussi éconduit toute une horde de prétendants.

– Incroyable !

– Le monde est souvent encore plus étrange qu'on ne l'imagine. Mais il est tard. Allez vous coucher, Jin. Bonne nuit.

– Bonne nuit, directeur Chen. »

Elle n'avait pas du tout envie de dormir.

Chen s'était donc lancé dans cette histoire du juge Ti. Si le secrétaire Ma l'interrogeait encore sur les agissements de l'ancien inspecteur, elle pourrait lui fournir des éléments tangibles.

Mais Chen n'avait pas évoqué Huang par hasard. Il avait beau être excentrique, elle ne pouvait croire qu'il l'ait vu le matin même dans le seul but de vendre un vieux livre.

Le plus probable était qu'il se penchait de près sur le meurtre et qu'il avait utilisé ce prétexte pour rencontrer un des clients de Min. Jin prit un crayon et traça deux lignes parallèles sur une feuille de papier…

Sa réflexion fut interrompue par des coups légers à la porte. Sa mère lui apportait un bol de soupe de trémelle sucrée.

« Ton nouveau travail te prend beaucoup de temps. C'était ton patron au téléphone ?

– Oui, il voulait me parler de nos projets en cours.

– Comment est-il ?

– Énigmatique. J'ai encore du mal à le cerner. Je sais que c'est quelqu'un de bien, mais il travaille beaucoup trop.

– Et il te fait aussi trop travailler.

– Non, pas vraiment. Je m'occupe surtout des tâches administratives.

– Je ne veux pas que tu te surmènes. Les trémelles vont te donner de l'énergie.

– Merci, maman. Il est tard, tu devrais aller te coucher. Ne t'inquiète pas pour moi. »

Le dessert était délicieux. Elle engloutit son bol en deux ou trois cuillerées.

Elle eut ensuite du mal à reprendre le fil de ses pensées. Agacée, elle fit voler ses chaussons à travers la pièce et se jeta sur le lit.

Adossée contre plusieurs oreillers, elle envoya quelques messages à ses amis sur WeChat pour essayer de glaner des informations sur l'affaire Min. Le sujet était tellement brûlant que sa curiosité n'aurait rien de suspect.

Quelques minutes plus tard Xiaoxiao, une de ses amies, lui transféra un lien vers un article sur Shang, « le numéro un des promoteurs de Shanghai », qui avait aussi assisté au fameux dîner. Elle ajoutait : « C'est un oncle éloigné. »

Elle se rappela alors la « drôle de coïncidence » que Chen avait mentionnée en comparant Rong, le prétendant de Min, aux amants éconduits de Xuanji. Sur le moment, elle était restée dubitative, mais rétrospectivement, l'allusion n'avait rien d'une coïncidence. Les yeux fixés sur le plafond jauni par le temps, elle se demanda si Chen n'avait pas voulu par là lui indiquer dans quelle direction chercher.

Elle sauta du lit, marcha pieds nus jusqu'à son bureau et griffonna quelques mots sur sa feuille de papier.

11

Kong appela Chen tard dans la soirée.

« J'ai essayé de me rappeler les détails du dîner, annonça-t-il, mais la plupart sont sans doute complètement anodins.

– Des détails apparemment insignifiants s'avèrent parfois cruciaux.

– J'avais croisé deux des convives à la table auparavant : Peng Jianjun et Shang Guanhua. Zheng Keqiang venait pour la première fois. Peng, Shang et moi entretenions des relations amicales avec Min, ce qui nous a valu d'être invités plusieurs fois. Zheng était là uniquement parce que son oncle Huang Zhongluo avait eu un empêchement et l'avait envoyé à sa place. D'ailleurs, lc dîner était une façon pour Min de s'excuser auprès de Huang.

– S'excuser de quoi ?

– Min possède un réseau de relations gigantesque. Huang a gagné des fortunes, non seulement en vendant et en achetant aux enchères, mais aussi en organisant des transactions clandestines pour des Gros-Sous, dont plusieurs clients de Min. C'est un secret de polichinelle dans le milieu.

« Récemment, le désistement d'un ami à elle l'a contrarié. Je ne connais pas tous les détails de l'histoire. En tout cas, il avait des raisons de lui en vouloir, mais il a quand même envoyé son neveu, pour sauver les apparences j'imagine, et dans l'espoir qu'elle lui offre d'autres opportunités commerciales. Zheng était ravi de déguster un délicieux dîner à l'œil. Et il a même eu la chance d'emmener notre belle hôtesse éméchée dans sa chambre. Nous étions tous trop vieux pour la porter. »

Chen écouta Kong sans l'interrompre. Celui-ci confirmait les propos de l'antiquaire. Chen ne lui avait pas dit qu'il avait rencontré Huang le matin même.

« Après avoir aidé Min à monter dans sa chambre, Zheng vous a-t-il dit quelque chose ?

– Non, rien de particulier. Nous étions tous en train de partir. Il a annoncé qu'il allait se laver les mains et il est sorti quelques minutes plus tard. J'étais encore dehors en train d'attendre ma voiture. »

Kong devait être l'homme que Bao, l'ancien surveillant de quartier, avait vu devant la cité vers vingt-trois heures.

« Mais je me suis souvenu d'autre chose, poursuivit Kong. Une anecdote qui date d'il y a environ six mois. Ce jour-là, un ami m'avait offert une grande boîte de crabes du Yangchen vivants. Je les ai apportés chez Min pour lui faire une surprise. J'ai dû arriver là-bas vers midi. Quand j'ai frappé à la porte, j'ai été étonné de me trouver nez à nez avec un homme d'une cinquantaine d'années habillé tout en noir. Il n'avait pas l'air d'un client habituel, plutôt d'un garde du corps posté dans la cour. Je ne l'avais jamais vu avant. Il m'a demandé une pièce d'identité d'un ton péremptoire et il a dit que Min dormait et que je devais partir. Comme je m'apprêtais à laisser les crabes devant chez elle, il m'a défendu de le faire. Je suis donc reparti avec mon cadeau sous le bras et l'étrange impression qu'elle n'était pas seule. Quand je suis sorti de la cité, j'ai remarqué un autre homme en noir à l'entrée.

– C'est intéressant. S'il y avait plusieurs gardes du corps, elle devait être en compagnie d'un homme très important. »

Ce témoignage ne faisait que confirmer l'intuition de Chen. Sima, le mystérieux client de Vieux Chasseur, travaillait probablement pour ce visiteur prestigieux.

Troisième jour

1

À huit heures et demie, Jin entrait dans le bureau en chantonnant quand elle reçut un message WeChat de son amie Yaping.

« Je viens de lire ton message. Devine qui était au dîner de Min ? Kong Jie, le rédacteur en chef du *Wenhui*. Mon cousin bosse là-bas, je le sais par lui. C'est top secret. Les autorités font tout pour dissimuler les noms des invités. »

Jin trouva sans difficulté le numéro du journal sur Internet et réussit à joindre le rédacteur. Quand elle lui demanda s'il accepterait de lui accorder un entretien, il lui répondit qu'il était occupé à couvrir une conférence qui démarrait à Pékin. Mais lorsqu'elle précisa qu'elle travaillait pour Chen, il changea brusquement de ton.

« Oh ! Vous auriez dû me le dire plus tôt. J'espère publier une histoire qu'il est en train d'écrire.

– Une enquête du juge Ti ?

– Exact. Ça doit être un patron extraordinaire, non ? Je vous donnerai mes disponibilités une fois que la conférence sera terminée », ajouta-t-il avant de raccrocher.

C'était une autre forme de refus, conclut-elle en posant le téléphone, mais Chen l'avait contacté aussi et elle doutait que ce fût dans le seul but de lui parler du juge Ti.

Elle décida de changer de stratégie en rendant directement visite aux convives. Elle n'était personne. Au téléphone, tous ces gens importants n'accepteraient jamais de recevoir une petite secrétaire pour discuter d'une affaire aussi sensible.

Sur sa liste de personnes à interroger, elle ajouta Rong, fidèle à l'intuition qu'elle avait eue la veille après sa conversation avec Chen.

2

Chen fut tiré d'un rêve par un bruit étrange qui ressemblait à un hurlement de panique. Désorienté, il mit plus d'une minute à repérer son réveil. Il affichait neuf heures et demie.

Il avait eu du mal à trouver le sommeil et à quatre heures et demie, alors que les premières lueurs grises commençaient à se glisser furtivement dans la chambre, il avait avalé deux somnifères de plus…

Il ouvrit les rideaux et dans la lumière éblouissante, trouva l'origine des cris stridents : son téléphone, enfoui sous une pile de journaux. Il le saisit aussitôt.

« Huang a été tué, vociféra Vieux Chasseur dans le combiné. L'antiquaire qui aurait dû assister au dîner ce soir-là, mais qui a annulé pour une raison mystérieuse, vous vous souvenez ? »

Bien sûr qu'il se souvenait. La veille, il avait partagé un bol de nouilles au porc avec cet homme.

« Comment est-ce arrivé ? demanda Chen.

– Je ne sais pas grand-chose pour l'instant, mais son corps a été découvert ce matin dans une ruelle.

– Une ruelle ? Où ça ?

– Assez loin de chez lui.

– Il ne peut pas s'agir d'une coïncidence ?

– Non, les circonstances sont louches. Hier, Sima nous a appelés plusieurs fois, il avait l'air inquiet, fébrile et il s'est même montré menaçant sans vouloir nous expliquer ce qui le mettait dans cet état. Zhangzhang commence à avoir peur, mais il ne peut plus faire machine arrière. Attendez, chef, s'interrompit-il, je viens de recevoir un message de Yu. Il a peut-être des infos.

– Transférez-moi son message, demanda Chen. Je crois que j'ai besoin de caféine. J'ai très mal dormi cette nuit, je suis encore engourdi par les somnifères. Il y a un café au coin de ma rue. Retrouvez-moi là-bas dans vingt minutes. »

Moins de vingt minutes plus tard, Chen était en train de relire le message de l'inspecteur Yu quand Vieux Chasseur entra à grands pas dans le café. Il marcha droit vers Chen, s'assit et se mit aussitôt à parler.

« J'ai passé tout le trajet au téléphone avec Yu. Pour une fois, l'inspecteur Xiong a bien voulu partager ses informations avec lui.

– Il doit subir une énorme pression, supposa Chen, surtout si la mort de Huang est liée à l'affaire Min.

– Tôt ce matin, Xiong a appris que le corps de Huang avait été découvert dans un coin sordide du district de Yangpu. D'après les premiers éléments de l'enquête, le décès est survenu entre cinq heures et demie et six heures du matin. En apparence, ça ressemble à un vol qui a mal tourné. Sous le coup du désespoir, un joueur débauché venant de perdre tout son argent au mah-jong l'aurait attaqué pour le dépouiller. En dehors d'une blessure fatale à l'arrière du crâne, le corps de Huang ne présente aucune marque de violence. On peut penser qu'un homme de son âge n'aurait pas résisté face à un braqueur déterminé, mais dans ce cas, pourquoi le voleur se serait-il donné la peine de le tuer ? Et puis, quiconque l'aurait aperçu dans cette rue à l'aube l'aurait pris pour un habitant pauvre du quartier, certainement pas pour un gros poisson. Dans ce cas, pourquoi s'en être pris à lui ?

– Bonne question, approuva Chen.

– Une fois la victime identifiée, d'autres questions se sont posées : que faisait un homme aussi riche dans ce quartier à cette heure ? C'est un endroit mal famé, perdu au milieu des gratte-ciel. Les rues pavées sont trop étroites pour laisser passer les voitures. Tout le monde se demande pourquoi il s'est aventuré là-bas, à une demi-heure en voiture de son domicile. Allait-il conclure la vente d'une antiquité ?

– Il n'allait sûrement pas effectuer une transaction là-bas si tôt, intervint Chen.

– Les habitants n'ont rien remarqué d'anormal ce matin-là. L'agression a dû se passer très vite. Un coup à la tête et le meurtrier s'est volatilisé. Curieux hasard, comme Qing, la cuisinière de Min, il a été assommé à l'aide d'un objet lourd.

– Comment ça "curieux hasard" ?

– Peut-être que c'était Huang, le tueur de la maison *shikumen*. Du moins, c'est ce qu'a suggéré un membre de l'équipe de Xiong. Ce qui est arrivé à l'aide-cuisinière arrive à présent à Huang. Le karma…

– Ça ne tient pas debout.

– Et plusieurs cybercitoyens ont évoqué la possibilité d'une liaison entre Min et lui.

– Que savez-vous de leur relation ?

– Il la soutenait depuis longtemps, il a fait des pieds et des mains pour récupérer ses meubles de famille confisqués pendant la Révolution culturelle et ce bien avant qu'elle ne devienne la Dame Républicaine que tout le monde connaît aujourd'hui. Et puis, il arrivait toujours un peu avant les autres – soi-disant par gourmandise, pour profiter des odeurs de la cuisine. Min et lui étaient très proches. Il avait peut-être même la clé de chez elle… »

Vieux Chasseur ne semblait pas au courant de la récente querelle qui avait ébranlé la relation commerciale entre la courtisane et l'antiquaire.

« On peut aussi imaginer qu'étant liée à des personnages éminents et sans doute au fait de sombres manœuvres politiques, Min ait confié à Huang un secret qu'elle n'aurait pas dû révéler, hasarda Chen. Certaines personnes ont donc décidé de les faire taire en faisant croire, dans le cas de Huang, qu'il avait été agressé.

– C'est une théorie pertinente, chef, mais qui voudrait dire qu'il faut s'attendre à d'autres meurtres : Min a pu parler à plusieurs personnes…

– Mais je repense à l'heure et à l'emplacement du meurtre… À mon avis, l'assassin connaissait ses habitudes…

– Ça va être difficile d'enquêter là-bas. C'est un coin oublié du district de Yangpu, il n'y a presque pas de caméras de surveillance dans la rue… »

Le portable de Vieux Chasseur se mit à sonner. Il s'interrompit pour décrocher.

« Je vois, articula-t-il après quelques secondes. Je reviens tout de suite.

– Que se passe-t-il ?

– Sima est revenu au bureau. Il a peut-être de nouveaux éléments. Zhangzhang ne sait pas comment le calmer, s'excusa Vieux Chasseur en se levant. Je vous tiens au courant.

– Pour ma part je vais essayer d'appeler Yu. »

3

Vers treize heures, Chen se dirigea vers *La Bonne Vieille Assiette*. Bien qu'il ait sauté le petit déjeuner, il n'avait pas faim, pourtant une force irrépressible l'attirait vers le restaurant.

Vieux Chasseur ne lui avait rien appris de nouveau. Informé de la mort de Huang, Sima demandait à rencontrer Chen, mais Vieux Chasseur et Zhangzhang ne s'étaient engagés à rien.

L'inspecteur Yu n'avait toujours pas rappelé. Très pris par son enquête, Xiong ne devait pas avoir eu le temps de le tenir informé – si tant est qu'il fût prêt à partager ses découvertes.

Chen se sentait très affecté par la mort de Huang. Il ne l'avait rencontré que la veille, mais il avait eu l'impression d'être en présence d'un vieil ami. Il ne pouvait s'empêcher de penser que le meurtre était lié à l'affaire Min, bien qu'il fût encore incapable de comprendre en quoi. Surtout, il se sentait en partie responsable de la disparition de l'antiquaire. Leur rendez-vous avait peut-être causé sa perte. Une violente migraine lui serra soudain les tempes.

Le restaurant était ouvert, mais à cette heure, seuls quelques rares clients occupaient le rez-de-chaussée.

Sans réfléchir, il s'engagea dans l'escalier. Le serveur le reconnut tout de suite.

« Bonjour, monsieur, c'est vous qui avez retrouvé maître Huang hier dans un salon privé, n'est-ce pas ?

– Oui, c'est moi. J'aimerais avoir le même salon qu'hier, si possible.

– Est-ce que maître Huang viendra aussi ?

– Non, pas aujourd'hui. »

Chen n'eut pas le courage d'annoncer la nouvelle à l'employé.

« Comme vous êtes un ami de maître Huang et que personne ne vient dans les salons privés à cette heure, vous pouvez commander ce que vous voulez sans avoir à payer le montant minimum.

– Merci. Je vais commander quelque chose mais d'abord, apportez-moi un thé de Pu'er, le préféré de maître Huang.

– Très bien, monsieur. »

Une fois que le serveur eut posé la théière sur la table et refermé la porte derrière lui, Chen servit deux tasses, exactement comme la veille.

Il n'était pas superstitieux, mais il avait envie de rendre un dernier hommage au vieil homme. Il aurait aimé que l'esprit de l'antiquaire le rejoigne, boive un thé avec lui et lui révèle la vérité sur sa mort.

Chen restait persuadé que le différend entre Min et Huang avait quelque chose à voir avec les événements. S'il avait encore été inspecteur, il aurait pu faire jouer ses relations pour récolter des informations, mais depuis sa mise au ban, la plupart des gens l'évitaient comme la peste.

Il s'efforça de se rappeler tout ce que Huang lui avait dit la veille dans cette pièce. Il leva la minuscule tasse comme pour trinquer avec son ami invisible.

Son portable émit un signal sonore. C'était encore un message WeChat de Jin.

« Comme hier, j'ai un rapport à vous faire. On peut se retrouver quelque part pour boire un café ? Cette fois, c'est moi qui vous invite. »

Chen renversa un peu de thé. Dans le contexte, l'expression « comme hier » avait une connotation tristement ironique. Il avait besoin d'être seul, mais Jin n'aurait jamais proposé de le retrouver si elle n'avait pas quelque chose d'important à lui annoncer, et il réfléchirait peut-être mieux en parlant. Elle savait qu'il avait vu Huang. Il pourrait lui raconter leur entretien.

Il tapa donc une réponse :

« À *La Bonne Vieille Assiette*, au coin de la rue de Fuzhou et de la rue de Zhejiang. Dans un salon privé à l'étage. »

« Je vois où c'est. J'y serai dans une demi-heure. » Un émoji montrait une fille affamée, la tête enfouie dans un bol. Il se demanda où elle trouvait toutes ces illustrations.

En ouvrant le menu, il décida finalement de commander pour elle un bol de nouilles et quelques spécialités équivalentes au montant minimum pour le salon privé.

L'arrivée de Jin transforma tout de suite l'atmosphère du restaurant traditionnel. La plupart des clients de *La Bonne Vieille Assiette* étaient des personnes âgées vêtues sobrement de noir. Cet après-midi-là, elle portait une chemise rayée en satin, un pantalon cigarette clair et des sandales aux brides attachées autour des chevilles. Elle se serait mieux fondue dans le décor de la *Villa Moller* que dans les salles poussiéreuses d'un établissement démodé.

Elle se dirigea d'un pas léger vers le salon privé et ferma la porte comme si elle était chez elle.

« J'ai fait des recherches pour le bureau. J'ai parlé à Rong aujourd'hui.

– L'homme qui a embauché Qing ?

– Oui, elle devait aller travailler pour lui dès le lundi suivant le dîner, mais bien sûr, elle n'a jamais eu le temps de frapper à sa porte.

– Et vous avez enregistré la conversation… comme hier ? demanda-t-il en répétant l'expression du jour comme s'il se fût agi du refrain d'un poème lugubre.

– Comme hier, reprit-elle. Je vous ai apporté l'enregistrement. Vous n'y trouverez sans doute rien d'extraordinaire. Écoutez-le tranquillement. Et j'ai aussi appelé Kong Jie, le rédacteur du *Wenhui* et il m'a dit que vous aviez déjà discuté avec lui. Je ne compte pas le rencontrer, mais je préfère vous tenir informé.

– Vous en avez déjà beaucoup fait. J'admire votre esprit d'initiative. J'écouterai l'enregistrement. Quant à Kong, je lui ai fait part de mon intention d'écrire une enquête du juge Ti. Il a eu l'air d'apprécier l'idée et m'a proposé de publier le texte dans le journal sous forme de série.

– Excellente nouvelle. Félicitations, directeur Chen. C'est pour moi, cette tasse ? » demanda-t-elle innocemment en montrant du doigt la seconde tasse posée sur la table.

Il se tut en apercevant le serveur qui entrait dans le salon en portant une théière de bronze à long bec.

« Sélectionnez quelques spécialités pour mademoiselle, demanda Chen. Et pour moi, un bol de nouilles au porc *xiao*, s'il vous plaît.

– Notre assortiment de spécialités permettra à mademoiselle de goûter à tout et pour vous, des nouilles au porc *xiao* comme hier, conclut le serveur déférent avant de se retirer.

– Vous étiez ici hier ? s'étonna Jin.

– Oui, j'étais ici hier matin, dans ce même salon, avec Huang…

– Pour lui parler de la vente d'un livre hérité de votre père, c'est ça ?

– Huang était un incorrigible gourmet et un habitué de la table de Min, comme vous l'avez appris dans le cadre de vos recherches. Il m'a invité ici hier et je viens d'apprendre qu'il a été tué ce matin.

– Quoi ? »

Il lui raconta tout ce qui s'était passé depuis leur entretien de la veille. Il ne cherchait pas seulement à partager sa tristesse. Elle devait commencer à avoir des soupçons sur ses réelles motivations, bien qu'elle fût trop avisée pour oser lui en faire part.

Le serveur leur apporta leurs plats sur un chariot. Comme chez Chen, elle se jeta sur la nourriture avec sa voracité de jeune fille. Elle engloutit avec énergie un petit bol de nouilles aux anchois-couteaux, la moitié d'un panier de raviolis vapeur et plusieurs feuilletés crabes…

Sans entrain, Chen planta ses baguettes dans ses nouilles, mais prévoyant une journée bien remplie, il se força à manger un peu.

« Goûtez-en un », conseilla-t-elle en trempant un ravioli dans la sauce au vinaigre.

Chen était à présent déterminé à faire la lumière sur ces meurtres, et pour y arriver, il allait avoir besoin de l'aide de la jeune femme. Il ne pouvait pas la tenir à l'écart plus longtemps.

« Je suis venu rendre hommage à Huang, avoua-t-il après avoir expliqué en détails les circonstances du meurtre et les différentes théories émises par les policiers. En souvenir de notre repas d'hier.

– La rencontre de deux épicuriens.

– Il aimait les bonnes choses, et pas forcément les plus chères. Il dépensait des sommes astronomiques chez Min, mais il entretenait aussi une véritable passion pour les échoppes de rue traditionnelles de

Shanghai. Il y a des années, quand il ne gagnait que soixante-dix fens par jour dans une unité de production du district de Yangpu, il avait l'habitude d'aller acheter des boules de riz chez un marchand du quartier et alors qu'il était devenu propriétaire de plusieurs galeries de luxe avec des milliards à la banque, il continuait à aller là-bas déguster cette spécialité... Oh ! Bon sang !

– Qu'y a-t-il, directeur Chen ?

– Il m'a dit qu'il n'avait confié à personne le secret de cette échoppe. Il vivait seul et n'employait qu'une femme de ménage quelques heures par semaine. Qui aurait pu être au courant de ses habitudes matinales ?

– Que voulez-vous dire ?

– L'assassin devait savoir qu'il allait petit-déjeuner là-bas.

– Je vois. Soit il a suivi Huang jusqu'au restaurant, soit il l'a attendu dans la rue et s'est jeté sur lui dès qu'il l'a vu arriver.

– J'aurais dû y penser avant. Bien avant. Il faut que vous me rendiez un service, Jin. Pourriez-vous trouver où Huang habitait il y a trente ans quand il travaillait à l'unité de production ? Et où se trouve le marchand de boules de riz ? Il doit être tout près de l'usine. Je suis un peu coincé en ce moment, vous savez.

– Je sais. Je m'occupe de ça dès que j'arrive au bureau. Comptez sur moi.

– Pendant que j'y pense, il y a autre chose que vous pourriez faire pour moi. Vous êtes allée au comité de quartier de Min hier, n'est-ce pas ?

– Oui, mais c'était l'heure du déjeuner, je n'ai rencontré aucun membre.

– Chaque comité est équipé d'un système de surveillance. Dans une cité comme celle de Min, il doit y avoir plusieurs caméras. Demandez-leur les enregistrements d'il y a dix jours, le vendredi où a eu lieu le dîner. N'hésitez pas à donner mon nom au policier du quartier si besoin. Inutile de visionner toute la journée, j'ai seulement besoin de deux plages horaires : entre vingt-deux heures quarante-cinq et vingt-trois heures quinze et entre vingt-trois heures quarante-cinq et minuit et demi.

– Le moment où les invités sont sortis de chez Min et le moment où l'assassin s'est glissé dans la maison *shikumen* ? »

Elle levait vers lui ses grands yeux interrogateurs.

« C'est ça. Je ne peux pas vraiment mener l'enquête, mais je sens que la mort de Huang est liée au meurtre commis chez Min sans réussir encore à m'expliquer comment. Elle est peut-être même liée à ma rencontre avec lui hier. J'aimerais faire quelque chose pour ce pauvre homme…

– En échange du somptueux repas qu'il vous a offert, je comprends. Et maintenant, c'est à mon tour de vous exprimer ma gratitude, dit-elle avec un sourire malicieux avant d'engouffrer une cuillère de soupe aux anchois-couteaux. Je plaisante, directeur Chen. Je suis votre secrétaire, je suis là pour répondre à vos requêtes, c'est tout naturel. »

Comme la veille, dès que Jin eut passé la porte, Chen lança l'enregistrement de son entretien avec Rong tout en continuant à siroter son thé tiède.

Il n'y avait effectivement rien d'extraordinaire dans leur échange. Rong n'avait aucun mobile et son alibi était solide. Ce soir-là, il était dans l'avion, en vue d'un rendez-vous d'affaires à Pékin. Il avait même montré son billet à Jin. Et il voyageait avec une jeune secrétaire qui était descendue au même hôtel que lui.

Il avouait cependant avoir eu l'intention de concurrencer Min. Il avait engagé Qing dans le but d'ouvrir sa propre table privée et de montrer à tous que la Dame Républicaine trompait son monde en servant des plats préparés par sa cuisinière.

Maintenant que Min était accusée de meurtre, il se désintéressait totalement de son sort et la mort de Qing ne lui faisait ni chaud ni froid.

« C'est le karma. Min a bien mérité ce qui lui arrive, concluait-il d'un ton détaché, qu'elle ait tué sa servante ou non. »

4

Dans le taxi qui la menait à son rendez-vous avec Shang Guanhua, « le numéro un des promoteurs de Shanghai », Jin parcourut sur son téléphone une carte du district de Yangpu. Elle envoya le fruit de ses recherches à Chen au moment où la voiture arrivait à destination

Contrairement à ses craintes, elle avait facilement réussi à obtenir un entretien avec cet autre client régulier de Min.

« Comme dit le proverbe, *laissez-moi ouvrir la porte pour vous faire voir la montagne*, commença Shang en la faisant entrer dans son spacieux bureau surplombant la rue de Nankin. Je crois savoir à quel sujet vous venez me voir. Il s'agit de l'affaire Min, n'est-ce pas ? Un autre des "numéros un de Shanghai" a disparu, regretta-t-il en secouant vigoureusement la tête. Je ne sais pas combien de temps je vais pouvoir tenir.

– Que voulez-vous dire, monsieur Shang ?

– Quand vous êtes le numéro un, vous devenez la cible de beaucoup d'attaques. Huang en a subi une, je pourrais bien être le prochain. Et toutes ces rumeurs sur mes liens avec Min et sa table privée ne font qu'envenimer les choses.

– Pourquoi ça ?

– Depuis que les prix de l'immobilier grimpent en flèche, les gens dénoncent les profits réalisés par les promoteurs. Mais nous construisons sur des terrains qui appartiennent à l'État et que lui seul peut décider de nous concéder – à des prix toujours plus élevés. Et ce n'est pas qu'une question d'argent. Pour obtenir un terrain, nous devons convaincre toute une échelle de décisionnaires. Min a des relations jusqu'au sommet. C'est grâce à elle, par exemple, que j'ai réussi à réaliser le projet de Xujiahui qui m'a rapporté beaucoup d'argent. Mais elle a pris la moitié des bénéfices en prétendant qu'elle devait tout donner au cadre du Parti chargé d'accorder les droits d'usage. »

Jin n'en fut pas étonnée. Elle avait lu des tas d'articles sur les magouilles entre hommes d'affaires et cadres du Parti. Comme disait le proverbe, *sous le soleil tous les corbeaux sont noirs*. Mais pourquoi sa relation avec Min l'inquiétait-elle autant ?

« Avez-vous lu le dernier éditorial du *Liberation Daily* ? poursuivait Shang. Le Parti a décidé de soutenir les entreprises d'État. Le Parti, c'est l'État et l'État, c'est le Parti, comme ils disent. »

Au milieu de son monologue, Shang reçut un appel urgent. Se confondant en excuses, il prit congé de la jeune femme.

Cette sortie tombait à pic. Perdu dans ses préoccupations politiques et financières, Shang ne pouvait visiblement pas lui apprendre grand-chose sur l'affaire.

5

Depuis qu'il avait parlé à Jin, Chen avait les idées plus claires. Il ne reculerait devant rien pour résoudre le mystère qui entourait la mort de Huang.

Il s'apprêtait à taper un message pour sa secrétaire quand il reçut un mail du professeur Zhong, de l'Académie des sciences sociales de Shanghai : « Le producteur aimerait vous rencontrer ce week-end, directeur Chen. Il est très excité par votre histoire du juge Ti. »

Chen rédigea une courte réponse : « Je ne pourrai pas ce week-end, malheureusement. Je suis trop pris par mon travail. Une mission inattendue. Peut-être le week-end prochain ? D'ici là, j'aurai sûrement avancé sur la trame de l'intrigue. »

Il adressa dans la foulée un texto à Jin : « Envoyez-moi des photos des invités, s'il vous plaît. Sauf de Kong. »

Elle répondit immédiatement : « Aucun problème. Ils sont connus, il doit y avoir des photos d'eux sur Internet. »

C'était évident, il aurait pu y penser tout seul. Décidément, il était trop en retard sur son temps pour enquêter efficacement. Le moment était venu de songer à une reconversion. Son histoire du juge Ti représentait une première étape dans ce sens.

Son portable sonna encore.

« Du nouveau, chef ? demanda Vieux Chasseur.

– Rien pour l'instant. Avez-vous appris autre chose sur Huang ?

– Oui, je me suis renseigné rapidement. Il était veuf depuis trente ans. Il ne s'était jamais remarié et n'avait aucune femme dans sa vie – sauf Min chez qui il dînait régulièrement. Aucun enfant non plus. Sa femme de ménage passait une ou deux fois par semaine et il avait aussi un chauffeur occasionnel. Ses plus proches parents sont un neveu et une nièce qui vivent à Pékin. Ils ont été informés de son décès et ils seront à Shanghai dans un jour ou deux – ce sont ses seuls héritiers. Huang a dû leur laisser une fortune.

– Je vois. Pouvez-vous me donner le nom et le numéro de son chauffeur ?

– Je vous envoie ça par texto tout de suite. »

Chen dut emprunter successivement plusieurs métros pour rejoindre le district de Zhabei où l'attendait le chauffeur de Huang, un certain Xi, chez lui, tout près du parc.

Xi était un homme grand et robuste, d'une trentaine d'années, qui parlait avec un fort accent du Henan. Il ne pouvait quitter son domicile car il gardait sa fille âgée de deux ou trois ans.

L'ancien inspecteur se présenta comme un ami de Huang et tendit également sa nouvelle carte de visite.

« Je sais que vous avez déjeuné ensemble hier, expliqua Xi. Je suis passé le prendre à *La Bonne Vieille Assiette* pour le conduire à un rendez-vous avec un client. Il m'a d'ailleurs dit le plus grand bien de vous.

– Vous ne l'avez pas emmené au restaurant le matin, si ?

– Par considération pour moi, il me convoquait rarement à l'aube. Ma femme tient une petite échoppe de raviolis et elle a beaucoup de clients le matin donc c'est moi qui m'occupe de notre fille. Quand il allait chez Min le soir, il me prévenait longtemps à l'avance pour que nous puissions nous organiser.

– Est-ce qu'il a déjà mentionné un marchand de boules de riz dans le district de Yangpu ?

– Ça ne me dit rien. Vous savez, il fréquentait beaucoup de restaurants, mais il ne me demandait pas toujours de l'y emmener. De chez lui, il y a un métro direct pour le district de Yangpu et la station est à seulement cinq minutes à pied de chez lui. De temps en temps, il prenait aussi un taxi. Il était assez riche pour s'offrir ce luxe.

– C'est sûr.

– Et il employait parfois un autre chauffeur. Un jeune, quelqu'un de sa famille. Huang lui a même acheté une voiture de luxe. Quand je ne pouvais pas me libérer, l'autre le dépannait. Du moins, c'est ce qu'il m'a dit.

– Vous a-t-il donné le nom de ce chauffeur ?

– Il l'a peut-être fait, mais je ne m'en souviens plus. Désolé, directeur Chen.

– Je vais vous laisser mon numéro de téléphone personnel, décida Chen avant d'inscrire les chiffres au dos de sa carte de visite. Au cas où vous vous souviendriez de quelque chose… »

Il n'eut pas le temps de finir sa phrase que son portable se mit à vibrer dans sa poche. Il avait reçu plusieurs messages de Jin. Les premiers avaient dû arriver pendant qu'il était dans le métro.

« Où êtes-vous, directeur Chen ? »

Dix minutes plus tard, elle lui avait envoyé l'émoji d'une fille en train de se gratter la tête, puis encore un court message : « Je suis tout près de la rue de Madang. Je serai bientôt chez vous. »

Chen devina qu'elle voulait lui parler de sa visite au comité de quartier.

Le dernier message, plus long cette fois, était arrivé plus d'une heure après le premier.

« J'ai essayé de vous joindre plusieurs fois, sans succès. Je suis allée au comité de quartier. Le policier m'a beaucoup aidée, il a dit qu'il vous connaissait et que c'était un honneur pour lui de vous rendre service. Il n'a posé aucune question. Il m'a donné tout un dossier. Vous devriez en prendre connaissance au plus vite. J'ai déposé une clé USB dans votre boîte aux lettres. »

Chen ne s'attendait pas à une telle rapidité. Il devait se dépêcher de rentrer chez lui.

Il avait compris que Xi ne lui en apprendrait pas davantage.

De retour chez lui, Chen récupéra la clé USB et transféra son contenu sur son ordinateur. Il s'agissait des deux vidéos de surveillance correspondant aux tranches horaires demandées.

Dans la première, la caméra de l'entrée principale filmait les convives en train de sortir de chez Min après le dîner. Conformément aux témoignages de Kong et d'autres invités, trois personnes sortaient en même temps vers onze heures – Peng, Shang et Kong. Quelques minutes plus tard, apparaissait un homme plus jeune – Zheng. Peng et Shang montaient immédiatement dans leurs voitures ; Kong attendait quelques minutes seul avant d'être rejoint par Zheng. Les deux hommes échangeaient quelques mots, puis Zheng faisait un signe de la main et partait en direction de la rue de Huaihai. Enfin, la voiture de Kong arrivait à son tour. Le film durait un peu moins de trente minutes.

La seconde vidéo aurait dû couvrir la période comprise entre vingt-trois heures quarante-cinq et minuit et demi, mais Jin avait téléchargé un peu plus d'images. Dans le mot qui accompagnait la clé USB, elle expliquait que l'enregistrement démarrait juste après le premier, vers vingt-trois heures quinze, au moment où deux jeunes filles entraient dans la cité. Elle avait récupéré les enregistrements de l'entrée principale et de celle située derrière la cité.

« Je ne sais pas ce que vous cherchez exactement, écrivait-elle encore dans son message, et à peine quelques minutes se sont écoulées entre le moment où le dernier invité est sorti et le moment où quelqu'un d'autre est entré dans la cité. Comme il y a eu encore des mouvements après minuit et demi, j'ai téléchargé un peu plus d'images. Après une heure et demie du matin, je n'ai plus vu personne. J'ai attendu dix minutes et j'ai décidé d'en rester là. »

Son raisonnement était judicieux. Elle était encore plus consciencieuse que lui, reconnut Chen avec amusement.

Après avoir regardé attentivement les deux vidéos, il fut forcé de constater qu'il avait fait chou blanc. La qualité de l'image n'était pas bonne, mais parmi les silhouettes floues, il ne lui semblait pas avoir vu un même individu entrer et sortir au cours de la soirée.

Pourtant, il ne pouvait s'empêcher de penser qu'il était passé à côté de quelque chose.

Vers vingt heures trente, Yu répondit par mail aux questions que son ancien patron lui avait posées.

L'inspecteur Xiong avait visionné les enregistrements des caméras de surveillance du district de Yangpu. Dans ce coin délaissé de la ville, il y en avait moins qu'ailleurs : une à chaque extrémité de la ruelle où le meurtre avait été commis. Il n'avait remarqué aucun mouvement suspect ce matin-là.

Huang avait peut-être été assommé dans un angle mort ou plus probablement, l'assassin avait déterminé à l'avance où se placer pour éviter d'être filmé. S'il avait repéré les lieux, la théorie du vol hasardeux tombait définitivement à l'eau.

Quatrième jour

1

À quatre heures et demie du matin, après une nouvelle nuit d'insomnie et de sommeil haché, Chen renonça à dormir. Par la fenêtre, il crut voir la lune s'effacer dans la pâleur du ciel.

La ville était encore enveloppée de brume ou de brouillard toxique. Si le nuage n'était pas causé par la pollution, il se disperserait avec le lever du soleil.

Ne pouvant appeler personne à cette heure, il décida de se mettre à écrire l'histoire du juge Ti, comme il l'avait promis à Kong. Quand il serait trop fatigué, il réussirait peut-être à dormir quelques heures de plus.

Il était certain de vouloir inclure dans le roman des poèmes d'amour de Xuanji, Wen et Zi'an, pourquoi pas en appendice, comme à la fin du *Docteur Jivago*.

Un poème de Wen, intitulé « Plainte de la cithare de jade », lui revint soudain en mémoire :

Pour elle encore une nuit sans rêve,
Sur la froide natte de bambou
De son lit d'argent.
Le ciel d'un bleu profond ressemble à de l'eau,
Les nuages nocturnes à des vapeurs fuyantes.

Les cris des oies sauvages voyagent
Jusqu'à la rivière Xiaoxiang.
La lune imperturbable brille
Dans sa céleste demeure.

Chen était presque sûr que le poème avait été écrit pour Xuanji. La « céleste demeure » renvoyait au séjour d'une déesse ou d'une nonne taoïste, ce qui laissait entendre qu'il parlait de la poétesse. Sa maîtresse lui manquait ; il l'imaginait dormant seule la nuit sous un ciel liquide… Ce poème était un petit chef-d'œuvre de romantisme.

Chen tenait à rester le plus fidèle possible à la véritable histoire de Xuanji et au personnage du juge Ti.

Ses efforts ne durèrent qu'une dizaine de minutes. Il avait du mal à se plonger dans une affaire remontant à la dynastie Tang alors qu'une série de meurtres actuels demeurait irrésolue. Ses pensées n'arrêtaient pas d'aller et venir entre les deux époques.

Malgré la fatigue, il ne se sentait toujours pas disposé à dormir. Alors qu'il scrutait le plafond, il eut l'idée d'aller parler au marchand de boules de riz du district de Yangpu.

Il consulta le message que Jin lui avait envoyé la veille :

« L'unité de production du quartier où Huang a travaillé est fermée depuis longtemps. De l'endroit où il habitait à l'usine, voilà le trajet qu'il devait suivre : cf. carte en pièce jointe. En toute logique, l'échoppe devrait se trouver au croisement des rues de Jugong et de Pingliang. »

Après un coup d'œil à l'horloge murale il se mit en route : il était à peu près l'heure à laquelle Huang était sorti de chez lui la veille.

Grâce aux indications de Jin et à son GPS, Chen réussit à repérer la ruelle où devait se trouver l'échoppe, aussi étroite qu'une cité bordée de maisons *shikumen*.

Avant 1949, le quartier était un bidonville. Les bâtiments du « Nouveau village ouvrier » avaient été construits dans les années cinquante, dans le cadre d'un projet gouvernemental visant à montrer les changements radicaux mis en œuvre par la nouvelle Chine communiste. Les immeubles à un étage étaient pourvus d'équipements sommaires, mais représentaient à l'époque un progrès majeur pour la population ouvrière.

Au rythme des vagues d'urbanisation successives qui avaient depuis balayé la ville, les vieilles maisons avaient été progressivement délaissées. Le quartier avait acquis le surnom de « coin d'en bas » ou « coin oublié », peuplé de gens trop pauvres pour déménager dans des appartements modernes.

Suivant la ruelle tortueuse, Chen s'engagea dans une allée plus étroite encore et se trompa plusieurs fois de chemin avant d'apercevoir enfin l'échoppe qu'il cherchait. Prêt à fermer boutique, le « chef » se frottait les mains d'un air satisfait au-dessus de sa boîte presque vide.

Chen hâta le pas.

« Désolé, tout est parti, prévint le cuisinier.

– Si vous pouviez juste me donner une boule de riz, insista Chen. Une toute petite, une ou deux bouchées suffiront. Un vieil ami m'a dit le plus grand bien de votre cuisine.

– Vraiment ! J'ai beaucoup de clients fidèles, vous savez. Pas de jaune d'œuf salé avec ça ? »

Chen leva les yeux vers la liste d'ingrédients inscrite sur une ardoise accrochée derrière le marchand. Le menu témoignait de la tendance du moment : désormais, on pouvait ajouter du jaune d'œuf ou du porc pour accompagner le beignet traditionnel.

« Non merci, dit Chen. Une boule de riz au beignet suffira. C'est la formule classique et d'après mon ami, vous servez les meilleurs de la ville.

– J'ai un vieux client qui vient en manger une fois par semaine, qu'il pleuve ou qu'il vente. C'est peut-être lui. Il achète toujours une boule de riz au beignet. Un vieux monsieur avec des lunettes en cul de bouteille. Il ne prend même pas la peine de consulter le menu.

– Ça doit être lui. Il est venu cette semaine ?

– Oui, hier. Comme d'habitude, il a croqué dans sa boule dès qu'il l'a eue en main. "Il faut manger chaud", c'est ce qu'il dit toujours. Et la vôtre sera encore chaude aussi. J'enveloppe ma boîte dans une veste militaire rembourrée. Ça marche très bien. »

Tout en parlant, le cuisinier rassembla le riz qui restait dans sa boîte en bois, y enfonça un morceau de beignet, forma une boule et la tendit à Chen.

Comme Huang, Chen mordit aussitôt dans la texture chaude et moelleuse. À la seconde bouchée, il se sentit un peu consolé de savoir que l'antiquaire avait goûté à ce bonheur éphémère avant de connaître une fin prématurée.

Il était logique qu'une échoppe de ce type subsiste dans ce quartier, se dit Chen en dégustant la délicieuse pâte de riz. Les habitants n'avaient pas les moyens de s'offrir des petits déjeuners plus sophistiqués.

Néanmoins, qu'un richissime antiquaire se soit évertué à traverser la ville pour venir s'acheter une gourmandise aussi simple, même s'il avait grandi dans ce milieu miséreux, était assez incroyable. Et il semblait tout aussi insensé qu'un voleur sévisse à cet endroit si tôt le matin.

Chen continua à manger à petites bouchées, savourant la spécialité locale jusqu'au bout, fidèle aux habitudes du défunt. C'était sûrement la première et la dernière fois qu'il lui rendait cet hommage.

Chen se rendit ensuite sur les lieux du crime, à seulement cinq minutes à pied de là.

La ruelle était aussi glauque que les autres. À côté de plusieurs immeubles en ruine, certaines maisons obstinées tenaient bon, malgré les ravages du temps. À cette heure, la zone était déserte.

Quel pouvait bien être le lien entre la mort de Huang et celle de Qing ? Pour l'instant, le seul rapport entre les victimes était que Huang fréquentait régulièrement la table de Min et qu'il avait monté des affaires pas tout à fait légales avec elle.

Cette promenade matinale avait au moins servi à confirmer une certitude de Chen : à l'aube, dans cet endroit improbable, il était impensable que Huang ait été attaqué par un voleur impulsif.

Épuisé, Chen retourna chez lui. La boule de riz n'avait pas suffi à lui redonner de l'énergie. Il s'était levé trop tôt, le métro était bondé et il avait l'esprit brouillé par les hypothèses insatisfaisantes qu'il échafaudait les unes après les autres au sujet du meurtre de Huang.

En descendant sur le quai, il reçut un appel de Jin. Son écran indiquait qu'il n'était pas encore huit heures.

« Désolée de vous déranger si tôt. Hier soir, le secrétaire Ma m'a appelée. Il était assez tard, donc je n'ai pas voulu vous prévenir, j'avais peur que vous ne soyez couché.

– Pourquoi vous a-t-il appelée ?

– Au sujet de l'affaire du juge Jiao. Dans un éditorial, le *Liberation Daily* a parlé du *Filet du ciel* – les caméras de surveillance installées partout – en disant qu'en Chine aujourd'hui, il était impossible pour les coupables de ne pas être punis. Certains internautes ont répondu de façon surprenante en critiquant une société pire que celle décrite par Orwell dans *1984*, contrôlée par un gouvernement autoritaire sans pitié. Le secrétaire Ma aimerait que nous rédigions une autre déclaration sur ce sujet.

– Un plaidoyer pour la défense du *Filet du ciel* au nom de notre bureau ? Non, je ne connais pas assez bien le dispositif. Et je n'ai même pas lu le roman de George Orwell. Je ne saurais pas quoi dire. Et puis, je n'ai pas le temps de me pencher sur cette question pour l'instant, vous savez, j'ai des problèmes de santé. »

La vie en Chine était réellement pire que dans le roman d'Orwell, il le savait, mais il n'était pas obligé de le dire haut et fort. Tout le monde était au courant.

« Je comprends, répondit-elle timidement. Où êtes-vous, directeur Chen ? Il y a beaucoup de bruit derrière vous.

– Je suis sorti marcher un peu. La fraîcheur matinale me fait du bien.

– Avez-vous vérifié les indices de la qualité de l'air ce matin ? La pollution ne risque pas d'arranger votre cas. J'espère que vous n'êtes pas en train de courir. J'ai lu un article qui disait que courir dans l'air pollué pouvait avoir des effets désastreux sur la santé. J'expliquerai au secrétaire Ma que vous êtes souffrant. Ne vous inquiétez pas. »

Une fois chez lui, Chen s'assit à son bureau près de la fenêtre, l'esprit totalement vide.

Il prit la feuille de papier sur laquelle il avait noté un certain nombre de points concernant l'affaire Min. Il n'arrivait pas à les relier les uns aux autres. Il ajouta quelques mots dans la marge, des observations disparates qui ne menaient nulle part.

Par la fenêtre il aperçut une femme aux cheveux blancs qui ramassait un paquet de vieux journaux posés à côté d'une benne à ordures. Elle s'essuyait la bouche du revers de la main et affichait un sourire radieux. Une décapotable rouge vif transperça la brume. À côté du conducteur, une jeune fille jetait au vent des papiers et des éclats de rire.

Chen essaya de rassembler les fragments d'idées qui lui étaient apparus dans son lit, avant son expédition dans le district de Yangpu, mais ce qui lui avait paru limpide sur le moment avait à présent perdu toute forme de clarté et de logique.

Frustré, il s'allongea sur le canapé, s'étira, déplia une couverture et se prépara à dormir. Il avait rarement éprouvé une fatigue aussi intense.

Ce congé était nécessaire, se répéta-t-il en scrutant une dernière fois le plafond gondolé par l'humidité avant de fermer les yeux.

Il n'aurait pu dire combien de temps il avait dormi avant de sombrer dans un horrible rêve que la sonnerie de son téléphone portable dissipait à présent à toute allure.

« C'est terrible ! s'écria Vieux Chasseur.

– Quoi ? » Le vieil homme semblait faire partie de son rêve.

« Venez à la vieille maison de thé, tout de suite.

– Laquelle ?

– Celle qui est près de l'Association des écrivains, dans la rue de Shanxi, vous voyez ? »

Chen se leva d'un bond.

2

Peu de temps après, Chen retrouva Vieux Chasseur à « la vieille maison de thé », tout près de l'autopont, au croisement de la rue de Yan'an et de la rue de Shanxi. Les deux hommes étaient allés plusieurs fois ensemble dans cet établissement traditionnel.

De la table en acajou où ils étaient assis, Chen apercevait le toit pointu de la *Villa Moller*, de l'autre côté de la rue. Il se demanda si le détective n'avait pas fait exprès de lui donner rendez-vous à cet endroit.

« Encore une nouvelle incroyable ce matin », commença Vieux Chasseur de but en blanc, contrairement à ses habitudes de vieux chanteur d'opéra de Suzhou, bien qu'il en eût les accessoires : une théière en terre cuite et un éventail blanc posé devant lui.

« Que se passe-t-il ? demanda Chen sans prendre le temps de boire une gorgée de thé.

– Quelqu'un est entré dans la chambre d'hôtel de Min hier soir.

– Il lui est arrivé quelque chose ?

– Non, elle va bien.

– Mais elle était pourtant enfermée dans un endroit secret, sous la surveillance de la Sécurité intérieure, non ?

– Si Sima a réussi à savoir qu'elle était à la *Villa Moller*, d'autres ont pu le découvrir aussi. C'est là que je voulais vous emmener boire un café l'autre jour, vous vous souvenez ?

– Oui, je me souviens. J'y suis déjà allé, pour une enquête autour d'une autre affaire de *shuanggui*. On risque de me reconnaître, c'est pour ça que je préfère éviter d'y mettre les pieds.

– D'après Sima, Min a été emmenée dans un premier lieu de détention secret, mais face à l'ampleur des rumeurs sur Internet, les journalistes avides de détails croustillants ont cherché par tous les moyens à s'entretenir avec elle. Elle a donc été transférée à l'hôtel sous une surveillance plus étroite. Elle était dans une suite de luxe et ne manquait de rien. En vacances aux frais du Parti, en quelque sorte. Le Bureau de la police de Shanghai a reçu l'ordre d'envoyer quelqu'un dans la suite pour s'assurer que personne n'entrerait en contact avec elle. C'est Wanxia qui a été choisie pour cette mission.

– Wanxia, de la brigade criminelle ?

– Oui, l'affaire n'est plus entre les mains de la brigade, mais le secrétaire du Parti Li a insisté pour qu'un membre de la police soit à l'hôtel sachant que la Sécurité intérieure aurait du mal à trouver une femme qualifiée en si peu de temps. À la décharge de Li, en théorie, le travail ne comportait aucun danger. Wanxia devait simplement rester dans la suite jour et nuit avec Min. Cette "caméra de surveillance humaine" n'était pas au goût de l'accusée, mais elle n'avait pas le choix. La nuit dernière, Min s'est couchée tôt en se plaignant d'une migraine. Wanxia travaillait donc seule dans le salon sur son ordinateur portable. Vers vingt et une heures trente, un serveur de l'hôtel en uniforme a frappé à la porte pour livrer un repas spécial sur un chariot.

« D'après les vidéos de surveillance, le serveur s'est incliné devant Wanxia en annonçant : "Avec les compliments de la maison : nouilles aux œufs confectionnées avec la machine spéciale de l'hôtel."

« Wanxia a dû croire que c'était une pratique habituelle dans ce genre d'établissement. Sans réveiller Min, elle a mangé les nouilles et leurs quatre accompagnements…

– Des nouilles "sur l'autre rive", j'imagine.

– Moins de dix minutes plus tard, poursuivit Vieux Chasseur sans prêter attention à Chen, elle était pliée en deux de douleur. Elle a appelé la réception. Les membres du personnel l'ont tout de suite mise dans une voiture pour la conduire à l'hôpital.

« Elle souffrait beaucoup, mais elle a quand même trouvé la force de raconter ce qui lui était arrivé à ceux qui l'accompagnaient.

– Elle pensait avoir été empoisonnée ?

– La direction de l'hôtel a confirmé ses soupçons. Personne n'avait commandé de plat pour la suite de Min. Il ne s'agissait ni d'un cadeau ni d'une spécialité de la maison. L'hôtel se fournit chez un fabricant de la rue Changle…

– Et donc ?

– Elle a perdu connaissance dans la voiture. Quand elle est arrivée à l'hôpital, elle ne donnait plus aucun signe de vie. Elle n'a pas survécu… »

Vieux Chasseur s'interrompit pour répondre à un appel de l'inspecteur Yu.

« Je viens de dire à l'inspecteur Xiong que tu es à la maison de thé avec un ami, annonça Yu à son père. Comme vous êtes tout près de l'hôtel, il vous invite à venir jeter un coup d'œil sur les lieux. »

Chen pourrait prendre prétexte de sa présence dans le quartier pour poser des questions à ses anciens collègues, sans avoir l'air de mener l'enquête. C'était une excuse plausible et un subtil stratagème dont Yu n'était sûrement qu'un des acteurs. L'inspecteur Xiong devait être affolé.

« Vous avez beaucoup à faire, Vieux Chasseur, déclara Chen en se levant. Inutile de venir avec moi à l'hôtel, nous reprendrons un thé ensemble très bientôt. »

Vieux Chasseur acquiesça et vida sa tasse d'un trait.

3

L'inspecteur Xiong attendait Chen devant l'entrée de l'hôtel gardée par deux lions de pierre accroupis. C'était un homme grand et sec d'une quarantaine d'années, au front dégarni profondément marqué par ses soucis actuels. « L'inspecteur Yu a dû vous dire ce qui s'est passé ici hier soir, inspecteur principal Chen. Suivez-moi, je vais vous montrer la suite de Min.

– L'inspecteur Yu est très contrarié, observa vaguement Chen. Si je me souviens bien, c'est lui qui avait recruté Wanxia. »

La chambre de Min était spacieuse et décorée dans le style européen, ponctué d'éléments asiatiques comme les « chiens assis » ou « tigres assis » selon l'appellation shanghaienne.

La Sécurité intérieure avait dû transférer Min ailleurs en urgence car son lit était défait et ses vêtements encore éparpillés dans la pièce. Même l'inspecteur Xiong ne pouvait pas dire où elle se trouvait actuellement.

Le salon affichait un extrême désordre : le chariot n'avait pas été enlevé, bien que les plats aient été débarrassés et un verre brisé gisait sur le sol, sans doute renversé par Wanxia dans sa chute. Une sandale solitaire, triste relique de la victime, reposait dans un coin rendant plus saisissant le silence de la pièce.

« Nous venons de recevoir le rapport de l'hôpital, commença Xiong d'un ton lugubre. Elle a bien été empoisonnée. Nous avons affaire à un meurtre. »

Chen avait croisé Wanxia plusieurs fois au bureau. Diplômée de l'école de police, elle était intelligente, travailleuse et passionnée. L'inspecteur Yu avait proposé de la faire entrer à la brigade des affaires spéciales et Chen avait approuvé. Elle lui avait confié qu'elle rêvait de travailler avec lui, ayant beaucoup entendu parler du « légendaire inspecteur principal », mais finalement, elle avait été affectée à la brigade criminelle dirigée par l'inspecteur Xiong.

Cette nouvelle renforçait d'autant plus la détermination de Chen à mener l'enquête.

« Les choses ont changé, beaucoup changé, remarqua Chen sans préciser sa pensée. Donc l'homme qui a apporté le repas n'était pas un employé de l'hôtel ?

– Non. Le chef du personnel nous l'a confirmé. La commande de nouilles "sur l'autre rive" a été passée d'une autre chambre, accompagnées de quatre plats : émincé de poulet, jambon de Jinhua, pousses de bambou et crevettes aux pousses de haricots mungo. C'est exactement ce qui a été livré chez Min.

– Que savez-vous sur la personne qui a passé cette commande ?

– Il portait des lunettes aux verres teintés, même le soir. Et il a demandé que le bouillon soit servi dans un bol à part afin de verser lui-même les nouilles et les garnitures dans le bol.

– Un vrai connaisseur. C'est comme ça qu'on doit manger les nouilles "sur l'autre rive". Traditionnellement, le bouillon est servi dans un bol séparé, pour éviter que les nouilles ne ramollissent en trempant trop longtemps dedans. C'est une requête normale pour un gourmet. »

L'inspecteur Xiong ouvrait de grands yeux perplexes en écoutant la leçon gastronomique de Chen.

« Bref, il a demandé au serveur – le vrai – de laisser le chariot dans sa chambre.

– A-t-il remis sa carte d'identité à la réception en arrivant ?

– Elle était fausse. Il a pris soin d'effacer ses empreintes avant de quitter sa chambre et quand il a poussé le chariot dans la chambre de Min, il portait des gants. Les caméras de surveillance l'ont filmé dans le couloir vers vingt et une heures trente. Il a frappé à la porte et il est entré. Deux ou trois minutes plus tard, il est sorti sans le chariot.

– Évidemment. Encore une question, inspecteur Xiong, est-ce qu'il avait encore ses lunettes teintées quand il est entré dans la chambre de Min ?

– Non. Il portait un masque comme celui des cuisiniers de l'hôtel.

– Et en sortant de la chambre, où est-il allé ?

– Les caméras ne couvrent qu'une partie du couloir. À un moment, il est sorti du champ. Mais le réceptionniste de nuit a vu un homme en T-shirt gris sortir de l'hôtel vers dix heures. Sans bagage. Il a pensé que le client allait prendre l'air dans le jardin ou dans le centre-ville. Certains touristes étrangers se couchent tard à cause du décalage horaire. Ça ne lui a pas semblé suspect. Et la caméra de surveillance du portail a filmé un homme en T-shirt gris en train de sortir dans la rue peu de temps après le départ de Wanxia pour l'hôpital. D'après les enregistrements, cet homme n'est jamais revenu. Le lendemain, il avait disparu sans laisser de trace et sans être passé par la réception.

– Merci pour toutes ces informations, inspecteur Xiong. Mais qui aurait pu commettre un crime aussi minutieusement préparé ?

– Aucune idée. Mais l'assassin avait tout prévu, c'est certain.

– Est-ce que le réceptionniste se souvient du moment où l'homme s'est présenté à l'hôtel ?

– Il nous a dit qu'en arrivant, il portait un costume gris. Il l'a d'ailleurs confié à la blanchisserie et il ne l'a pas récupéré.

– Donc quand il est sorti, les employés ne l'ont pas reconnu… » réfléchit Chen. Une vague idée lui traversa l'esprit, mais avant qu'il parvienne à la saisir, elle se perdit dans le désordre général de ses pensées.

« Je crois que non, répondit Xiong. La Sécurité intérieure a sonné l'alerte dès que Wanxia a appelé au secours. De son côté, l'assassin a attendu de savoir s'il avait réussi son coup avant de s'enfuir. Tout était prémédité : les faux papiers, les lunettes, le masque et la commande passée depuis une autre chambre. Sans parler de l'uniforme de serveur. Un vrai travail de professionnel.

– Et le choix des nouilles "sur l'autre rive" est astucieux. Le bol de bouillon à part était pratique pour verser le poison. Et personne ne pouvait mettre en doute la requête d'un fin gastronome.

– Vous vous y connaissez en gastronomie, n'est-ce pas, inspecteur Chen ?

– Pensez-vous que Wanxia était sa cible ? demanda Chen sans relever le commentaire de son ancien collègue.

– Bonne question, reconnut Xiong d'une voix hésitante. Vous pensez que c'était Min qu'il visait ?

– Il ne pouvait pas savoir que Min était allée se coucher tôt à cause d'une migraine, ni qu'il y avait une autre femme dans la suite avec elle.

– C'est une théorie plausible. Mais Min était détenue à l'hôtel pour y être interrogée par la Sécurité intérieure, personne ne savait où elle se trouvait. Qui a pu obtenir cette information et mettre au point un tel stratagème ?

– Quelqu'un qui ne veut surtout pas qu'elle parle.

– Que voulez-vous dire, inspecteur Chen ?

– Simple supposition. »

Chen préféra en rester là. Craignant qu'elle ne craque sous la pression, certaines personnes cherchaient à tout prix à la faire taire, c'était évident. Quels secrets brûlants risquait-elle de révéler ? Il ne pouvait s'agir uniquement du meurtre commis dans la maison *shikumen*.

Était-ce à cause des transactions financières qu'elle avait organisées avec Huang ? Ces opérations étaient peut-être louches, mais pas forcément illégales, et même si elles impliquaient de grosses sommes d'argent, elles n'étaient pas rares dans la Chine d'aujourd'hui. Ces magouilles n'auraient jamais suffi à faire plonger les personnes impliquées. Et maintenant que Huang était mort, il ne risquait plus rien.

Était-ce à cause des relations secrètes qu'elle entretenait avec des « personnes très haut placées » ? Chen ne pouvait renoncer à cette hypothèse, surtout dans un contexte de lutte de pouvoir acharnée. Les tensions entre les princes rouges issus de la première génération de cadres du Parti et les nouveaux membres de la Ligue de la jeunesse communiste chinoise ne faisaient que s'intensifier. Si Min avait noué des liens avec un membre d'un de ces clans, l'autre faction tentait peut-être d'utiliser cette information pour faire tomber l'adversaire. Le témoignage de Min contre son amant – ou ses amants – aurait de quoi déclencher un raz-de-marée politique.

Quel rôle jouait Huang dans l'histoire ? Cette dernière hypothèse expliquait peut-être sa mort. En tant que client régulier de la table privée, il était peut-être dans la confidence des amours de Min. Mais une courtisane avertie n'aurait jamais commis une telle indiscrétion, surtout auprès d'un homme d'affaires aussi connu que lui.

Chen décida de ne pas partager ses réflexions avec l'inspecteur Xiong. Ces vagues spéculations ne s'appuyaient sur aucune preuve tangible et jusque-là, il n'avait pas pu enquêter comme un vrai flic. Il n'était qu'un buveur de thé qui s'était trouvé par hasard près d'une scène de crime.

« Que vous a appris la Sécurité intérieure ? demanda-t-il.

– Pour l'instant, rien, sauf qu'ils ont emmené Min ailleurs et que… »

À cet instant, comme un rappel à l'ordre, un coup de fil de la Sécurité intérieure obligea Xiong à aller immédiatement au rapport.

Chen sortit avec lui. En approchant du portail, il aperçut des gens attablés dans le jardin. Ils parlaient, buvaient, riaient sans se soucier le moins du monde du drame qui s'était produit dans la nuit. Certains ne séjournaient sûrement même pas à l'hôtel. Quelques tentes colorées parsemaient la pelouse, offrant des sortes de « salons privés » bucoliques aux clients en quête d'intimité.

Chen regretta soudain de ne pas être venu la veille avec Vieux Chasseur. Peut-être aurait-il alors remarqué quelque chose qui lui aurait permis d'éviter la mort d'une de ses collègues.

4

En général, Jin ne lisait jamais ses messages en mangeant. D'après ses parents, ça n'était pas bon pour la digestion. Mais ce jour-là, elle ne put s'empêcher de faire une exception.

Elle avait reçu un mail de Chen portant l'en-tête du Bureau de la réforme du système judiciaire. Une lettre officielle, donc, qui commençait par une justification déconcertante :

Chère Jin

J'espère que vous allez bien. Je me sens mieux, mais pas encore assez bien pour passer au bureau. Merci pour tout le travail que vous faites là-bas.

Ne pouvant rester complètement oisif, j'ai commencé à travailler sur l'histoire du juge Ti, considérant ce projet comme une sorte de préparation à mes nouvelles fonctions, comme je vous l'ai expliqué.

J'admire le regard que Van Gulik porte sur l'affaire Xuanji dans Assassins et poètes. *Je comprends aussi les libertés qu'il a prises avec l'Histoire. Cette affaire n'en demeure pas moins déroutante. Vos connaissances vous permettront sûrement de m'aider à en apprendre davantage sur la dynastie Tang. Bien sûr, je ne vous oblige à rien, je sais que vous êtes déjà très prise par votre travail.*

Dans le roman de Van Gulik, Xuanji refuse de parler afin de protéger le fonctionnaire de haut rang dont elle est éprise bien que certains la poussent à révéler son secret. Est-ce à cause des luttes de pouvoir qui agitaient les deux factions rivales à l'époque ?

Je m'interroge sur l'absence de mobile plausible pour le meurtre. La servante aurait pu avoir une liaison avec un des amants de Xuanji, mais j'ai du mal à croire que celui-ci ait pu tomber amoureux d'elle. À l'époque, le statut social comptait beaucoup. Il était difficile pour Wen ou Zi'an d'épouser Xuanji à cause de ses origines roturières. Pour un homme de haut rang, une liaison avec une servante ordinaire aurait été encore plus honteuse.

Enfin, j'ignore quel était l'usage d'alors concernant la peine capitale. J'ai lu l'histoire du « Bouddha de jade » dans les récits de Feng Melong. Le général qui avait battu à mort sa servante parce qu'elle s'était enfuie avec un artiste n'avait pas été exécuté. Il n'avait même pas été condamné.

Permettez-moi cette confidence : quand j'ai les idées embrouillées, j'ai pour habitude de me parler tout seul afin d'y voir plus clair. Je vous écris comme si je vous parlais, de façon un peu plus construite, peut-être. N'accordez pas trop d'importance à ce que je raconte. Et merci d'avoir eu la patience de lire mes élucubrations désordonnées.

Chen Cao

P.S. : J'étais par hasard à la Villa Moller *ce matin et le salon de thé installé sur la pelouse m'a paru merveilleux. J'aimerais beaucoup vous y inviter un après-midi pour vous remercier de votre aide précieuse. Merci encore pour les liens vers les films et la clé USB. Tout était très utile.*

Jin prit une profonde inspiration, relut le mail et se prépara une tasse de thé.

À travers cette lettre, Chen poursuivait le dialogue avec elle dans un langage compréhensible d'eux seuls. Indirectement il lui parlait du meurtre commis chez Min. Les deux affaires étaient étonnamment similaires et il en soulignait les ressemblances : elle n'avait plus qu'à lire entre les lignes.

Certaines personnes espéraient donc faire parler Min, d'autres cherchaient à la faire taire, mais les recherches de Jin ne lui avaient pas encore permis de savoir qui voulait quoi, ni pour quelle raison. Pour l'instant, la seule option envisageable était d'aller interroger les deux derniers invités du dîner. Peng Jianjun, un homme d'une soixantaine d'années, suivait actuellement une chimiothérapie pour un cancer du côlon. Il n'aurait jamais eu l'énergie de perpétrer un tel crime. Quant à Zheng Keqiang, il avait été envoyé chez Min par son oncle Huang et n'ayant jamais mis les pieds dans la maison *shikumen* auparavant, il était impensable qu'il ait décidé de tuer la cuisinière sur un coup de tête.

Le ton de confidence que Chen employait avec elle la touchait. Il ne la considérait plus uniquement comme sa secrétaire. L'ancien inspecteur avait la réputation d'être un poète romantique, mais d'après ce qu'elle avait lu de lui, elle n'en était pas sûre. Elle ne devait pas donner trop de sens à sa lettre. C'était seulement un homme un peu vieux jeu qui lui exprimait poliment sa gratitude.

Mais que penser du post-scriptum ambigu et de l'invitation à boire le thé à la *Villa Moller* ? Il affirmait être passé là-bas « par hasard ». La formule lui mit la puce à l'oreille. Elle lança une recherche rapide sur Internet. Au bout de quelques minutes, elle avait réuni assez d'informations pour comprendre que l'établissement servait de lieu de détention aux cadres victimes de *shuangguis*. Sur un blog, elle apprit que Min avait subi le même sort que certains hauts fonctionnaires et qu'elle était détenue dans un endroit secret. C'était une mesure étrange, mais il y avait beaucoup de détails étranges dans cette affaire. Sur WeChat, plusieurs cybercitoyens parlaient d'un meurtre commis la veille à la *Villa Moller*.

Et s'il était arrivé quelque chose à Min à l'hôtel ? Les courts messages publiés sur Internet restaient flous, tant sur la tragédie que sur l'identité de la victime. D'instinct, Jin devinait que Min n'avait pas été tuée. Sinon, l'affaire aurait été close et elle n'aurait pas reçu ce message crypté de Chen.

Chen n'était sûrement pas allé à l'hôtel par hasard et il ne s'était pas contenté d'en admirer les jardins. Sollicitait-il à nouveau son aide en faisant mine de l'interroger sur la dynastie Tang ?

La clé USB avait l'air de lui avoir été utile, même s'il restait évasif. Elle se sentait valorisée, reconnue. Grâce au policier du quartier, elle avait obtenu des indices de taille. Elle ignorait ce que Chen espérait trouver, mais elle avait rempli sa mission et satisfait son patron. Il avait beau lui répéter de ne pas se donner de mal, elle interprétait son message comme un encouragement déguisé à poursuivre ses recherches. Dans le doute, elle avait intérêt à aller jusqu'au bout. Et tant qu'elle se montrait habile, elle ne courait pas de réel danger.

Elle baissa les yeux vers la boîte en plastique contenant son déjeuner : son riz était froid.

5

À un des moments les plus critiques de sa vie, au lieu de se ménager une porte de sortie, Chen avait l'impression de s'enliser dans un épais bourbier. Les événements s'étaient enchaînés si vite qu'il n'avait pas eu le temps de comprendre comment ils étaient liés. Il se trouvait face à un casse-tête ahurissant, un enchevêtrement de faits qu'il craignait de mettre encore des jours à démêler. Le principal problème était ce congé forcé. Enquêter au grand jour risquait d'aggraver ses ennuis et surtout, d'alerter ceux qui le surveillaient dans l'ombre.

Il se remit donc à son histoire du juge Ti tout en songeant combien il était absurde de se lancer dans un roman dans ces circonstances. Mais il comptait sur l'effort pour lui vider la tête et lui éclaircir les idées.

Il fut rapidement obligé de constater que l'entreprise le déprimait. Les difficultés du juge Ti, étonnamment semblables aux siennes, le mettaient face à sa propre détresse.

Il se mit donc à lire l'anthologie des poèmes de Xuanji. Pour son malheur, cette femme poursuivait trop d'idéaux à la fois : la poésie, la renommée, l'amour fou, la gloire littéraire, le romantisme, la richesse, la sécurité… Si elle avait eu des attentes plus modestes, elle aurait sans doute pu trouver un homme qui tenait à elle autant qu'elle en rêvait dans ses poèmes. On ne pouvait pourtant pas lui reprocher son ambition. De tous temps, les hommes avaient fait passer leurs intérêts personnels avant tout. Min aussi s'était montrée trop avide.

Il s'arrêta une nouvelle fois sur le poème partiellement cité dans *Assassins et poètes* et essaya de le traduire à son tour. Il s'intitulait « À Wen Tingyun un soir d'hiver ». Écrit pour son premier amour, le célèbre poète Tang, il décrivait les souffrances causées par l'absence et la solitude.

Je pense et pense, cherche péniblement
Des vers à réciter sous la lampe,
Trop nerveuse pour passer
Une longue nuit d'insomnie
Sous l'édredon glacé
Avec dans la cour les feuilles tremblantes,
Craignant le vent qui vient
Et le rideau battant à la fenêtre,
Faible sous la lune couchante.

Occupée ou oisive,
Il y a toujours en moi
Ce vide intarissable.
À travers les épreuves,
Mon cœur demeure constant.
Les branches du pin parasol n'étant pas faites
Pour qu'on s'y perche, un oiseau vole en cercles
Au-dessus des bois crépusculaires
Et piaille et piaille en vain.

Van Gulik imaginait qu'elle avait écrit ce poème pour les invités d'un banquet. En le traduisant, Chen plongea plus profondément dans le texte. Le sinologue hollandais avait pris des libertés. Dans le cinquième vers, il parlait des « couvertures solitaires » au lieu de « l'édredon glacé ». Chen avait opté pour une traduction plus littérale, trouvant l'adjectif « glacé » plus fort et plus émouvant. La jeune femme n'avait pas seulement froid dans la nuit, elle était glacée par la solitude. La « longue nuit d'insomnie sous l'édredon glacé » était un exemple parfait de « corrélat objectif » cher à T.S. Eliot, c'est-à-dire une formule visant à transcrire l'émotion de la *persona* poétique…

Une idée le traversa, une idée qui aussitôt surgie lui échappait, comme le matin même à la *Villa Moller*…

Pareil à Xuanji, il « pensa et pensa », cherchant à se rappeler ce qu'il avait ressenti quand l'inspecteur Xiong lui avait décrit le suspect sorti de l'hôtel en T-shirt après être arrivé en costume. La nuit était fraîche, l'homme aurait dû se couvrir, mais il s'était changé pour éviter d'être repéré par les caméras de surveillance.

Chen comprit soudain à quoi cela lui faisait penser. Il se leva, sortit la clé USB que Jin avait déposée chez lui la veille, l'inséra dans l'ordinateur et visionna à nouveau les vidéos.

D'après les photos et informations dont il disposait, Chen avait repéré facilement les quatre clients de Min qui avaient quitté la cuisine vers vingt-trois heures. Les trois premiers étaient en costumes-cravates. Zheng, le dernier à apparaître à l'écran, portait un pardessus de couleur claire. Il n'était probablement pas assez habillé pour l'occasion, mais si son oncle lui avait cédé sa place au dernier moment, on pouvait imaginer qu'il s'était dépêché de se rendre au dîner.

Chen s'intéressa ensuite au deuxième enregistrement. L'image était sombre et floue, mais cette fois, il prêta une plus grande attention aux vêtements que portaient les gens qui entraient et sortaient de la cité. Au milieu de la vidéo, il mit le lecteur sur pause en apercevant un homme en chemise blanche, un pardessus clair sur le bras, qui se glissait à l'intérieur. Il regarda attentivement l'image. Même si le mois de mai était doux, il n'était pas logique de sortir avec son manteau et de revenir un peu plus tard en chemise. Chen n'était pas certain qu'il s'agisse du même homme, mais il crut voir une certaine ressemblance entre les deux silhouettes.

Si l'homme avait voulu éviter d'être reconnu, il avait pu faire exprès de retirer son pardessus. Entre la polémique actuelle autour de l'omniprésence des caméras et le scandale de l'affaire du juge Jiao épinglé à cause d'elles, n'importe quel assassin d'aujourd'hui prendrait ce genre de précautions.

Une question taraudait encore Chen. Il regarda la vidéo jusqu'au bout sans voir ressortir l'homme au pardessus. Il s'agissait peut-être d'un habitant de la cité rentré tard et qui, par pure coïncidence, possédait un manteau semblable à celui de Zheng. Chen garda les yeux rivés sur l'écran. La vidéo s'arrêtait à une heure vingt-cinq, beaucoup plus tard qu'il ne l'avait demandé.

Comment savoir si l'homme était ressorti ?

Il ne tenait pas à renvoyer Jin au comité de quartier. Sa curiosité risquait d'éveiller les soupçons.

Chen hésita un instant, puis composa le numéro privé de M. Gu.

C'était une des rares personnes que Chen n'avait jamais vraiment réussi à cerner. Homme d'affaires au flair indéniable, il avait été un des premiers à deviner le potentiel du complexe immobilier du New World, aujourd'hui l'un des endroits les plus en vue de Shanghai. Président de la New World Cooperation, propriétaire de multiples magasins au sein du centre commercial et promoteur de gigantesques projets dans tout le pays, il était devenu une des plus grosses fortunes de Chine. Bien qu'il se prétendît grand ami et admirateur de l'inspecteur principal, Chen avait toujours pris soin de garder ses distances. Par le passé, M. Gu n'avait pourtant jamais refusé de l'aider et n'avait pas hésité à le tirer de plusieurs mauvais pas au cours de ses enquêtes. Cela faisait assez longtemps que les deux hommes ne s'étaient pas parlé.

Dans un paysage politique instable, beaucoup d'entrepreneurs avaient récemment senti le vent tourner. Le gouvernement avait radicalement changé d'approche en décidant soudain de soutenir les entreprises d'État au détriment des entreprises privées. Dans une apparente tentative de retour à l'époque de Mao, les « cadres lettrés » ne cessaient de brandir de grands principes comme

« le capitalisme d'État », « l'empereur rouge » ou « la justification historique de la Révolution culturelle » avec autant de virulence qu'une horde de grillons en été. Chen ne voulait surtout pas causer plus d'ennuis à son vieil ami.

« Quelle bonne surprise, inspecteur principal Chen ! s'exclama Gu au bout du fil. Je suis content de savoir que vous vous portez bien.

– Assez pour vous appeler, du moins.

– Qu'est-ce que je peux faire pour vous ?

– Rien d'important. Je sais que vous êtes très occupé, mais vous devez connaître des gens au *Pacific Ocean*, le centre commercial de luxe près de la rue de Madang, non ? Je cherche à entrer en contact avec les personnes qui gèrent le parking. C'est tout près du New World.

– Je connais bien le directeur général du centre commercial. Il est très ami avec les membres du gouvernement. Pourquoi ?

– Je présume que le parking est équipé de caméras de surveillance. Je me demandais si je ne pourrais pas obtenir les enregistrements.

– Des vidéos de surveillance ? s'étonna soudain M. Gu. Ils doivent en faire des copies, j'imagine. En général, les enregistrements sont conservés quelques mois par sécurité.

– Le créneau qui m'intéresse est assez récent. C'était un vendredi soir, il y a deux semaines. J'aurais besoin de quelques heures, tout au plus.

– Aucun problème. Avant-hier, j'ai justement rencontré le gérant d'une boutique de ce centre commercial pour un poste de direction au New World. Tant que les vidéos sont encore dans la boîte, vous les aurez sans difficulté. »

6

Une heure plus tard, Chen se dirigeait vers le bureau du juge Liu. Il ne l'avait pas prévenu de sa visite car il avait prévu d'adopter une stratégie totalement inédite.

Il s'arrêta devant l'immeuble imposant du district de Huangpu qui surplombait la rue de Fuzhou. Même s'il se savait surveillé, l'ancien inspecteur avait décidé de jouer cartes sur table. Il se sentait trop impliqué dans l'affaire pour s'arrêter en cours de route. Il allait donc s'adresser directement au juge.

Le magistrat d'une trentaine d'années parut agréablement surpris de se trouver face à l'ancien inspecteur.

« C'est un honneur pour moi de vous recevoir, inspecteur principal Chen, dit-il d'un ton sincère. Je me souviens encore d'une conférence que vous avez donnée à l'université où j'étudiais. Un moment mémorable !

– Merci, mais je ne fais plus partie de la police, vous savez. J'ai été nommé au Bureau de la réforme du système judiciaire. C'est un poste tout à fait nouveau pour moi. J'ai eu tellement d'enquêtes à mener toutes ces années que je n'ai pas eu le temps de m'intéresser de près à notre système judiciaire. J'essaie de me renseigner avant de prendre officiellement mes fonctions. Un de mes amis de l'Académie des sciences sociales m'a conseillé de venir vous voir. “Le juge Liu est un magistrat compétent et aussi un grand penseur de notre temps. Il a déjà publié beaucoup de choses sur la question”, m'a-t-il dit. J'espère que vous pourrez m'aider à combler mes lacunes en me conseillant certaines lectures ou en partageant vos idées avec moi, juge Liu.

– Appelez-moi simplement Liu, inspecteur principal Chen. Pour moi, vous serez toujours le seul et unique inspecteur principal de cette ville. Vous êtes une légende. Je ferai tout ce que je peux pour vous aider.

– Eh bien, il y a eu plusieurs débats au sujet de la réforme judiciaire. Par exemple, un des sujets brûlants du moment sur Internet consiste à demander si le parti communiste chinois est au-dessus des lois ou non. En d'autres termes, les juges doivent-ils servir le Parti ou la loi ? *Le Quotidien du Peuple* élude la question en affirmant qu'elle n'a pas lieu d'être. “Nos juges servent la loi au nom du Parti” nous dit-on, mais pour beaucoup de gens, ça n'est pas une réponse satisfaisante. La tâche qui m'attend s'annonce délicate.

– J'entends vos inquiétudes, inspecteur principal Chen, reconnut Liu en hochant la tête. Lors de votre conférence, je me souviens avoir été impressionné par un de vos arguments. Vous disiez que malgré les progrès époustouflants accomplis par la Chine ces dernières années, il y avait encore une marge d'amélioration importante. Dans notre réforme sans précédent, si chacun faisait sa part consciencieusement, alors les habitants pourraient s'accomplir individuellement sans songer uniquement à servir leurs intérêts personnels. »

Chen avait pu dire une chose pareille à l'époque où il croyait encore à la réforme mise en place par le Parti, mais il n'était pas sûr de tenir le même discours aujourd'hui.

« Je venais d'avoir mon diplôme, poursuivit Liu, mais j'étais retourné à l'université exprès pour vous entendre. J'étais assis au premier rang et j'ai applaudi comme un fou.

– Vraiment ! Je suis désolé de ne pas me souvenir de vous, Liu.

– Vous ne pouviez pas faire attention à tous ceux qui étaient là. Mais assez parlé de moi, vous êtes en congé de convalescence, non ?

– Je suis en congé, oui, mais j'en profite pour me préparer pour mon nouveau poste.

– Pourtant, je viens de lire votre déclaration au sujet du scandale du juge Jiao. Et votre argument sur l'irrecevabilité des preuves a été repris dans tous les journaux.

– Je ne peux attribuer à moi seul le mérite de cette déclaration qui a été en grande partie rédigée par ma secrétaire. Elle tient le bureau depuis des semaines, étant donné que je suis consigné à domicile. Vous avez dû entendre certaines rumeurs concernant mon arrêt maladie, j'imagine ?

– Les rumeurs ne sont pas toujours fondées. Selon la dernière en date, le gouvernement de Pékin aurait l'intention d'ouvrir un Comité de la réforme judiciaire comme celui que vous dirigez, mais au niveau national, sous la houlette de la Commission centrale de contrôle de la discipline du Parti et vous seriez actuellement sur la liste des candidats au poste de directeur. »

Chen se contenta de secouer la tête. Il avait eu vent de ce projet, sans oser y croire. Les princes rouges étaient beaucoup trop puissants aujourd'hui, même pour un fonctionnaire honorable comme le camarade Zhao, l'ancien secrétaire de la Commission centrale de contrôle de la discipline du Parti, qui avait été le supérieur hiérarchique de Chen pendant des années. Liu devait savoir ça aussi bien que lui.

« Enfin, reprit Chen, dans le cadre de ma préparation, j'ai décidé d'écrire un court roman sur le juge Ti, de la dynastie Tang. Je m'intéresse au fonctionnement du système judiciaire de l'époque afin de le comparer au système actuel. Il me semble utile d'étudier le passé pour mieux comprendre le présent.

– Très bonne idée, très bonne idée, observa Liu visiblement décontenancé par cette nouvelle.

– Et puis, je viens de finir un roman inspiré de la poétesse Xuanji, condamnée pour meurtre alors qu'elle n'avait pas de mobile plausible…

– Pas de mobile… répéta Liu machinalement, l'air de plus en plus égaré.

– En recherchant des documents historiques sur l'affaire, j'ai appris que le magistrat en charge de son procès – qui n'était pas vraiment un juge tel que nous l'entendons aujourd'hui – avait soi-disant été éconduit par la poétesse. Plusieurs témoins de l'époque avaient estimé le verdict injuste, mais la revanche personnelle du prétendant bafoué a très bien pu être inventée de toutes pièces pour donner du piment au scandale. Dans la dynastie Tang, les liaisons entre les courtisanes et les fonctionnaires ou les lettrés étaient courantes, mais rarement sérieuses. Si le juge s'était intéressé à elle, ç'aurait été dans l'espoir de passer une nuit ou un moment avec elle, rien de plus.

« Le rang de magistrat était très élevé à l'époque. Aussi désagréable qu'ait pu être le refus de Xuanji, le fonctionnaire n'aurait jamais risqué de ternir sa réputation en agissant par vengeance personnelle. N'importe quel homme sensé aurait tenu compte de l'opinion publique et craint que sa probité ne soit remise en question. De plus, les clans rivaux des Li et des Wu se livraient une guerre sans pitié à la Cour. Il a dû subir une énorme pression au moment où il s'est vu confier l'affaire. Face à un tel scandale, il avait intérêt à redoubler de prudence…

– Vous avez beaucoup réfléchi à tout ça, inspecteur principal Chen ! » l'interrompit Liu malgré lui.

Il devait avoir compris l'allusion. Le juge Liu se leva, fit quelques pas comme s'il cherchait quelque chose et se rassit, l'air désemparé.

« Vous avez dû entendre parler de l'affaire Min, inspecteur principal Chen, commença Liu sur un ton plus grave, et des rumeurs dont j'ai fait l'objet depuis qu'on me l'a confiée.

– Croyez-moi, répondit vivement Chen en regardant Liu droit dans les yeux, je ne suis pas en train de mener l'enquête. Je suis censé me reposer, comme vous le savez. Je sais que j'ai intérêt à faire profil bas. »

Les deux hommes restèrent un instant silencieux. Le grondement des voitures qui circulaient dans la rue montait par vagues vers les fenêtres du vingtième étage.

Liu leva les yeux, sortit un paquet de cigarettes, en alluma une et en offrit une à Chen qui refusa d'un geste de la main.

« Que puis-je faire pour vous, inspecteur Chen ? répéta Liu.

– Encore une fois, je ne suis pas là en tant qu'inspecteur. C'est un hasard si l'affaire Min ressemble étrangement à l'affaire Xuanji. Comme disent souvent les gens pour plaisanter, quand on est flic, c'est pour la vie. Je ne peux évidemment pas m'empêcher de m'interroger.

– Sur quels aspects vous interrogez-vous exactement ? Je veux dire sur quelles similitudes entre les deux affaires ?

– Et si vous commenciez par me dire ce que vous savez sur l'affaire Min ? proposa Chen sans détour. Car, il y a aussi des différences. Par exemple, dans l'affaire d'aujourd'hui, après la mort de la cuisinière, deux autres meurtres ont été commis – celui de Huang et celui de Wanxia – sans doute en lien avec le premier.

– Je vais sûrement vous décevoir, inspecteur principal Chen, je sais très peu de choses. Quant aux bruits qui circulent sur Internet selon lesquels j'éprouverais de la rancune envers Min, ils sont totalement infondés. C'est une célébrité, sa vie alimente les potins. Il y a environ six mois, après une bière de trop, j'ai dit en plaisantant à des amis que j'avais beau être un juge éminent, j'étais parti pour rester éternellement sur la liste d'attente de sa table privée, même si je faisais des pieds et des mains pour obtenir une place. Tout est parti d'une blague et je ne sais pas pourquoi certains ont ensuite imaginé qu'elle m'avait snobé. Quand le scandale a éclaté, j'ai voulu refuser l'affaire, mais la Sécurité intérieure a insisté. Que vouliez-vous que je fasse ?

– Oui, j'ai entendu dire qu'ils étaient intervenus assez vite.

– Il y a plusieurs éléments étranges dans cette décision. En général le *shuanggui* est mis en place afin d'étouffer un scandale impliquant un haut cadre du Parti corrompu et l'affaire ne tombe entre les mains d'un juge que plus tard, une fois la conclusion établie. Mais cette fois, dès l'instant où l'affaire m'a été assignée, le téléphone n'a pas arrêté de sonner. J'ai reçu des tas de messages contradictoires de la part de personnes haut placées qui m'expliquaient comment faire mon travail.

– C'est curieux. Dites-moi ce que ces personnes voulaient que vous fassiez. Essayez d'être le plus précis possible.

– Je ne vous cacherai rien, inspecteur principal Chen. »

Liu entreprit donc de raconter à Chen tout ce qu'il avait appris sur l'affaire Min depuis le premier jour.

Chen avait déjà compris que la Sécurité intérieure voulait faire parler Min. Il était logique qu'ils aient conseillé à Liu de faire pression sur elle aussi. Ils ne lui avaient pas dit ce qu'ils espéraient apprendre, mais le principe de cet organe était de dissimuler des vérités dangereuses. Chen était certain que les aveux tant attendus concernaient des personnes importantes, peut-être de hauts dirigeants du Parti.

En même temps, plusieurs cadres de Pékin avaient appelé Liu pour se renseigner sur ses avancées et lui rappeler ses devoirs de juge. Bien entendu, ils ne lui avaient pas dit pourquoi ils s'intéressaient tant à l'affaire. Sans doute pour la même raison que celle qui avait poussé Sima, le client de Vieux Chasseur, à taire ses véritables motivations.

Lorsque Liu tira une deuxième cigarette de son paquet, il fut étonné de voir Chen tendre le bras pour en attraper une.

Sima et les hauts cadres de Pékin n'étaient visiblement pas inquiets du sort de Min, plutôt de ce qu'elle pourrait dire sous la pression des interrogatoires. Le meurtre de Huang avait dû semer la panique. Plus l'affaire devenait compliquée, moins Min avait de chances d'être libérée et plus elle restait en détention, plus elle risquait de céder. Ça n'était qu'une question de temps.

« De mon point de vue de policier, intervint Chen, l'important est d'attraper le tueur le plus vite possible. Tant que Min restera dans une position vulnérable, certains puissants continueront à exercer sur elle un maximum de pression tandis que d'autres tenteront par tous les moyens de la faire taire – pour une raison que nous ignorons. Cette situation met la vie d'autres personnes en danger, comme nous l'ont prouvé les morts de Huang et de Wanxia. Seule l'arrestation du coupable mettra un terme à cette spirale meurtrière.

– Vous avez raison, inspecteur principal Chen. »

Chen espérait encore obtenir des indices de la part du juge.

« Entre vous et moi, hasarda-t-il, la Sécurité intérieure n'a pas l'habitude de résoudre des affaires de meurtres. Je sais que je suis en congé, mais j'arriverai peut-être à remarquer quelque chose qui leur a échappé et à aiguiller mes collègues de la police de Shanghai dans la bonne direction. J'avais travaillé avec Wanxia, vous savez.

– C'était une très jeune recrue, c'est terrible.

– Et je vous avoue que je m'inquiète pour la suite des événements. Plus l'affaire tarde à être résolue, plus les dégâts seront importants. Pas seulement pour les acteurs directs, mais aussi pour les personnes impliquées de façon indirecte. Comme dit le proverbe : *l'incendie qui dévore la porte de la ville cause un grand malheur aux poissons du fossé.*

– Oui et je suis un des poissons du fossé, reconnut Liu. Mais que puis-je faire de plus, inspecteur principal Chen ?

– Vous souvenez-vous d'autre chose que ces personnes vous auraient dit ? Quelque chose d'étrange ou d'inattendu ?

– Maintenant que vous en parlez, je ne sais absolument rien sur Wanxia, la jeune policière qui a été tuée à l'hôtel. La Sécurité intérieure ne m'en a pas touché un seul mot. Mais des gens de Pékin m'ont appelé pour me demander un rapport sur le meurtre.

– Qui ça ?

– Pas des membres de la Sécurité intérieure. Des gens plus haut placés, c'est tout ce que je peux vous dire, inspecteur principal Chen. »

Les soupçons de Chen se confirmaient. Il savait qu'il n'obtiendrait rien de plus du juge. Il l'avait déjà assez tourmenté.

7

Comme Chen le constatait souvent, *quand le toit fuit, il faut qu'il pleuve toute la nuit.*

De retour chez lui, il eut une longue conversation téléphonique avec Vieux Chasseur et avec Zhangzhang qui commentait et toussotait au second plan. Ayant à peine eu le temps de digérer ce qu'il venait d'apprendre du juge Liu, il écouta avec ahurissement les dernières nouvelles.

Sima, le mystérieux client, savait déjà que Chen était allé à la *Villa Moller*. Il réclamait un tête-à-tête immédiatement afin de savoir ce qu'il avait appris là-bas.

Comment avait-il été mis au courant de ses agissements si vite ? Chen s'était rendu à l'hôtel sur la demande de l'inspecteur Xiong, sans aucune préméditation. Et il n'en avait parlé à personne.

Et pourquoi Sima était-il si pressé de savoir « ce qu'il avait appris là-bas » ? Chen repensa à ce que lui avait confié le juge Liu. Un rapport sur les événements survenus à l'hôtel avait été requis par Pékin.

Sima était comme une fourmi qui essaie de s'échapper d'un wok brûlant. Il offrait vingt pour cent de bonus supplémentaires aux détectives s'ils réussissaient à faire libérer Min dans les vingt-quatre heures. En même temps, il leur lançait un ultimatum : passé ce délai, ils pourraient mettre la clé sous la porte.

Ça n'était pas un homme à prendre à la légère. D'après son statut et ses relations, il n'aurait aucun mal à mettre ses menaces à exécution.

Chen décida de ne pas expliquer à Vieux Chasseur où il en était. Il avait quelques pistes, mais rien de concret encore. Et il était hors de question qu'il aille rencontrer

Sima ni qu'il lui parle de son entretien avec l'inspecteur Xiong.

Chen acceptait facilement qu'un homme soit prêt à tout pour innocenter la courtisane, mais il ne comprenait pas pourquoi Sima était si curieux de ses découvertes sur le meurtre de la *Villa Moller*. À moins que son clan et lui n'aient eu quelque chose à voir avec cette affaire.

En y réfléchissant bien, il était curieux qu'il ait proposé d'emblée une somme aussi pharaonique au vieux détective. Les enjeux devaient être énormes pour lui, ou pour ceux qu'il servait. Il était crucial que Min soit libérée, crucial qu'elle ne se mette pas à parler… Depuis qu'il avait vu le juge Liu, il était certain que l'affaire avait pris un tour compliqué parce qu'elle impliquait des personnes très haut placées, exactement comme dans l'enquête du juge Ti.

Épuisé par toutes ces réflexions, Chen alla se préparer une tasse de thé noir, puis se mit au lit.

Après avoir passé une demi-heure à se tourner et se retourner sans réussir à recoller les morceaux du puzzle qui le préoccupait, il renonça à trouver le sommeil. Comme il ne voulait pas prendre de somnifères il se leva et alluma une cigarette.

Alors qu'il contemplait les volutes de fumée, il se demanda s'il n'était pas bloqué parce que toutes les pièces n'appartenaient pas au même puzzle. Dans ce cas, le mieux serait de se concentrer sur une seule, la plus récente.

Il consulta sa boîte mail et y trouva un rapport sur le meurtre de la *Villa Moller*. L'inspecteur Xiong n'avait pas avancé. N'osant pas solliciter explicitement l'aide de l'ancien inspecteur, il avait aussi transféré le rapport à l'inspecteur Yu. Après tout, la victime était une de ses collègues.

Chen avait du mal à rapprocher ce meurtre des deux précédents. L'assassin de Wanxia devait connaître l'hôtel comme sa poche et avoir accès à des informations hautement confidentielles. La méthode était très différente des deux autres crimes.

Bien que les trois victimes aient été liées à Min, Chen restait persuadé que le meurtre de la *Villa Moller* avait été accompli par un professionnel proche du gouvernement, ce qui présageait d'enjeux politiques encore plus lourds que ceux qu'il avait pressentis au départ. Les autorités ne voyaient peut-être pas d'un bon œil l'ascension d'une femme prônant les valeurs de la République, mais ils auraient pu la faire disparaître plus discrètement, en évitant le battage médiatique actuel.

L'hôtel était connu pour héberger des cadres sous *shuanggui*, mais peu de gens pouvaient imaginer qu'une femme comme elle y avait été transférée. En admettant que le mobile du dernier crime était de faire taire Min, quel était celui des deux autres ? Et puis, quel rôle jouait exactement le client de Vieux Chasseur ? Une chose était sûre : pour être si bien informé, Sima devait avoir ses entrées dans les hautes sphères du pouvoir.

Était-il possible que les différents meurtres, bien que liés à Min, aient été commis pour des raisons distinctes ? Dans la pensée bouddhiste, les choses les plus insignifiantes, comme la chute d'une goutte d'eau ou le coup de bec d'un oiseau, sont prédestinées et prédestinantes, bien que la plupart des gens soient incapables de le voir.

Pouvait-on considérer sa découverte du livre de Van Gulik comme un de ces infimes mouvements déterminants ? Chen était convaincu que, dans ce monde, il existait des tas de liens invisibles entre les choses.

Par un coup du hasard ou de la providence, au même instant, Chen reçut un mail de M. Gu, le président du New World. Le message était court, mais il contenait une pièce jointe.

« Voilà la vidéo du parking du centre commercial. Bon visionnage. »

M. Gu avait tenu parole, comme toujours. Il rendait service à Chen sans lui poser la moindre question.

Dans le socialisme de marché, on n'obtenait rien sans relations, même si Chen refusait de considérer son lien avec M. Gu comme une de ces amitiés intéressées.

Il téléchargea le dossier et ouvrit le fichier en même temps que les enregistrements des caméras de la cité afin de pouvoir comparer les images. Les vidéos du parking offraient deux angles de vue, à l'entrée et à la sortie. L'heure s'affichait en haut à droite de l'écran.

À vingt-trois heures dix, un homme en pardessus clair avançait vers le parking. Tout près de l'entrée, il s'arrêtait, faisait demi-tour et repartait d'où il était venu. Une fois sorti du champ, il était impossible de savoir où il était allé.

À une heure cinquante-cinq, les caméras filmaient à nouveau l'homme en pardessus clair en train d'avancer vers le parking. Cette fois, il marchait d'un pas décidé. Cinq minutes plus tard, une BMW noire s'engouffrait dans la rue.

Le visage du conducteur était flou, mais comme à cette heure tardive peu de véhicules sortaient du parking, Chen était quasiment certain qu'il s'agissait du même homme.

Il passa en revue les vidéos de la cité et les photos transmises par Jin. En les comparant, il n'eut presque plus aucun doute sur son identité.

Il arrêta la vidéo et nota la plaque d'immatriculation de la voiture. Le lendemain à la première heure, il serait définitivement fixé.

Cinquième jour

1

À six heures et demie, le lendemain matin, Chen retrouva Vieux Chasseur rue de Xinchang, à la maison de thé tant vantée par le connaisseur.

À cette heure, ils étaient les seuls clients. Le propriétaire leur ouvrit la porte en bougonnant.

« Prenez toute l'eau chaude que vous voulez, marmonna-t-il d'une voix endormie en désignant le grand poêle de brique. Je sais que vous avez apporté vos feuilles de thé. Le cuisinier qui fait les gâteaux ne sera pas là avant sept heures et demie, attendez-le si vous voulez, moi je vais dormir encore un peu. »

Sans plus de cérémonie, il se retira en claudiquant vers l'arrière-salle et ferma la porte derrière lui.

Vieux Chasseur remplit un thermos, s'assit sur un banc de bois rustique au milieu de la salle et servit deux tasses.

De l'autre côté de la rue, Chen pouvait voir une porte donnant sur le jardin du Peuple où, après s'être arrêtés au coin des mariages, les deux hommes avaient pour la première fois parlé de l'affaire Min.

« À force de vous côtoyer, je suis moi aussi devenu un amateur d'opéra de Suzhou, annonça Chen en dépliant un éventail d'un geste théâtral. Comme vous me l'avez dit souvent, il faut toujours raconter une histoire par le commencement. Donc, soyez patient, écoutez l'histoire qui a débuté dans le jardin voisin et pour une fois, inversons les rôles.

– Enfin, vous reconnaissez l'opéra de Suzhou à sa juste valeur ! plaisanta Vieux Chasseur. Je suis bien content. Le fidèle spectateur d'opéra que je suis vous accorde toute son attention.

– Comme nous l'avons constaté dès le premier jour, il y a beaucoup d'éléments étranges dans notre affaire et il est difficile de savoir s'ils sont liés entre eux ou non. En essayant de dérouler les événements comme s'ils faisaient partie d'une même intrigue, je n'ai fait que les embrouiller davantage. Considérons d'abord le premier chapitre. Il est inimaginable que Min ait tué sa cuisinière simplement parce qu'elle la quittait pour une autre maison et également inconcevable que quelqu'un soit entré dans la maison *shikumen* dans le seul but de s'en prendre à Qing. Dans les deux cas, il n'y a aucun mobile. Et si Min était la cible de l'assassin, comment aurait-il pu savoir que ce soir-là, elle s'était couchée ivre morte ? À moins qu'il n'ait été assis à la table du dîner…

– Attendez, chef. Comment un des invités aurait-il pu rentrer dans la maison après le dîner, sans clé ? On n'a trouvé aucune trace d'effraction. Et aucun des quatre hommes n'avait de clé. Et quand bien même l'un d'eux aurait été assez proche d'elle pour en avoir une, pourquoi choisir cette nuit-là pour frapper ? »

Malgré ses résolutions, Vieux Chasseur avait du mal à laisser la parole à un autre.

« Allons, vous connaissez le principe de l'opéra de Suzhou, attendez patiemment la suite ! conseilla Chen en souriant avant de boire lentement une gorgée de thé sur le modèle du vieux bavard. Pour l'instant, il ne s'agit que d'une hypothèse. Vous vous souvenez du Starbucks au New World ? C'est tout près de chez Min, dans la rue de Madang. Après notre rendez-vous, je me suis promené dans le quartier. Les ruelles y sont très étroites, beaucoup de vieilles bâtisses n'ont pas encore été démolies, il est donc très difficile de se garer là-bas. Certains invités étaient forcés d'aller dans les parkings des centres commerciaux de la rue de Huahai ou du New World.

– La plupart avaient des chauffeurs ou commandaient des taxis en sortant de chez Min. Enfin, c'est ce qu'ils prétendent dans leurs dépositions.

– Ce n'est pas forcément ce qu'ils ont fait ce soir-là, du moins pas tous. À ce propos, je ne sais pas si je vous ai parlé de ma nouvelle secrétaire, Jin, une jeune femme très débrouillarde. Bref, elle a fait des recherches pour moi. Comme l'affaire est un des sujets les plus brûlants du moment, elle est allée se renseigner au comité de quartier. La maison de Min étant tout près du New World, il y a plusieurs caméras de surveillance dans la rue et devant les deux entrées de la cité.

– Qu'a-t-elle trouvé ?

– Un détail très intéressant. Mais puisque nous sommes dans un opéra de Suzhou, je vous en parlerai un peu plus tard. Disons que sa trouvaille nous a menés à un autre indice, ajouta Chen en tendant un petit bout de papier.

– Qu'est-ce que c'est que ça ?

– Un numéro de plaque d'immatriculation. Vous pouvez trouver qui est le propriétaire ?

– Ça ne devrait pas être trop compliqué. J'ai encore des contacts.

– Dès que vous l'aurez, prévenez-moi. Le nom du propriétaire. Le modèle exact. Ensuite, nous pourrons agir. »

Après avoir quitté Vieux Chasseur devant la maison de thé, Chen marcha dans la rue de Nankin Ouest au milieu d'une forêt grise et oppressante de gratte-ciel bétonnés. Il discerna soudain le piaillement d'un moineau solitaire, un son minuscule de plus en plus rare dans la mégalopole tonitruante.

La ville s'éveillait, engourdie, dans les relents de bière d'un bar fétide dont un ouvrier astiquait les fenêtres. Comme chaque jour, elle se parait de neuf et d'ancien. Un vieil ivrogne traînait dans la rue, frappant sa poitrine décharnée, pareille à une vieille planche à laver, en braillant : « La Révolution culturelle est de retour ! »

Chen reçut un message WeChat de Jin. « Avec Z, chez H avec la clé, pour un. » La phrase était inachevée. Ça ne ressemblait pas au ton habituel de Jin.

Trop court. Trop fragmenté. Trop précipité. Elle n'était même pas allée au bout de sa phrase.

Une Maserati noire surgie de nulle part lança un coup de klaxon agressif et fila à toute allure, traînant derrière elle un nuage de fumée et de poussière. Chen avait dû s'approcher trop près de la chaussée pendant qu'il réfléchissait au message.

Qu'avait-elle voulu dire ?

Elle était avec quelqu'un, chez quelqu'un, mais elle n'était visiblement pas en mesure de composer un message complet. Par manque de temps ? Ou par crainte d'être surprise en train d'écrire ? Avait-elle peur de ce mystérieux Z ?

Z devait être un homme que Chen connaissait sinon elle ne se serait pas contentée de l'initiale. Il en allait de même pour H qui devait être lié à Z. Ces deux lettres devaient avoir un rapport avec les événements des derniers jours. Et de quelle clé parlait-elle ? Était-ce H qui n'était pas chez lui ? Et Z qui possédait la clé ?

Décidément, ces temps-ci, Chen avait un mal fou à s'extirper de l'épais magma qui semblait avoir envahi son cerveau.

Il leva la tête et aperçut un homme aux cheveux blancs qui faisait voler un cerf-volant en forme de dragon dans un petit square de l'autre côté de la rue. Il déroulait et enroulait la ficelle d'une main tremblotante, souriant et sautillant comme un gamin. On aurait dit que ce cerf-volant était la chose la plus importante au monde – comme la boule de riz moelleuse et tiède le matin pour un autre homme nommé Huang.

Au moment où le dragon renvoya un éclair de lumière, Chen eut soudain une illumination. H était évidemment Huang, l'antiquaire tué deux jours plus tôt dans le district de Yangpu ! Z était Zheng, le neveu de Huang qui avait pris sa place au dîner.

Celui-ci avait travaillé pour Huang pendant des mois, il connaissait ses habitudes matinales, il pouvait facilement l'avoir guetté près de l'échoppe de rue.

L'ancien inspecteur s'arrêta devant un marchand de tofu fermenté qui alpaguait les passants. Debout devant un grand wok posé sur un réchaud à gaz, il faisait frire les morceaux dorés avant de les déposer dans une boîte en plastique blanc.

Chen avait dit à Jin qu'il avait vu Huang, mais il ne se rappelait plus exactement ce qu'il lui avait raconté. Dans le cadre de ses « recherches » pour le bureau, elle avait dû elle-même faire le lien entre le neveu et l'oncle. Encore une fois, elle avait pris une initiative sans le consulter…

Sa démarche ne faisait que confirmer l'hypothèse qui s'était formée dans l'esprit de Chen depuis qu'il avait vu les vidéos du parking. Il frissonna en songeant au danger que courait peut-être sa secrétaire.

Après son rendez-vous avec Huang, il avait pris en photo la carte de visite de l'antiquaire sur laquelle figurait son adresse personnelle. Il s'empressa de transférer l'image à l'inspecteur Xiong accompagnée du message : « Rendez-vous à cette adresse. Tout de suite. Question de vie ou de mort. J'y vais aussi. »

2

Chen se rendit chez Huang aussi vite qu'il le put. Il s'arrêta devant une grande maison de style européen. Une BMW était garée dans l'allée. Il reconnut la voiture qu'il avait vue sortir du parking du *Pacific Ocean* le vendredi soir, après le dîner chez Min.

Zheng et Jin devaient être à l'intérieur.

La porte d'entrée était fermée. Il fit le tour de la maison en courant, piétinant les hautes herbes du jardin. Une terrasse en cèdre prolongeait une porte-fenêtre. Il enjamba la balustrade et tourna la poignée de la porte-fenêtre qui ouvrait sur une sorte de salle à manger d'été. Celle-ci était fermée de l'intérieur. Il ne voyait rien entre les fentes des stores de bois, mais il entendit soudain une voix de femme, un cri qui semblait venir du salon.

Il se figea. Il fallait agir vite. Il attrapa un grand pot de grès et le jeta avec force. La verrière tout entière sembla se briser en mille morceaux éclatants sous le soleil. Il se précipita à travers les carreaux.

En une fraction de seconde, Chen enregistra les moindres détails de la scène. Jin était couchée par terre sur le dos. Zheng la maintenait au sol, son genou droit plaqué contre sa cuisse gauche et sa main sur sa bouche. Le chemisier déchiré de la jeune femme laissait apparaître sa poitrine et sa jupe était à moitié baissée. La jambe droite levée, le pied planté dans la poitrine de son agresseur, Jin le repoussait de toutes ses forces.

Chen découvrit la scène avec un mélange irrépressible d'horreur, de culpabilité et de rage.

Surpris par l'irruption de l'intrus, l'agresseur lâcha sa proie, se releva brusquement et se cogna la tête contre une étagère sur laquelle trônait un grand vase décoré de saules pleureurs. La porcelaine vacilla en même temps que lui. Alors qu'il tentait de retrouver son équilibre, Jin écarta sa jambe gauche pour se libérer si bien que Zheng finit par tomber en même temps que le vase qui se brisa sur son crâne et l'assomma. Chen se précipita sur lui et termina le travail en lui frappant la nuque du revers de la main. Il s'était coupé à un carreau brisé et quelques gouttes de sang tombèrent sur l'homme inconscient.

La séquence se déroula comme dans un film au ralenti. Chen avait l'impression d'être le spectateur d'une fiction absurde qui s'interrompit brutalement par un noir total.

Quand il revint à lui, la première chose qu'il vit fut le vase en miettes, sans doute un trésor de la dynastie Ming, cher à l'ancien propriétaire des lieux dont le portrait les regardait d'un air bienveillant, avec ses cheveux argentés et sa robe taoïste, depuis son cadre de bois posé sur une des étagères. Malgré une chemise déchirée et quelques bleus visibles au-dessus de la clavicule, Jin, encore à terre, ne semblait pas blessée.

La sirène de police vint alors percer le brouillard gris du matin.

L'inspecteur Xiong surgit dans le salon et se figea en découvrant la scène.

Chen était le seul debout. Encore titubant, il tendit une main ensanglantée vers le vase brisé en guise d'explication et enlevant sa veste, il la posa sur les épaules de Jin. Elle s'appuya sur son coude, se redressa péniblement et alla ramasser ses chaussures sous la table basse.

Zheng n'avait pas repris connaissance. Par terre, près de sa tempe, un filet de sang scintillait sur un grand morceau de céramique.

« Le vase l'a assommé, commenta Chen. Il s'est brisé sur sa tête. C'est Zheng qui a tué Huang et Qing, et il vient de s'en prendre à Jin, ajouta-t-il, le souffle court. J'ai appelé une ambulance. Je ne pense pas que ce soit grave. J'ai vérifié : son pouls et sa respiration sont réguliers. Ce vase de la dynastie Ming devait valoir une fortune. Huang devait beaucoup y tenir, mais il aura au moins servi à venger sa mort. »

Muet, l'inspecteur Xiong regardait alternativement Chen et Jin. Il lui fallut une bonne minute pour reprendre ses esprits.

« Mais comment vous êtes-vous retrouvés tous les deux ici avec Zheng, directeur Chen ? » finit-il par demander.

Jin tenait fermement la veste de Chen serrée sur sa poitrine.

« Vous n'êtes pas blessée, Jin ? demanda Chen d'un air désolé sans prendre la peine de répondre à Xiong.

– Je vais bien, répondit-elle doucement. Vous êtes arrivé juste à temps. Un peu plus et c'est moi qui me retrouvais assommée.

– Vous auriez dû me prévenir plus tôt, insista Chen. Je ne me le serais jamais pardonné…

– De quoi parlez-vous ? intervint Xiong d'un ton agacé. Si je comprends bien, vous enquêtiez sur l'affaire Min en secret depuis le début !

– Non, c'est une succession de hasards étranges, se défendit Chen, mais j'aurais dû anticiper la catastrophe, je n'ai pas été assez rapide, c'est de ma faute.

– Je vous en prie, éclairez-moi, monsieur le Sherlock Holmes chinois, demanda Xiong ironiquement.

– Eh bien c'est une longue histoire, mais pour résumer, j'ai rencontré Huang à propos de la vente d'un vieux livre hérité de mon père. Rien à voir avec l'affaire Min. Huang était un des plus grands antiquaires de la ville. Nous nous sommes retrouvés au restaurant il y a quelques jours. Il m'a donné des conseils et il a proposé d'organiser une vente aux enchères. Bien sûr, nous avons aussi parlé de choses et d'autres. Et nous nous sommes découvert une passion commune – qui nous a surpris tous les deux – la cuisine de rue de Shanghai.

– Votre histoire a l'air très longue, en effet, observa l'inspecteur Xiong d'un air de plus en plus dubitatif.

– Le père de l'inspecteur Yu, qui est un grand amateur d'opéras de Suzhou, dit toujours : "Il faut raconter une histoire par le commencement." Car les détails apparemment insignifiants font bien souvent tout l'intérêt du récit. Pendant notre petit déjeuner, Huang m'a parlé de sa passion pour les boules de riz fourrées aux beignets qu'il achetait dans une ruelle du district de Yangpu depuis des années.

– Pourquoi vous a-t-il parlé de ça ?

– Parce que je suis un incorrigible gourmet, comme lui, tout le monde le sait. Nous étions faits de la même farine », ajouta-t-il avec un sourire d'excuse, en s'affalant sur le canapé. Il tapota un coussin et Jin vint se réfugier à côté de lui.

« Mais pourquoi un homme comme Huang se serait-il donné la peine d'aller acheter des boules de riz dans ce quartier ? s'étonna Xiong. On en trouve dans toutes les rues de la ville.

– Vous auriez dû l'écouter décrire avec émotion la sucrerie moelleuse et chaude qu'il s'offrait les matins d'hiver avant d'aller à l'usine. Dans sa jeunesse, il travaillait dans l'unité de production de ce quartier. Depuis trente ans, il retournait régulièrement là-bas, malgré les millions qu'il avait gagnés. Et il ne partageait son secret avec personne, certain que si le bruit se répandait, du jour au lendemain, l'échoppe perdrait en qualité. Et là-bas, il prenait soin de garder l'anonymat et de dissimuler son statut de millionnaire. Oh, il aurait été prêt à payer bien plus… »

L'inspecteur Xiong ponctuait le récit de hochements de tête, ouvrant régulièrement la bouche sans prononcer un mot.

« Mais revenons à l'affaire Min. Il se trouve que ma secrétaire, Jin ici présente, qui est une femme très rigoureuse, me tient au courant des affaires les plus discutées du moment et rassemble pour moi tout un tas de détails intéressants sur Internet. Quand j'ai appris la mort de Huang, je n'ai pas cru un seul instant qu'il s'agissait d'un vol qui avait mal tourné. Selon moi, l'assassin devait connaître Huang et surtout, sa passion pour les boules de riz. Mais je n'avais pas à me mêler de l'enquête. J'étais déjà très occupé par mon nouveau travail et par la rédaction d'une déclaration sur l'affaire du juge Jiao. L'idée m'a traversé l'esprit, c'est tout. Je n'en ai parlé avec personne.

« Ensuite, à la *Villa Moller*, vous et moi avons discuté de ce qui est arrivé à Wanxia. Je ne travaille plus pour la police, mais en tant qu'ancien collègue, je me sentais obligé de faire quelque chose pour elle.

– A-t-elle été blessée ou tuée, directeur Chen ? intervint Jin avec inquiétude.

– C'est encore une longue histoire, je vous la raconterai plus tard, expliqua Chen avant de se tourner vers l'inspecteur Xiong. Comme vous, j'ai immédiatement pensé que cette affaire était liée à l'affaire Min. D'ailleurs, c'est votre remarque au sujet des caméras de surveillance qui m'a poussé à partager certaines hypothèses avec Jin. Je précise que je ne lui ai jamais demandé d'enquêter.

« Nous devrions d'ailleurs saluer son esprit d'initiative et son professionnalisme. Elle est allée se renseigner au comité de quartier et elle a obtenu les enregistrements des caméras de surveillance installées à l'entrée de la cité où se trouve la maison de Min…

– Mais, inspecteur Chen… hasarda Jin en se redressant.

– Non, vraiment Jin, tout le mérite vous revient. Vous avez travaillé d'arrache-pied pour le bureau alors que je passais le plus clair de mon temps chez moi à me reposer. Les vidéos que vous avez obtenues ont confirmé que les invités avaient retrouvé leurs chauffeurs devant la cité vers vingt-trois heures. Tous sauf Zheng, qui s'est dirigé vers le parking du *Pacific Ocean*. Environ une heure plus tard, les caméras ont filmé plusieurs personnes en train d'entrer à l'arrière de la cité, sans doute des habitants des maisons *shikumen*, mais un homme se trouvait en retrait du groupe. Il m'a semblé qu'il ressemblait à Zheng. Il portait un T-shirt et un pardessus sur le bras. Dans la pénombre et à cause de l'angle de prise de vue, je ne pouvais rien affirmer.

– Continuez, demanda l'inspecteur Xiong, soudain intéressé.

– Par chance, un de mes amis a eu accès aux enregistrements des caméras du centre commercial. Sur les vidéos, on voyait l'homme au pardessus s'approcher du parking vers vingt-trois heures, puis faire demi-tour. Il ne réapparaissait là-bas que vers une heure et demie du matin. Cette fois, il marchait d'un pas volontaire sans regarder derrière lui et cinq minutes plus tard, il sortait au volant d'une BMW noire. J'ai noté le numéro de la plaque. J'attendais de recevoir la confirmation que la voiture était bien au nom de Zheng quand j'ai reçu un message inquiétant de Jin. »

Chen sortit son téléphone portable. En cherchant le message de Jin, il trouva un texto de Vieux Chasseur lui confirmant que la BMW appartenait à Zheng.

« En effet, annonça-t-il, c'est bien sa voiture. Elle est d'ailleurs garée devant la maison. Et voilà ce que m'a écrit Jin, dit-il en tendant son téléphone à Xiong. J'ai dû lire son message plusieurs fois avant de comprendre qu'elle se rendait chez Huang en compagnie de Zheng. Comme je vous l'ai dit, elle a fait beaucoup de recherches pour le bureau. Il était donc logique qu'elle entre en contact avec Zheng. Mais pourquoi allaient-ils chez Huang ? J'ai tout de suite craint qu'elle ne tombe dans un piège. Je vous ai donc demandé de voler à son secours. Et je me suis précipité ici. »

Zheng commençait à remuer. L'inspecteur Xiong s'accroupit près de lui pour prendre son pouls et déclara :

« Je crois qu'il va bien. Continuez, directeur Chen.

– Je me suis dit qu'en tant qu'assistant de Huang, Zheng devait connaître sa passion pour les boules de riz du district de Yangpu. Il avait donc très bien pu le guetter dans la rue à l'heure habituelle…

– Attendez, directeur Chen. Quelle raison aurait-il eue de s'en prendre à Huang ?

– Je pense que c'est à lui de nous le dire. À mon avis, il avait peur que Huang ne révèle à d'autres sa passion pour Min.

– Mais, il ne la connaissait pas avant ce fameux dîner !

– Il ne l'avait pas rencontrée, mais il avait vu des photos d'elle sur Internet. Huang ne m'a pas beaucoup parlé de son neveu, mais il m'a dit qu'il avait "sauté sur l'occasion" d'aller dîner chez elle et qu'il était "impressionné par toutes les rumeurs sur son charme et sa beauté". Après être parti avec les autres invités, il n'a pas pu s'empêcher de retourner dans la maison *shikumen*…

– Mais comment a-t-il fait pour rentrer dans la maison puisque la porte était fermée ?

– Min était soûle et c'est lui qui l'a aidée à se coucher, n'est-ce pas ?

– Oui.

– Il a sûrement pris sa clé dans sa chambre à son insu. Simple supposition, bien sûr.

– Vous croyez que Zheng avait prémédité son geste ?

– Non, je pense qu'il a agi sur un coup de tête, du moins quand il a volé la clé. Il s'est retrouvé seul dans sa chambre, mais il n'avait pas le temps de faire quoi que ce soit car les autres invités l'attendaient dehors. Il a vu la clé et l'idée lui est venue à ce moment-là…

– Pardon de vous interrompre encore, directeur Chen. Vous voulez dire que Zheng s'est glissé dans la maison pour violer Min et qu'il a fini par tuer Qing ?

Ça ne tient pas debout. Ou bien il aurait tué Qing pour jouer les justiciers, parce qu'il avait vu combien Min était contrariée ?

– Il s'est glissé dans la maison *shikumen* sans savoir que Qing était encore là. Il l'a tuée pour une raison que j'ignore encore, mais il est possible qu'elle l'ait surpris en flagrant délit et qu'il ait eu peur. De toute façon, il sera bientôt obligé de passer aux aveux. Enfin, je ne pense pas qu'il soit allé dans la maison *shikumen* dans l'intention de tuer Qing, de même que le tueur de la *Villa Moller* n'est pas allé là-bas dans l'intention de tuer Wanxia.

– Elle a donc été tuée ! s'exclama Jin en levant des yeux inquiets vers Chen.

– Je suis arrivé ici quelques minutes avant vous, inspecteur Xiong, reprit Chen sans répondre à sa secrétaire. J'ai entendu Jin crier et je suis entré par la porte-fenêtre. En se relevant brusquement, Zheng a fait tomber le vase qui s'est brisé sur sa tête. Vous êtes entré juste après.

– Je n'ose pas imaginer ce qu'il m'aurait fait si le directeur Chen n'était pas intervenu, murmura Jin d'une voix tremblante.

– Mais pourquoi Zheng vous a-t-il emmenée chez Huang ? demanda encore l'inspecteur sceptique.

– Il voulait me montrer des photos intimes de Huang et de Min. J'ai pensé qu'elles pourraient nous apprendre quelque chose…

– Attendez, coupa Xiong, vous voulez dire que Huang entretenait une liaison secrète avec Min ?

– Je n'en sais rien. À vrai dire, quand Zheng m'a proposé de le suivre, c'était tellement inattendu que j'ai accepté sans réfléchir.

– Mais comment a-t-il découvert cette liaison ? Et même si c'était vrai, comment a-t-il pu vous faire entrer dans la maison ?

– Il m'a dit que pendant qu'il travaillait pour son oncle, il s'était fait faire un double des clés en secret.

– Il a donc pris les clés… réfléchit Chen en hochant la tête.

– Quand j'ai entendu ça, j'ai commencé à me méfier, continua Jin, mais il m'a pratiquement fait entrer de force dans sa voiture. C'est à ce moment-là que j'ai réussi à envoyer un message au directeur Chen. J'avais les mains qui tremblaient, je devais me dépêcher et rester discrète. Heureusement, Chen a compris le message. »

Le récit de Jin était plausible, songea Chen. Elle était habile. L'inspecteur Xiong ne pourrait rien leur reprocher. Il se contentait d'ailleurs de regarder Chen d'un air dubitatif et de secouer la tête sans rien dire.

Dans le bref silence qui suivit, un gémissement léger s'échappa des lèvres de Zheng. Étendu par terre, presque immobile, il cligna des yeux et regarda l'assemblée, l'air désorienté.

Dehors, une autre sirène fendit l'air avant de s'arrêter devant la maison. C'était sûrement l'ambulance que Chen avait appelée.

À la surprise générale, deux agents de la Sécurité intérieure, l'un élancé, l'autre trapu, déboulèrent dans le salon. Ils avaient dû se dépêcher car ils étaient tous deux essoufflés. Le duo apportait une touche comique à la scène.

« Nous avons arrêté Zheng, le suspect du meurtre commis chez Min, annonça Xiong rapidement. Et il a sûrement tué Huang aussi. Il a été surpris en train de s'en prendre à cette jeune femme.

– Mais que fait l'inspecteur Chen, pardon le directeur Chen, ici ? s'inquiéta le grand, aussi raide qu'une tige de bambou usée par la pluie.

– C'est sa secrétaire qui a été agressée, expliqua Xiong. Le directeur Chen a reçu un appel au secours et s'est précipité sur les lieux.

– Le directeur Chen m'a sauvé la vie, confirma Jin. Sans lui…

– Cette histoire m'a l'air bien compliquée et nous n'avons pas le temps d'entrer dans les détails, trancha le petit homme avec autorité. Nous allons prendre le relais, inspecteur Xiong.

– Mais nous devons d'abord interroger Zheng, insista le policier d'un air déconfit. S'il est impliqué dans l'affaire Min et dans l'affaire Huang, nous devons…

– Ne vous inquiétez pas, nous nous occuperons des interrogatoires et…

– Excusez-moi, interrompit Chen, j'aimerais raccompagner ma secrétaire chez elle. »

Maintenant que la Sécurité intérieure était là, il était pressé de quitter les lieux. L'ancien inspecteur n'avait pas son mot à dire. Il en avait déjà largement assez fait – et peut-être même trop.

« Elle vient de vivre un moment très pénible, expliqua Chen. Elle faisait des recherches pour le Bureau de la réforme du système judiciaire. Nous n'avons rien à voir avec votre enquête.

– Bien sûr, ramenez-la chez elle, directeur Chen, s'empressa d'accepter l'agent efflanqué. J'espère que vous vous remettrez de votre frayeur, mademoiselle.

– Merci, directeur Chen, ajouta le petit agent. Vous nous avez sûrement rendu service.

– Sûrement », confirma l'inspecteur Xiong avec réserve.

3

Quand Chen et Jin montèrent dans le taxi, Chen fut soudain envahi par un profond sentiment de culpabilité. Il n'avait pas parlé directement à Jin de son enquête, mais il ne l'avait pas non plus empêchée d'aller fouiner à droite à gauche. À chaque fois, elle avait compris ce qu'il attendait d'elle sans qu'il ait besoin de le lui demander et il s'était rapidement reposé sur son efficacité. Mais surtout, il regrettait d'avoir si mal évalué le danger.

Pendant les deux ou trois premières minutes du trajet, il ne parvint pas à la regarder ni à articuler le moindre mot.

Il était certes difficile de parler devant le chauffeur qui n'arrêtait pas de lancer des regards curieux dans le rétroviseur, mais Jin semblait aussi choquée par l'expérience. Elle tenait la veste de Chen fermée sur son chemisier déchiré et le bleu sur sa clavicule se faisait de plus en plus prononcé. Ils restaient donc assis, tout près l'un de l'autre, en silence.

Au bout d'un moment, elle tourna les yeux vers lui, et voyant son air affligé, lui adressa un léger sourire : « Ne soyez pas inquiet, directeur Chen. Je vais bien. »

Elle se pencha doucement vers lui, presque amoureusement, et tandis que le taxi se frayait en cahotant un chemin au milieu des embouteillages, elle lui confia à l'oreille ce qu'elle avait vécu avant son arrivée.

La vérité n'était pas très éloignée de ce qu'elle avait raconté dans la maison de Huang, à l'exception de quelques détails qu'elle n'avait pu révéler devant l'inspecteur de police.

Sachant que Chen ne pouvait enquêter au grand jour, elle avait essayé d'agir à sa place. Ce matin-là, elle était allée voir Zheng. Il lui avait paru nerveux, fébrile même, bien qu'elle l'ait rassuré en disant qu'elle menait simplement des recherches pour le Bureau de la réforme du système judiciaire. Au bout de deux ou trois questions sur la table privée de Min, il lui avait demandé si elle travaillait pour l'inspecteur principal Chen. Dès qu'elle le lui avait confirmé, il lui avait proposé de lui montrer des photos de Huang et de Min susceptibles d'aider son patron dans son enquête. Les photos étaient chez Huang et elles risquaient de disparaître quand ses héritiers prendraient possession des lieux. Elle avait lu des rumeurs sur Internet au sujet d'une éventuelle liaison entre les deux amis. La confidence de Zheng lui avait donc semblé plausible. Quand il l'avait poussée dans la voiture, elle avait décidé de prévenir Chen. Dès qu'ils étaient entrés chez Huang, il s'était jeté sur elle avec la claire intention de la violer et de la tuer.

« Je suis désolé de vous avoir mêlée à tout ça, Jin.

– Ce n'est pas de votre faute, directeur Chen. Vous n'avez aucune raison de vous en vouloir, insista-t-elle d'un ton rassurant. Heureusement que vous êtes arrivé à temps.

– Mais vous auriez dû me dire que vous alliez voir Zheng.

– Je suis la secrétaire du légendaire inspecteur principal Chen, je dois faire preuve d'initiative… »

Le taxi ralentissait à l'approche de l'immeuble de Jin. Le chauffeur se tourna vers eux : « C'est là ? »

Chen sortit pour lui tenir la portière. « Vous voulez monter prendre une tasse de thé ? » proposa-t-elle une fois dehors.

L'invitation le prit de court. À peine eut-il ouvert la bouche pour répondre qu'une brève sonnerie de portable l'arrêta. C'était un message du secrétaire du Parti Li, de la police de Shanghai.

« Rentrez chez vous immédiatement, directeur Chen. Une voiture officielle vous attend pour vous emmener en vacances dans les Montagnes Jaunes – un séjour tous frais payés pour vous récompenser de votre excellent travail… »

« Encore des vacances inattendues ! marmonna Chen sans aller jusqu'au bout du message.

– Des vacances ? » répéta Jin en se penchant par-dessus son épaule pour regarder l'écran.

Une cigale se mit à chanter quelque part. Elle était en avance sur son temps ; en ce début de printemps, les insectes n'étaient pas encore sortis de terre.

Le séjour dans les Montagnes Jaunes avait dû être organisé à la hâte, pendant qu'ils roulaient vers l'appartement de Jin. Le message ne précisait pas pour quel travail Chen était récompensé, sans doute pour sa participation à la résolution de l'affaire Min. Dans la suite du message, le secrétaire du Parti justifiait le départ précipité par l'annulation soudaine d'un autre cadre important. L'homme venait de renoncer à sa suite de luxe, le Parti proposait donc à Chen d'en profiter à sa place.

« Vous voulez monter prendre une tasse de thé ? proposa de nouveau Jin. Votre main saigne. Je vais m'en occuper si vous voulez.

– Non, il faut que je rentre chez moi, s'excusa Chen. Une voiture m'attend pour m'emmener en vacances.

– Tant pis », regretta-t-elle en s'éloignant. Sur le seuil de la porte, elle se retourna : « N'oubliez pas de mettre un pansement quand vous serez chez vous et profitez bien des montagnes. Je vous donnerai des nouvelles sur WeChat. »

Une feuille jaune virevolta et se posa comme un papillon sur son épaule, rappelant à Chen un vers de Xuanji. Il s'éloigna, habité par un mauvais pressentiment.

Sixième jour

1

Incrédule, Chen se frotta les yeux et regarda la lumière blanche baigner la spacieuse chambre d'hôtel. Il était presque dix heures. La veille, il était arrivé tard à *La Mer de Nuages* et comme il était « officiellement » en vacances, une grasse matinée semblait amplement justifiée.

Il se prépara une tasse de thé vert « Roi des singes ». Encore désorienté, il sortit sur le balcon et but une gorgée de thé brûlant en contemplant le paysage à couper le souffle qui se déployait devant lui : une étendue de montagnes verdoyantes enveloppées de nuages blancs, à perte de vue.

Il avait l'impression d'avoir été transporté en rêve jusqu'aux Montagnes Jaunes, comme on appelait communément le massif situé au sud de la province de l'Anhui. Depuis plus de mille ans, le site attirait les visiteurs et des générations de peintres et de poètes, inspirés par le charme des pins, des nuages, des rochers et des pics aux légendes innombrables. Grâce à la récente autoroute, il n'était plus qu'à quatre heures de Shanghai, et randonneurs et citadins se pressaient en masse vers ces sommets somptueux.

Chen n'avait pas osé décliner l'invitation mais il se demandait encore pourquoi il avait été envoyé si précipitamment dans cette retraite. En chemin, il avait posé la question à plusieurs de ses supérieurs.

La raison officielle invoquée par tous était que l'air pur des montagnes, le repos et tous les services du luxueux hôtel amélioreraient sa santé. Il n'était pas facile pour un citoyen ordinaire d'obtenir une chambre dans les établissements de la région en raison des quotas mis en place par le gouvernement pour limiter les constructions. Et il était encore plus rare de jouir d'une suite directement reliée à la source naturelle. Mais pour un « hôte de marque » comme Chen, rien n'était assez beau.

Chen savait bien qu'en réalité les autorités avaient décidé de chasser temporairement un élément gênant, le temps de mettre de l'ordre dans leurs affaires. La Sécurité intérieure devait être en train d'élaborer une version politiquement correcte de l'affaire Min.

Ces vacances étaient peut-être destinées aussi à l'éloigner du monde pour mieux l'éloigner des esprits, avant de l'évincer pour de bon. Les scandales se succédaient à une telle vitesse en Chine que les mémoires devenaient de plus en plus courtes. Celui du juge Jiao était déjà de l'histoire ancienne. Dans ce contexte, personne ne se soucierait de la disparition discrète d'un ancien inspecteur. Et si les autorités avaient agi si vite, c'était pour éviter d'ébruiter son départ.

Après avoir quitté Jin, il était retourné chez lui où un chauffeur en uniforme l'attendait au volant d'une Lexus blanche. L'homme l'avait presque poussé sur la banquette arrière avant de rouler droit vers l'Anhui. Chen avait quand même réussi à envoyer un message WeChat à Jin tandis que la voiture zigzaguait dangereusement dans les virages menant à l'hôtel cinq étoiles qui se dressait, lugubre, en haut des massifs noirs.

Dans la lumière du matin, au contraire, la vue qui s'offrait à lui était un véritable enchantement. Chen connaissait les privilèges incroyables dont jouissaient certains « cadres éminents », mais il ne s'attendait pas à un tel luxe. Le site en altitude présentait un avantage certain sur les établissements construits plus bas. L'accès aux sommets était plus aisé et la vue certainement plus grandiose.

Il commençait à se détendre, à entrer dans son rôle d'« hôte de marque ». Balayant des yeux le panorama, il s'attarda sur un plateau rocheux de la taille d'un terrain de basket aménagé devant l'hôtel. Les touristes étaient censés y toucher du doigt les vagues de nuages qui léchaient la rocaille pour mieux se fondre dans les éléments naturels.

Plus loin, de l'autre côté du plateau, on pouvait voir, planté sur la falaise, le célèbre pin surnommé « le pinceau fleuri du rêve », source de nombreuses légendes. L'une d'elles mettait en scène Jiang Lang, un poète de la dynastie Yuan qui, en manque d'inspiration depuis plusieurs mois, se serait retiré dans les montagnes où il aurait rêvé que son pinceau se transformait en arbre pendant la nuit. Au réveil, il avait écrit un texte magnifique, puis était parti se promener quand soudain, au détour d'un sentier, un arbre planté au sommet d'un rocher, en tous points identique à celui de son rêve, lui était apparu.

Chen devait-il y voir le signe qu'il était temps pour lui de renoncer à sa carrière officielle et de se mettre à écrire ? La mémoire était subjective. Il avait peut-être inconsciemment choisi ce symbole pour se persuader lui-même. Mais à l'heure actuelle, il ne se sentait pas du tout l'âme d'un écrivain en vacances. Il rentra dans sa chambre et sortit son portable.

Fidèle à ses engagements, Jin lui avait envoyé plusieurs messages sur WeChat.

« Ce matin, dès que je suis arrivée au bureau, le secrétaire Ma, du gouvernement municipal, est venu me voir. Il a parlé en termes élogieux de votre contribution à la résolution de l'affaire Min. "Maintenant que tout est rentré dans l'ordre, le directeur Chen n'a plus à se préoccuper de cette histoire. Ni de ce qui se passe à Shanghai. Ni de rien. Dites-lui de profiter de ses vacances à la montagne." Il m'a aussi demandé de lui rapporter tout ce que vous ferez ou direz pendant votre séjour. »

Compte tenu des événements des derniers jours, il n'était pas surprenant que Jin et Ma soient allés au bureau un samedi. Ni que le secrétaire Ma continue à demander à Jin de surveiller Chen. Mais maintenant qu'il avait appris à la connaître, il doutait qu'elle se plie facilement aux directives d'en haut.

Un nuage blanc flottait avec insouciance au-dessus d'un sommet lointain, celui qu'on appelait « le pic de la fleur de lotus » d'après le dépliant de l'hôtel. Chen avait beau chercher, il ne voyait aucune ressemblance entre la forme du rocher et une fleur de lotus.

Il ouvrit le second message de Jin.

« Kong, le rédacteur en chef du *Wenhui*, a appelé. Maintenant que la nouvelle de votre participation à l'affaire Min est partout sur Internet, il est sûr que la série sur le juge Ti sera un énorme succès. Il a hâte de lancer le projet et il propose de publier d'abord les poèmes de Xuanji ainsi qu'un court texte de vous, comme prologue à l'enquête de la dynastie Tang. Il m'a chargée de vous transmettre ce message : "Il faut battre le fer tant qu'il est chaud. Une histoire du juge Ti racontée par un légendaire inspecteur chinois d'aujourd'hui aura une bien plus grande portée littéraire et historique que les romans écrits par un Hollandais." »

L'insistance du journaliste n'avait rien d'étonnant. Connaissant les rouages du système, il devait savoir Chen sur la corde raide. Il voulait publier la série tant qu'il était encore politiquement acceptable de le faire. En Chine, il fallait s'attendre à tout : Chen pouvait aussi bien être évincé que revenir sur le devant de la scène avec les honneurs. Et d'un point de vue commercial, ce serait un coup de pub pour le quotidien qui souffrait de l'explosion des médias sur Internet.

Le message suivant était court :

« J'ai oublié de vous dire que Kong est prêt à vous payer tout d'avance, dès aujourd'hui. Il propose aussi de verser l'argent directement à la maison de retraite de votre mère. Vous lui en aviez parlé, semble-t-il. »

Chen avait effectivement évoqué ce souci avec Kong, bien qu'il se fût agi d'un prétexte. Cela dit, l'établissement lui coûtait réellement une fortune. Il n'avait pas le choix. Il allait devoir se mettre à écrire. Sa retraite solitaire lui offrirait un cadre propice à une telle entreprise.

Il parcourut encore un autre message :

« Un homme surnommé Vieux Chasseur a appelé. Apparemment, vous lui avez donné mon numéro. Son message est incompréhensible. "Le client se réjouit de sa libération prochaine. Il y aura une trêve au sommet. Zhangzhang est heureux des vingt pour cent de bonus et jure de ne rien dire à personne. Il tiendra sa promesse envers vous." »

La conclusion inattendue de l'affaire avait-elle suffi à apaiser temporairement les tensions entre les deux factions rivales du pouvoir ? La trêve serait sans doute de courte durée. Maintenant que Zheng avait été arrêté et que le nom du coupable figurait dans les médias officiels, les autorités n'avaient plus aucune raison de continuer à exercer leur pression sur Min, dont la libération était imminente. Sima s'était engagé à verser vingt pour cent supplémentaires dans le cas d'une résolution rapide et discrète. Personne ne savait exactement quel rôle Chen avait joué dans l'affaire, mais le dénouement avait certainement suffi à convaincre le mystérieux client que l'ancien inspecteur avait été à la hauteur.

De son côté, Min ne sortirait pas indemne de l'aventure. Tous les détails sulfureux de sa vie privée avaient été étalés et commentés sur Internet, détruisant irrémédiablement le mythe de la Dame Républicaine. Et maintenant qu'elle était sur la liste noire du gouvernement, aucun invité prestigieux ne se montrerait à sa table.

Chen n'avait pas de peine pour elle. Comme dans la vieille fable chinoise, on ne pouvait pas retourner le nid sans casser tous les œufs. Elle avait échappé au pire.

Une tasse de café à la main, malgré la nausée qui montait, Chen continuait d'observer le plateau et le célèbre pin. Au loin, il crut reconnaître le « Pic de la Capitale Céleste ». Il songea soudain avec nostalgie à des vers de Li Shangyin, un contemporain du juge Ti.

Maître Liu regrette que le mont Peng soit si loin
Et moi, des milliers de fois plus loin de la montagne.

Sous la dynastie Han, le jeune maître Liu partit sur le mont Penglai, le « mont des Immortels », où il vécut heureux avec une belle jeune femme. Quand il redescendit dans son village natal, tout avait changé, des centaines d'années s'étaient écoulées, et il ne retrouva jamais le sentier emprunté à l'aller. Le verset était souvent perçu comme l'expression du regret face à une perte irréparable. On disait aussi que Li Shangyin avait écrit ses meilleurs vers dans les moments les plus durs de sa vie. Chen traversait peut-être aussi l'un de ces moments, mais aucun vers ne lui venait à l'esprit. Les derniers jours avaient été trop mouvementés.

Les yeux toujours fixés sur le pic légendaire, l'imaginant jaillir de terre à une époque immémoriale, un vieux proverbe lui revint en mémoire : *Sept jours dans une grotte au cœur de la montagne valent mille ans dans le monde terrestre.* Il secoua la tête, refusant de sombrer dans des clichés. George Orwell dénonçait leur usage dans un essai qu'il admirait beaucoup[1].

Il s'était battu comme il pouvait ; la suite ne lui appartenait plus. Broyer du noir ne servait à rien, conclut-il. Cette affaire était sa dernière, il le savait. Elle n'avait d'ailleurs même pas été son affaire.

Somnolent malgré le thé et le café, il s'interdit de retourner se coucher. *Dans un lieu touristique, joue au touriste*, se dit-il, renonçant finalement à fuir les clichés. Il décida d'aller faire un tour dans les montagnes. Puisqu'il était en vacances, autant agir comme un vacancier. Cela rassurerait ceux qui l'épiaient dans l'ombre.

Il sortit donc d'un pas nonchalant.

1. Essai intitulé « La politique et la langue anglaise », 1946.

2

Depuis l'heure d'ouverture officielle du bureau, les coups de fil soi-disant professionnels se succédaient sans interruption. La plupart étaient liés de près ou de loin aux derniers rebondissements de l'affaire Min, et Jin faisait de son mieux pour répondre à toutes les questions.

Elle alla ensuite sur Internet où les théories et les suppositions fleurissaient sans fournir de détails précis au sujet du récent dénouement.

Vers dix heures, l'inspecteur Xiong entra dans son bureau chargé d'une corbeille de fruits en bambou. Elle avait constaté la veille qu'il ne portait pas Chen dans son cœur. C'était compréhensible. L'affaire Min avait initialement été confiée à sa brigade…

Il commença cependant par exprimer sa gratitude : « Vous avez été aussi efficaces que le duo légendaire composé des inspecteurs Chen et Yu. Vous avez joué un rôle majeur dans la résolution de cette affaire sensible. »

Où voulait-il en venir ? Elle n'eut pas le temps de répondre que Xiong se lançait déjà dans un récit détaillé des événements survenus depuis la veille. Il parla longtemps et lui donna un tas d'informations qu'elle ignorait jusqu'alors. Elle ne s'attendait pas à tant de confidences de la part du policier. Après tout, il n'était pas tenu de les informer.

Se sentait-il à ce point redevable ? Sans Chen, il n'aurait sûrement pas arrêté l'assassin. Et même si l'ancien inspecteur se prétendait détaché de l'enquête, Xiong devait le supposer curieux de connaître la fin de l'histoire. Venait-il se racheter par l'entremise de sa secrétaire faute de pouvoir s'adresser directement à Chen pendant sa retraite dans les montagnes ?

Jin persistait à croire qu'il avait une idée en tête. L'affaire était résolue ; Chen et elle n'avaient plus aucune raison de s'y intéresser, à moins que…

À moins qu'il ne soit pas satisfait de la conclusion officielle. À demi-mot, il comptait peut-être sur Chen pour l'aider à éclaircir le mystère qui planait encore sur les meurtres.

Dès qu'il fut parti, Jin se mit à faire les cent pas dans son bureau. Son regard tomba sur une grande enveloppe livrée pour Chen le matin même. Elle portait la mention « extrêmement urgent » et venait de la Commission centrale de contrôle de la discipline du Parti. En général, elle faisait appel à un coursier, mais Chen était actuellement trop loin pour recourir à ce service.

Elle chercha sur Internet les horaires des bus pour les Montagnes Jaunes. L'un d'eux partait à onze heures et demie de la place du Peuple, à cinq minutes du bureau. Il mettait quatre heures à atteindre sa destination.

Elle n'avait aucune idée de ce que pouvait contenir l'enveloppe de Pékin. Mais compte tenu des circonstances, elle se dit qu'il était normal pour une secrétaire dévouée de faire le voyage. Du moins réussit-elle à se persuader que la conscience professionnelle était son principal moteur.

3

Maladroit dans son rôle de touriste insouciant, Chen sortit distraitement de l'hôtel.

Le gérant lui avait proposé une visite guidée personnalisée, digne du prestige de son client, mais il préféra marcher seul.

Le sentier qu'il avait emprunté serpentait entre les mélèzes et les fougères. Il était raide et glissant, presque dangereux, enfoui sous la mer de nuages. À chaque pas, Chen devait regarder où il mettait les pieds. Il n'était pas du tout équipé pour l'occasion et, dans la chaleur moite, il se mit à transpirer abondamment. La chemise collée au torse, il fut bientôt forcé de ralentir le pas.

Il essaya d'expliquer sa fatigue par le changement d'altitude, son désarroi face à sa situation actuelle ou encore la vieillesse qui le gagnait. Il était déjà prêt à renoncer. Il n'allait pas passer la journée à crapahuter d'un sommet à l'autre. Il n'en avait ni l'envie ni l'énergie.

Il choisit un chemin moins accidenté, marcha plus allègrement et commença à réfléchir au premier chapitre de son roman. Le message de Kong le poussait à s'y mettre rapidement.

Marcher l'avait souvent aidé à mettre de l'ordre dans ses idées, mais cette fois, il avait beau essayer, il se sentait toujours aussi confus. Il s'engagea sans même s'en rendre compte dans une rue commerçante trop animée pour offrir un cadre propice à la méditation.

La rue entière était bordée de boutiques de souvenirs, notamment des magasins d'antiquités. Chen repensa tristement à Huang. Il se sentirait toujours en partie responsable de la mort du vieil homme.

Au bout de quelques pas, il ne put résister à la tentation d'entrer dans une épicerie rustique au toit de chaume et à la porte peinte en rouge. Il passa en revue les produits locaux : pousses de bambou séchées, poissons marinés, jambon de Jinhua et autres spécialités obscures. Il choisit un paquet de pousses de bambou séchées et un petit pot de tofu fermenté épicé, une spécialité de l'Anhui que sa mère appréciait. Il franchit ensuite la porte en perles de bois d'un autre magasin et acheta une chouette en bambou pour Vieux Chasseur en se disant qu'elle tiendrait compagnie à ses oiseaux.

Dans une autre boutique haut de gamme à la vitrine garnie d'une impressionnante sélection de bâtons d'encre fabriqués à partir de la fumée des pins de la région, il céda à nouveau à la tentation. Sur le mur blanc, un panneau de bois, soi-disant offert par un empereur de la dynastie Qing, vantait les mérites de l'encre locale. Chen fut particulièrement ébloui par un grand bâton décoré d'un dragon doré. Depuis le retour des privilèges et du « complexe impérial » dans la société chinoise, le dragon n'était plus un symbole exclusivement réservé à l'empereur. Chen examina plusieurs boîtes de brocart contenant des bâtons d'encre ornés de tortues, de tigres, de dragons et d'inscriptions en caractères dorés. Ces citations étaient censées inspirer les poètes, mais Chen doutait qu'il se servirait un jour de cette encre pour écrire. Il n'était pas le juge Ti, il ne le serait jamais… mais il eut envie d'offrir un petit coffret à Jin. Elle pourrait le poser sur son bureau, comme un objet décoratif. Il se demanda s'il aurait jamais l'occasion de travailler réellement avec elle au Bureau de la réforme du système judiciaire.

Il rentra à l'hôtel vers seize heures trente. En passant devant la réception, il leva d'un air satisfait ses sacs de courses, en parfait touriste ravi.

« Une jeune femme vous attend dans le hall, annonça le réceptionniste en souriant. Elle vient de Shanghai. »

Chen tourna la tête et aperçut Jin assise dans un canapé, des écouteurs dans les oreilles, en train de siroter un jus d'orange. La lumière de fin de journée qui entrait par les baies vitrées striait ses cheveux noirs de reflets auburn. Depuis le premier jour, elle ne cessait de l'étonner par son dévouement, ses attentions, sa perspicacité.

« Quelle surprise, Jin, avoua-t-il. Je reviens d'une promenade en montagne.

– Excusez-moi, directeur Chen. J'ai essayé de vous joindre à l'hôtel et sur votre portable. Je n'avais aucune nouvelle. J'étais inquiète… »

Elle se leva. La sacoche qu'elle portait sur l'épaule lui donnait l'air d'une étudiante.

« Mon silence n'aurait pas dû vous inquiéter, répondit Chen. On ne capte pas très bien ici.

– J'ai reçu une lettre pour vous. Un courrier "extrêmement urgent", expliqua-t-elle en sortant l'enveloppe de sa sacoche.

– C'est assez fréquent, dit Chen sans prendre la peine de l'ouvrir. Vous n'auriez pas dû venir jusqu'ici pour si peu. Même si je suis très content de vous voir.

– Ça vient de la Commission centrale de contrôle de la discipline. Il m'a semblé important de vous l'apporter au plus vite, dit-elle en souriant d'un air entendu. C'est à ça que sert une secrétaire, non ?

– Mais ça a dû être compliqué pour vous de venir depuis Shanghai.

– J'ai trouvé un bus direct jusqu'aux montagnes et ensuite j'ai pris le tramway jusqu'à l'hôtel. C'était facile. Et je pourrais faire passer le voyage en frais professionnels, si vous êtes d'accord, bien sûr.

– Bien sûr. »

Il devinait qu'elle n'était pas venue uniquement pour lui porter ce courrier. Le hall de l'hôtel devint soudain trop bruyant, trop plein de l'excitation des touristes qui s'extasiaient sur la beauté des paysages.

« On m'a donné une suite de luxe au dernier étage avec une vue imprenable sur les montagnes et un mini bar rempli de victuailles. Venez, nous serons mieux là-haut. »

4

Dès qu'elle eut franchi la porte de la chambre, elle retira ses chaussures et avança gracieusement pieds nus sur le tapis moelleux du salon.

« Mes pauvres pieds ! Le tramway est tombé en panne. J'ai dû finir l'ascension à pied. Je n'aurais pas dû mettre des talons.

– Désolé de vous avoir infligé ça, Jin.

– Ne soyez pas désolé. Je suis partie trop vite du bureau, j'ai oublié de changer de chaussures. »

Chen lui tendit une paire de chaussons de l'hôtel. Avant de les enfiler, elle toucha du bout des doigts une ampoule apparue sur son talon. Chen était un peu gêné de la sentir si proche, si familière.

« Quelle suite incroyable ! s'exclama-t-elle. Digne d'un cadre de votre rang. Et presque digne d'un empereur !

– Ne dites pas ça. L'empereur Yuan est une référence connotée sur Internet ces temps-ci, plaisanta Chen en posant un doigt sur sa bouche[1]. Je profite simplement d'un séjour tous frais payés.

– La matinée a été tellement chargée au bureau ce matin. Moi aussi, j'ai besoin de vacances. » Elle

1. Référence à Yuan Shikai (1859-1916), premier président de la République de Chine qui s'autoproclama empereur en 1915. Depuis l'abolition de la limitation des mandats par l'actuel président chinois, les internautes se sont mis à le comparer à l'empereur Yuan afin de déjouer la censure.

s'installa sur le canapé, retira sa sacoche et glissa un pied sous sa cuisse.

« Vous avez aussi mérité un peu de repos, reconnut Chen. Profitez du confort et du paysage. C'est la première fois que vous venez dans les Montagnes Jaunes ? Vous allez voir, sur le balcon, la vue est magnifique. »

Jin suivit Chen à l'extérieur. Il l'invita à s'asseoir et retourna dans la chambre. Elle le vit se pencher vers le téléphone et prononcer quelques mots dans le combiné avant de revenir muni de deux verres de vin et d'une bouteille.

Ils trinquèrent devant les massifs ancestraux, pareils aux paysages traditionnels peints sur la soie depuis des siècles.

« Regardez, c'est le "pinceau fleuri du rêve" ! s'enthousiasma-t-elle avec une joie enfantine.

– Oui, quand l'arbre d'origine est mort, un autre a dû être planté au même endroit et ainsi de suite jusqu'à aujourd'hui. Les touristes sont tellement heureux de croire qu'ils sont face à l'arbre légendaire. Ils se prennent tous en photo devant ce symbole éternel.

– Il faut perpétuer la légende pour attirer les touristes, répondit-elle avec une pointe de cynisme, mais tant qu'on y croit, elle a du sens.

– Je pourrais par exemple y voir le signe qu'il faut que je me mette à écrire mon histoire du juge Ti.

– Exactement ! » se réjouit-elle. L'autodérision qu'elle lisait dans le sourire de Chen l'amusait. Loin d'être agacé par sa visite, il paraissait sincèrement heureux de la voir.

« Avant de me donner des nouvelles du bureau, dites-moi comment vous allez, demanda-t-il d'une voix pressante. Je suis tellement navré de ce qui vous est arrivé.

– Je vais bien, répondit-elle simplement avant d'attraper la main de son patron pour l'examiner. La plaie est presque cicatrisée, mais surveillez-la bien quand même. »

Assis ainsi main dans la main, ils ressemblaient à deux amants. Si un témoin levait les yeux vers le balcon, il prendrait Chen pour un cadre en vacances avec sa « petite secrétaire », ou « sextary » comme disaient les internautes sur WeChat, reprenant un terme soi-disant inventé par un célèbre lettré pendant la rédaction d'un dictionnaire anglo-chinois.

Les photos de ce genre foisonnaient sur Internet. Jin repensa au scandale du juge Jiao et rougit malgré elle. Une semaine à peine s'était écoulée depuis qu'elle était allée chez Chen rédiger une déclaration sur l'affaire. Pourtant, elle avait l'impression de le connaître depuis longtemps, malgré son aura énigmatique de cadre discret et la distance que leurs rapports professionnels exigeaient.

« Je suis allée au bureau ce matin, comme d'habitude, commença t elle. Vous avez dû lire les messages que je vous ai envoyés. D'ailleurs, j'ai oublié de vous parler d'une chose. Le secrétaire Ma m'a promis un brillant avenir au sein du gouvernement municipal.

– Tant que vous faites ce qu'il attend de vous, j'imagine.

– Mais sait-il ce que je veux, moi ? objecta-t-elle. J'ai aussi regardé plusieurs fois les actualités. Les médias officiels ont vaguement annoncé que l'affaire Min était résolue. Et le juge Liu a appelé. La Sécurité intérieure venait de lui faire part des dernières avancées et d'après lui, il leur faudrait un certain temps pour déterminer comment tourner officiellement la chose.

« Ensuite, il est passé à la télé vanter les mérites du système judiciaire chinois. Il a prononcé un grand discours sur les valeurs du socialisme à la chinoise et le triomphe de la justice sous l'égide de notre grand et glorieux Parti blablabla. Mais il m'a aussi dit qu'il n'hésiterait pas à parler de l'excellent travail accompli par notre bureau.

– Quel travail aurions-nous pu accomplir ? »

Décelant le sarcasme du ton de Chen, elle préféra ne pas répondre.

« Pas un mot sur la libération de Min, je présume, ajouta-t-il. Maintenant que Zheng a été arrêté, elle devrait être relâchée. D'ici quelques jours sans doute, mais elle a été tellement diabolisée qu'elle ne pourra jamais rouvrir sa cuisine. Personne ne voudra plus voir son nom associé au sien.

– J'ai essayé de me renseigner, mais finalement je ne sais pas grand-chose sur elle. Au fait, avant mon départ, un certain Gu a appelé. Il a laissé un message pour vous.

– Un message en lien avec notre travail ?

– Pas vraiment. Il a dit qu'il allait rendre visite à votre mère aujourd'hui. Il savait que vous étiez à la montagne. Il m'a chargée de vous dire de ne pas vous inquiéter et qu'il prendrait soin de sa "vieille tante" en votre absence.

– Il est incorrigible. Tout ça parce que j'ai traduit un projet commercial pour lui il y a des années. Il dit toujours que c'est grâce à moi qu'il a obtenu son premier financement pour le New World.

– C'est M. Gu, le patron du New World ? J'ai beaucoup entendu parler de lui.

– Aucune mention de mon séjour dans les montagnes dans les médias ?

– Non, pas encore.

– M. Gu a été mis au courant très rapidement, par ses relations sans doute. Je ne vous l'ai pas dit, mais c'est lui qui a obtenu pour moi les enregistrements des caméras de surveillance du parking où s'était garé Zheng le soir du meurtre. »

Chen reconnaissait enfin avoir mené l'enquête de son côté. Voilà pourquoi il avait couru chez Huang dès qu'il avait lu son message.

Elle ne lui en voulait pas. Le pari était risqué pour lui. Il ne la connaissait pas assez bien pour lui confier ses intentions et il avait sans doute aussi voulu lui éviter des ennuis. Elle avait intérêt à rester le plus longtemps possible à l'écart des complots qui se tramaient dans l'ombre.

À présent, il n'avait plus rien à cacher.

« Tant d'événements apparemment séparés sont en réalité mystérieusement liés », observa-t-elle avant de boire une gorgée de vin. Elle sortit une seconde enveloppe de sa sacoche. « J'ai aussi reçu ça juste avant de quitter le bureau. C'est la maquette du *Wenhui* de demain. La rubrique littéraire annonce votre enquête du juge Ti sur le meurtre le plus sulfureux de la dynastie Tang. Il y a même une note de la rédaction.

> « Nos lecteurs attendent depuis longtemps une nouvelle production de l'inspecteur Chen – devenu entre-temps le directeur Chen – qui a réussi à nous régaler de nombreux poèmes et traductions malgré son emploi du temps chargé. Le *Wenhui* va bientôt publier en exclusivité sa toute dernière création littéraire. Délaissant pour un temps la poésie, le directeur Chen rédige actuellement une enquête du juge Ti en plusieurs épisodes inspirée d'un meurtre historique commis sous la dynastie Tang. Les critiques occidentaux ont toujours prétendu que les Chinois ne savaient pas

écrire de romans policiers en dehors des fameux *gong'an* ancestraux et même dans ce registre, c'est un Occidental qui, en s'emparant du célèbre personnage du juge Ti, a réussi à détrôner nos auteurs.
En relevant le défi du genre, l'inspecteur Chen s'apprête enfin à nous rendre justice. »

« C'est sûrement Kong qui a rédigé ça, conclut Chen. Vous avez raison, il se passe beaucoup de choses en même temps… »

« Room service ! » lança une voix tonitruante, suivie d'un coup de sonnette insistant.

Chen se leva pour aller ouvrir à un serveur qui poussait un chariot garni de plats. Sur un signe de Chen, il les posa sur la table du balcon.

« J'ai commandé quelques spécialités pour vous, annonça Chen après le départ de l'employé. Si vous avez couru prendre le bus pour m'apporter ce courrier urgent, j'imagine que vous n'avez pas eu le temps de déjeuner. »

La table de bois s'était transformée en fastueuse table de dîner. Chen souleva les couvercles et énuméra les mets locaux.

« D'après le dépliant de l'hôtel, les cuisses de grenouilles au wok sont incontournables. Comme elles passent leur temps à sauter dans les rochers, leur chair est censée être particulièrement ferme et savoureuse. Le tofu fermenté fait aussi partie des suggestions du chef. Son duvet est un peu plus épais qu'ailleurs. Quant à la perche aux pousses de bambou séchées, c'est un plat typique de l'Anhui et je n'en ai jamais mangé. Ne vous sentez pas obligée d'y goûter si ça ne vous dit rien. Inutile de vous présenter le riz au lait aux œufs de cent ans, le canard salé, les champignons sauvages et le tofu froid aux oignons verts…

– Vous auriez dû fréquenter la table privée de Min, directeur Chen.

– Vous disiez qu'il s'est passé beaucoup de choses au bureau ? poursuivit-il en déposant une cuisse de grenouille dans l'assiette de Jin.

– Oui, l'inspecteur Xiong est venu en personne me tenir au courant des derniers rebondissements de l'affaire. » Elle s'humecta les lèvres et but une gorgée de vin. « Il m'a raconté tout ce que la Sécurité intérieure lui avait appris.

– Vraiment ?

– Zheng a avoué. Il a tué Qing, mais il prétend que c'était un accident et qu'il n'avait rien prémédité. »

Après avoir mastiqué la cuisse de grenouille, elle se servit un bol de riz au lait qu'elle avala en trois ou quatre bouchées.

Elle se lança ensuite dans un compte rendu détaillé du témoignage de Zheng recueilli par la Sécurité intérieure.

5

Longtemps avant le soir fatal, Zheng avait écouté les récits de son oncle sur les dîners raffinés organisés par Min. Le vieil homme solitaire était heureux de trouver en lui une oreille attentive et Zheng se prêtait au jeu avec délectation. Il ne s'intéressait pas particulièrement aux plats servis à sa table, mais le portrait de la Dame Républicaine l'avait poussé à se renseigner sur elle. Il avait ainsi nourri, de loin, une passion qui s'était progressivement transformée en obsession. Il lisait ses blogs avec ardeur et collectionnait ses photos. Sans richesse ni pouvoir, il ne pouvait espérer obtenir une place à sa table et il n'aurait jamais osé l'approcher. « C'était comme admirer la lune dans le ciel, avait-il déclaré : la douceur de ses rayons suffisait à réchauffer le cœur. »

Il ne pouvait cependant s'empêcher de parler de sa fascination, notamment à Huang, et se repaissait de toute miette d'information la concernant. Quand son oncle avait proposé de lui céder sa place, il s'était enflammé à l'idée de rencontrer son idole.

Une fois là-bas, il avait eu l'impression de vivre un rêve éveillé. Ébloui non seulement par les mets délicats servis par Min, mais surtout par ses charmes et sa grâce inégalés, il s'était cru, pendant quelques heures, dans l'ère républicaine chez une dame de la haute société.

Après qu'elle eut porté un toast en l'honneur de sa cuisinière, il fut étonné de la voir boire du *Moutai* comme de l'eau. La scène lui brisa le cœur et il sentit la colère monter en lui contre Qing, bien qu'il ne sût rien sur cette femme.

Assez vite, tous constatèrent que Min pouvait à peine se tenir à table. Ses mains tremblaient et elle renversa de la soupe sur les genoux de Zheng. Gênés, les convives lui conseillèrent d'aller se coucher. Étant le plus jeune, Zheng proposa de l'aider à monter.

Une fois à l'étage, elle vomit sur son qipao rouge. Zheng commençait à la déshabiller lorsqu'il entendit des pas dans l'escalier. Sans réfléchir, il s'empara des clés posées sur la table de nuit et les fourra dans sa poche au moment où Qing entrait dans la chambre.

Il était obligé de partir. La cuisinière le raccompagna à la porte. Dehors, il croisa Kong, le rédacteur en chef du *Wenhui* qui attendait sa voiture à l'entrée de la cité. Ils échangèrent quelques mots, puis Zheng se dirigea vers le parking où il avait garé sa voiture.

Cinq minutes plus tard, il arriva devant le centre commercial *Pacific Ocean* et ralentit le pas sans se résoudre à entrer. Désemparé, il scruta un instant l'obscurité. Une seule certitude l'accaparait. Il devait la revoir le soir même. Une occasion pareille ne se représenterait jamais. Elle était ivre, inconsciente et il avait ses clés dans sa poche. Il pouvait se glisser discrètement dans la maison et réaliser son souhait le plus cher. Ensuite, il remettrait les clés sur la table de nuit comme si de rien n'était.

Il prit soin de faire plusieurs fois le tour de la cité. Huang lui avait dit que la cuisinière partait généralement peu de temps après le dîner. Il attendit une demi-heure puis se glissa par la porte de derrière.

Une faible ampoule tremblotait dans la cour sombre, mais la maison semblait parfaitement silencieuse. Il y entra sans difficulté et se dirigea vers la chambre. Min était couchée dans son lit et dormait, nue. Certain qu'ils étaient seuls dans la maison, il se jeta sur elle comme dans un rêve.

Il avait dû faire du bruit. Pareille à un spectre, Qing la cuisinière apparut à la porte de la chambre et regarda avec horreur le corps collé contre celui de sa patronne. Elle s'enfuit en courant, trop effrayée pour pousser le moindre cri.

Il bondit hors du lit, la poursuivit dans la salle à manger, puis dans la cuisine où il la saisit par le bras. Paniquée, elle attrapa dans le noir le premier objet qu'elle trouva, un robot ménager, pour tenter de se défendre. D'instinct, il le lui arracha des mains et lui frappa la tête de toutes ses forces.

Elle vacilla et tomba sur le sol. Haletant, sonné, il lâcha l'engin. Il lui fallut une ou deux minutes pour comprendre ce qui venait de se passer. Il regarda autour de lui, hébété. Un silence de mort pesait sur la maison.

Il ne voulait pas appeler les secours de peur qu'elle le dénonce en reprenant connaissance. Il se pencha sur la jeune femme pour tâter son pouls. Ne sentant rien, il alluma la lumière. Ses lèvres étaient déjà bleues. Il était sûrement trop tard.

Recouvrant peu à peu ses esprits, il se mit à effacer les empreintes des objets qu'il avait touchés.

Il retourna ensuite dans la chambre où Min dormait encore profondément, assommée par l'alcool. Il effaça là aussi toute trace de son passage et reposa les clés sur la table de nuit.

Pensant qu'il risquait d'y avoir encore du mouvement dans la cité, il attendit une demi-heure, assis au bord du lit, les yeux rivés sur la beauté nue afin d'en graver à jamais l'image dans sa mémoire. Puis il sortit de la maison en claquant la porte derrière lui.

Chen écoutait le long récit de Jin avec la plus grande attention, ne l'interrompant que pour réchauffer au micro-ondes un bol de riz au lait et une assiette de cuisses de grenouilles. La plupart des plats étaient restés intacts.

« Je me suis laissé emporter par cette histoire de meurtre », s'excusa-t-elle en retirant un grain de riz collé sur sa lèvre à l'aide d'une serviette rose.

Zheng avait probablement dit la vérité, estima Chen en hochant la tête.

Il ne pouvait pas savoir que Min allait s'enivrer ni qu'il aurait la possibilité de monter dans sa chambre et de voler ses clés à l'insu de tous. Il était parti avec les autres et avait élaboré son plan diabolique sur le moment. Quand Qing l'avait surpris en train d'agresser sa patronne endormie, la nuit avait basculé pour eux dans l'horreur.

« D'après la Sécurité intérieure, le meurtre n'était peut-être pas si accidentel que ça, rectifia Jin. Quand ils ont perquisitionné le domicile de Zheng, ils ont trouvé une collection incroyable de photos et d'articles sur Min.

– Et le meurtre de Huang ? demanda Chen brusquement.

– Tout s'est passé comme vous l'aviez imaginé. Zheng a appris que vous aviez discuté avec lui de cette fameuse soirée et que vous aviez prévu de vous revoir pour une histoire de vente aux enchères. Ça l'a rendu complètement paranoïaque. Connaissant la passion de son oncle pour les boules de riz, il l'a suivi le lendemain jusqu'à l'échoppe. À cette heure, les rues étaient désertes. Il l'a frappé par-derrière avec un marteau. Il a suffi d'un coup pour qu'il s'écroule.

– Il portait un marteau sur lui ?

– Oui, la Sécurité intérieure l'a retrouvé chez lui. Il n'avait même pas pensé à s'en débarrasser. Il portait encore des traces du sang de Huang.

– Mais pourquoi ma rencontre avec son oncle l'a-t-elle inquiété à ce point ? Huang m'a raconté en effet que Zheng était un grand admirateur de Min et que c'était une des raisons pour lesquelles il lui avait cédé sa place. Mais n'importe qui aurait sauté sur l'occasion.

– Il y avait aussi des tensions entre eux. » Jin attrapa un morceau de poisson entre ses baguettes, le renifla et le reposa dans le plat avec un sourire gêné. « Au départ, Zheng jouait les garçons de courses. Huang lui demandait de parcourir les villages de l'Anhui à la recherche d'antiquités en échange d'un maigre salaire. Il payait aussi son abonnement téléphonique ainsi que ses frais de voyage et d'hôtel. Zheng envoyait des photos d'objets potentiellement précieux à Huang qui lui donnait ensuite l'ordre de les acheter ou non. Le système fonctionnait bien. Huang était trop vieux et trop riche pour se rendre dans ces villages reculés et comme Zheng était fermier dans l'Anhui avant de venir à Shanghai, il savait parfaitement profiter de la naïveté des paysans. Contre cinquante yuans, il obtint par exemple d'un pauvre villageois une urne en bronze d'un mètre de haut datant de la dynastie Zhou que Huang revendit plus tard deux millions de yuans. Après plusieurs voyages en Chine, Huang l'envoya à l'étranger. En Italie, il acheta des objets à une vieille femme dont l'arrière-grand-père avait été soldat pendant la Révolte des Boxers[1], à la fin de la dynastie Qing. Ces pièces furent revendues très cher à Shanghai. Zheng ne tarda pas à calculer combien il avait rapporté à l'antiquaire. En homme d'affaires perspicace, Huang augmenta le salaire de Zheng, mais trop peu en comparaison des profits que celui-ci avait engendrés et sans jamais partager avec lui les secrets de sa profession. Zheng nourrissait donc une certaine rancune envers lui.

« Huang n'avait pas d'enfants. Zheng n'était pas son neveu direct, mais il espérait bien hériter de quelques objets de valeur en guise de récompense pour ses bons et loyaux services. Or Huang répétait sans cesse qu'il léguerait toute sa collection à un musée à son nom. Zheng a donc fait dupliquer en secret la clé du bureau de son oncle et la lecture de son testament lui a confirmé que le vieil homme n'avait nullement l'intention de lui léguer quoi que ce soit. Il avait donc une autre raison de le tuer. Après tout, il connaissait la valeur des objets mieux que personne et il savait où le vieil homme rangeait ses pièces les plus précieuses.

1. Insurrection nationaliste chinoise menée contre les puissances étrangères à Pékin en 1900.

Le meurtre de la cuisinière lui a donné le courage de passer à l'acte.

– J'ignorais tout ça, Jin. La cupidité et la peur sont deux moteurs puissants pour un meurtrier, observa Chen.

– Les gens veulent toujours avoir plus et s'inquiètent toujours de ce qu'ils pourraient perdre.

– Bien dit, Jin. Maintenant que le meurtrier a été arrêté, j'espère que Huang pourra reposer en paix. Et je pourrai peut-être faire quelque chose pour que ce musée voie le jour. Que vous a dit l'inspecteur Xiong au sujet du meurtre de l'hôtel ?

– D'après lui, Zheng a dit à la Sécurité intérieure qu'il s'était mis à douter que Min ait été complètement inconsciente la nuit du meurtre. Il craignait qu'elle ne se souvienne de quelque chose et ne finisse par le dénoncer. Il s'est donc glissé dans l'hôtel pour l'éliminer.

– Ça ne tient pas debout. Comment a-t-il su qu'elle était détenue là-bas ? Il n'a aucune relation au sein du gouvernement, contrairement à… » Il se retint de prononcer le nom de Sima, le mystérieux client de Vieux Chasseur.

« Vous avez raison, directeur Chen. Ça me dépasse aussi.

– Et l'hôtel était bien gardé. Un amateur comme Zheng n'aurait jamais pu y entrer sans être vu.

– C'est pourtant ce qu'il a avoué à la Sécurité intérieure. Enfin, c'est tout ce que m'a dit l'inspecteur Xiong. »

La discussion avait duré plus longtemps que prévu. Elle aurait pu se prolonger encore si Chen avait soulevé les questions encore irrésolues. Mais Jin ignorait tout du meurtre de la *Villa Moller*. Pour en débattre avec elle, il aurait dû lui révéler des détails qu'il valait mieux qu'elle ne connaisse pas. Il décida d'en rester là pour l'instant.

Il sortit une cigarette, secoua la tête et la rangea dans le paquet.

« Ne vous gênez pas pour moi, dit-elle.

– Non, j'essaie de me limiter. Vraiment, merci pour tout ce que vous avez fait. »

Ils restèrent un instant silencieux.

Quand elle releva les yeux, le crépuscule commençait à gagner les montagnes.

« Il se fait tard, constata-t-elle. Il faut que je rentre. Le dernier bus pour Shanghai part à six heures et demie je crois.

– Mais si le tramway est en panne, vous ne serez jamais à la gare routière à temps. Et ce n'est pas prudent d'emprunter le sentier dans le noir.

– Je vais me débrouiller…

– Laissez-moi passer un coup de fil, déclara-t-il d'un ton ferme en sortant son portable pour consulter son répertoire.

– Que cherchez-vous ?

– Le numéro du gérant de l'hôtel. Ils sont complets mais il me trouvera peut-être une chambre. La nuit tombe vite en montagne. Les escaliers et les sentiers sont glissants.

– Ne vous donnez pas tout ce mal, protesta-t-elle sans réfléchir, le salon de votre suite est plus grand qu'une chambre standard… »

Mais Chen était déjà en train d'appeler.

« Monsieur Gang, ici Chen Cao, je séjourne en ce moment dans une suite de votre hôtel.

– Directeur Chen, bien sûr, que puis-je pour vous ?

– J'ai rencontré une amie ici cet après-midi. Pourriez-vous lui trouver une chambre ? Juste pour cette nuit. Il est trop tard pour qu'elle redescende vers la gare.

– L'hôtel est complet, mais si c'est une de vos amies, je vais voir ce que je peux faire. Je vous rappelle dans quelques minutes. »

Moins de deux minutes plus tard, le gérant annonça qu'il ne lui restait qu'une chambre réservée au personnel pour les cas d'urgence. Elle ne répondait pas aux standards de l'établissement, mais était propre et au même étage que la suite de Chen.

Chen accepta la proposition et remercia chaleureusement le gérant.

« Je suis désolé qu'il n'y ait plus de chambre libre, dit-il en se tournant vers Jin, mais je vais vous laisser ma suite. La salle de bains est alimentée par la célèbre source des montagnes. Les touristes font des heures de queue pour se baigner dans cette eau. Apparemment elle est très bonne pour la santé, même si vous n'êtes pas obligée de croire à toutes les vertus miraculeuses énoncées dans le dépliant de l'hôtel.

– Comment pouvez-vous proposer une chose pareille, directeur Chen ? s'offusqua Jin en enfilant ses chaussures. Le gérant ne pourrait pas fermer l'œil de la nuit s'il apprenait qu'un cadre de haut rang comme vous dormait dans une chambre réservée au personnel. »

6

Une fois seul, Chen ouvrit l'enveloppe que Jin lui avait apportée. À l'intérieur, il trouva une lettre du camarade Zhao, son « mentor politique » et l'ancien secrétaire de la Commission centrale de contrôle de la discipline du Parti qui avait encore une certaine influence dans la Cité interdite.

Cher Chen,

Je suis heureux d'apprendre que vous faites du beau travail au sein de votre nouveau bureau. Après vos vacances à la montagne, je vous encourage à venir à Pékin assister à un séminaire de trois semaines à l'École centrale du Parti. Il est possible qu'un Bureau de la réforme du système judiciaire s'ouvre dans la capitale et vous êtes sur la liste des candidats au poste de directeur. Je vous ai recommandé en tant qu'homme capable de défendre les intérêts du Parti et d'œuvrer pour le bien du pays.

Zhao.

Une lettre personnelle écrite dans un style aussi protocolaire pouvait être interprétée de différentes manières. Le compliment laissait entendre que Chen avait encore sa place au sein du Parti et la proposition de poste à Pékin représentait un avancement certain. Mais c'était peut-être aussi une mauvaise nouvelle, un nouveau stratagème pour l'éloigner de Shanghai.

Chen ouvrit une canette de café Starbucks, but une petite gorgée et déambula dans la pièce en réfléchissant à tout ce que Jin lui avait appris. En somme, l'affaire Min était résolue et sa conclusion semblait acceptable pour les dirigeants, le camarade Zhao et les factions opposées au pouvoir en place. Chen avait donc intérêt à taire les doutes qui le taraudaient encore.

L'inspecteur Xiong devait aussi avoir des réserves, notamment au sujet du meurtre de la *Villa Moller*, sans quoi il n'aurait pas pris la peine d'aller voir Jin. Wanxia faisait partie de son équipe ; il devait avoir envie que justice lui soit rendue.

Chen ne pensait pas que Zheng ait empoisonné la policière, mais il n'avait aucune preuve du contraire. Il était actuellement exilé, puis allait devoir assister à un séminaire à Pékin, sans doute sous étroite surveillance. Il n'était pas près de remettre les pieds à Shanghai. Aux yeux du monde, sa théorie ne serait pas plus convaincante que la version officielle fondée sur les aveux de Zheng. Le véritable assassin de l'hôtel avait ses propres motivations et si Chen les devinait, il se garderait bien de les formuler ouvertement.

Il fallait aussi éviter d'attirer des ennuis à Jin. Elle en avait déjà trop fait ; elle s'était mise en danger, à tous les niveaux. Peut-être même avait-elle déjà perdu la confiance du secrétaire Ma. Elle était jeune et audacieuse, Chen ne pouvait risquer de briser le brillant avenir qui s'offrait à elle.

Il songea encore à Wanxia. Elle aussi avait été une jeune femme intelligente promise à un brillant avenir.

Chen tourna les yeux vers les montagnes aux sommets découpés contre le ciel assombri. Il crut entendre le murmure d'une cascade et le frissonnement des pins au fond de la vallée. Il aperçut au loin une faible lumière. D'où pouvait-elle venir ? La lueur brilla encore une seconde avant de disparaître.

Des milliers d'années plus tôt, un autre homme – le juge Ti peut-être – s'était tenu là, comme lui, face aux montagnes enveloppées de nuit, sous le scintillement des étoiles.

Les mêmes montagnes, la même lune, le même vent. La même question, peut-être. Mais laquelle ?

Chen prit une profonde inspiration et tenta de disperser la brume qui planait sur son esprit. Il n'était pas un fonctionnaire de haut rang comme le juge Ti qui avait su tirer son épingle du jeu dans la sphère politique impitoyable et complexe de la dynastie Tang.

Depuis le départ, les différentes factions de la Cité interdite avaient essayé de tirer profit de l'affaire Min et bien que Chen eût à présent une vision plus claire de la situation, le petit cadre qu'il était ne pouvait rien y changer.

Min était liée à quelqu'un d'important. Ayant appris le meurtre de la cuisinière, un rival avait dû tenter d'utiliser le scandale pour le détruire à travers elle. Cela expliquait l'intervention du mystérieux Sima, prêt à payer des fortunes pour laver Min de tout soupçon. Mais la lutte de pouvoir au sommet avait dû s'envenimer. La possibilité qu'elle livre le pot aux roses sous la pression du *shuanggui* avait dû paniquer son amant. Pour éviter la catastrophe, il avait voulu réduire Min au silence, mais l'assassin s'était trompé de cible.

Zheng avait très bien pu avouer ce crime à la Sécurité intérieure en prononçant une « confession » dictée par eux. Qu'il ait tué deux ou trois personnes, pour lui, le verdict serait le même.

Épuisé par ces conjectures, Chen décida de prendre un bain d'eau de source. Avec un peu de chance, les « effets miraculeux » annoncés dans le dépliant de l'hôtel effaceraient ses soucis et lui redonneraient de l'énergie.

Il fut déconcerté par la couleur marronnasse de l'eau qui coulait du robinet, sans doute due à la présence de dépôts minéraux mais probablement aussi à la rouille des tuyaux. Au lieu de se plonger dans un long bain relaxant, il sortit de la baignoire au bout de dix minutes et s'enveloppa dans un peignoir blanc.

Il s'allongea sur le canapé, prêt à fermer les yeux…

Des coups légers à la porte vinrent timidement troubler le silence de la nuit.

Chen sursauta et alla ouvrir. Jin était debout, pieds nus dans un peignoir identique au sien.

Face à la silhouette aux cheveux mouillés, découpée dans l'embrasure de la porte, il eut l'impression de revivre une scène de son passé.

« Entrez, Jin.

– Vous ne dormiez pas, directeur Chen ? demanda-t-elle poliment, l'œil vague, comme fixé sur un paysage lointain.

– Non. Vous non plus ? »

Ils se sentirent brièvement gênés par l'absurdité de leurs questions.

« J'ai vu de la lumière sous la porte alors je me suis dit que... commença-t-elle d'une voix hésitante en lissant ses cheveux du bout des doigts. La douche de ma chambre s'est arrêtée au bout d'une minute...

– Vous pouvez utiliser la mienne, vous profiterez de l'eau de source, comme je vous l'ai proposé tout à l'heure.

– Merci », dit-elle, les yeux soudain brillants d'un éclat joyeux.

Elle passa devant lui et disparut dans la salle de bains. Chen n'osait pas retourner sur le canapé. Il entendit l'eau gargouiller dans la pièce voisine. Il se sentait nerveux, la tête pleine de scénarios romanesques sur fond de montagnes légendaires.

Il avait l'impression qu'elle revenait sans cesse vers lui, mais il s'interdit aussitôt d'émettre ce genre de supposition ridicule. Elle était jeune, jolie, intelligente, elle prenait son rôle de secrétaire au sérieux, voilà tout. Il n'était qu'un homme vieillissant, déchu, qui arrivait à peine à prendre soin de lui-même. Il se leva et alla s'appuyer contre le rebord de la fenêtre. L'air frais l'aiderait peut-être à garder les idées claires.

La lune baignait les sommets d'un léger halo, la nuit était douce.

Une vibration dans la poche de son peignoir le ramena à la réalité. C'était un message WeChat de Kong.

« Nous allons publier quelques poèmes de Xuanji dans l'édition de demain, comme une sorte de prologue à votre série. Tout le monde est très excité par ce projet. Le *Shanghai Daily* serait intéressé par une version anglaise. »

Encore un appel du pied de Kong auquel il ne se sentit nullement obligé de répondre immédiatement.

Le rédacteur lui adressait aussi plusieurs liens vers des enregistrements de poèmes anglais. Machinalement, il cliqua sur l'un d'eux et se laissa bercer par la voix grave et triste de l'acteur qui lisait un de ses poèmes favoris où, par une nuit étoilée, le poète regarde par la fenêtre, songeant au présent et au passé… « *The sea of faith was once*[1]... »

Il n'entendit pas la porte de la salle de bains s'ouvrir ni les pas qui approchaient doucement.

Il éteignit la vidéo.

Elle resta immobile, son peignoir frôlant le sien. Elle n'avait pas l'air pressée de retourner dans sa chambre.

Ils restèrent silencieux un long moment.

« Vous pensez encore à la conclusion de l'affaire, cher directeur ?

1. « *Celle* [*la mer*], *hier, de la Foi*... » Matthew Arnold, « La Plage de Douvres », trad. Pierre Leyris, in *Rencontres de poètes anglais*, Paris, José Corti, 2001.

– Ça ne sert à rien de se perdre en conjectures, déclara-t-il, perturbé par la caresse des cheveux mouillés contre son épaule. Merci de m'avoir fait découvrir WeChat.

– Ah oui, pourquoi ?

– Je regardais la vue en écoutant un poème qu'on m'a envoyé. C'est vraiment très pratique.

– Quel poème ?

– « La Plage de Douvres » de Matthew Arnold, dit-il en faisant défiler le texte jusqu'à la fin du poème.

Le monde, bien qu'il semble
S'étendre devant nous comme un pays de rêve
Aussi varié que beau et neuf,
Est vraiment sans amour, sans joie et sans lumière,
Sans paix ni certitude, où la douleur est reine[1]...

– Je crois que j'ai lu un recueil de poèmes anglais traduits par vous dans lequel il figurait. *Nous semblons être au soir tombant sur une plaine / Que traversent les bruits confus de lutte et de débandades / D'armées aveugles qui se heurtent dans la nuit.* C'est comme ça que le poème se termine, non ?

– C'est ça. Et c'est un des poèmes d'amour les plus tristes qui soient car dans ce monde de douleur, dépourvu d'amour, de joie et de lumière, la seule raison d'être pour les amants est de se montrer sincères l'un envers l'autre. C'est la seule chose qui puisse leur offrir un semblant de certitude. » Après un bref silence, il ajouta : « Je pensais à Xuanji, l'héroïne de l'histoire du juge Ti...

1. *Ibid.*

– Vous croyez qu'il lui est arrivé de regarder par la fenêtre en compagnie d'une personne qui tenait vraiment à elle et de contempler la nuit avec cette certitude ? D'après ce que j'ai lu sur son destin tragique, cela semble peu probable. Et je doute aussi que Min ait eu cette chance… »

Il la sentit s'appuyer contre lui ; ses cheveux frôlèrent sa joue ; sa main se glissait doucement dans la sienne…

Un claquement furieux les sépara dans un sursaut. Chen leva la tête et crut distinguer une forme noire qui volait près de la vitre. Sans doute un oiseau que la lumière avait attiré et qui se débattait pour retrouver son chemin. Il ouvrit en grand la fenêtre.

Sidéré il se retrouva face à un drone de la taille d'un gros corbeau. En tant qu'ancien policier, il avait du mal à croire que cet objet se soit trouvé là par hasard.

« On vous suit jusqu'ici ? observa Jin en remettant sa main dans la sienne.

– Ne vous inquiétez pas. Les gens riches ont tous des drones. Ils les font voler comme des cerfs-volants.

– Même dans les montagnes ? »

Il ne dit rien. Elle connaissait déjà la réponse.

Chen sentait la colère monter en lui. Même dans les montagnes, il n'était jamais tranquille…

Et pour une fois, il n'était pas seul…

Dehors, les montagnes se perdaient dans l'obscurité.

« Je vais devoir assister à un séminaire à Pékin, annonça Chen pour apaiser le regard interrogateur qui le fixait. Un séminaire réservé aux cadres du Parti.

– Qu'est-ce que ça veut dire ?

– Je n'en sais pas plus que vous… Enfin, je vais d'abord profiter des sources des montagnes pendant au moins une semaine. Peut-être qu'ici je réussirai à écrire mon histoire. Vous serez la première à la lire, je vous le promets. Vous me direz si je respecte la vérité historique. Vous m'avez déjà tellement aidé.

– Vous auriez dû regarder les films. Ils se fichent totalement de la vérité historique… Mais n'est-ce pas étrange de vous envoyer à un séminaire à Pékin ? Vous êtes encore en congé de convalescence.

– On ne peut jamais savoir ce que les cadres de Pékin ont en tête.

– Une étape avant de vous faire gravir les échelons ?

– Tout est possible, mais je ne crois pas. C'est peut-être une stratégie : loin des yeux, loin du cœur…

– Vous pensez que vous reviendrez travailler au bureau ?

– Je n'en sais rien. »

Elle serra un peu plus fort sa main.

« Et vous ne savez pas non plus si le bureau existera encore quand vous reviendrez… Si vous revenez…

– Le bureau a été créé il y a un mois seulement, quand j'ai été démis de mes fonctions dans la police. *Dis-toi bien / Que l'Histoire a maints passages subtils, maints corridors / Et issues dérobés*[1]… Désolé, je cite toujours Eliot.

– Une des choses que j'ai retenues de mes cours à la fac, c'est que l'histoire est toujours l'histoire d'aujourd'hui. Les gens ne cessent de l'interpréter et de la réinterpréter selon le point de vue du moment. Il ne faut donc pas prêter trop d'attention à ce que les autres ont dit avant nous.

– Et au moment où nous parlons, le présent est déjà en train de devenir le passé.

1. « Gerontion » de T.S. Eliot, traduit de l'anglais par Pierre Leyris in *Poèmes 1910-1930*, éd. du Seuil, 1947.

– Il ne nous reste donc que le moment présent, fugace et fragile. Qu'arrivera-t-il demain ? Personne ne le sait. » Elle tenait toujours sa main dans la sienne. « Mais ce soir, je suis là… avec vous. »

Chen ne savait comment réagir. Il avait été tellement absorbé par ses soucis qu'il n'avait pas osé imaginer qu'elle pourrait devenir plus qu'une secrétaire pour lui. Mais les circonstances avaient tissé entre eux un invisible « fil rouge », comme dans la légende ancienne, elles les avaient poussés l'un vers l'autre jusqu'à ce moment précis.

Elle se tourna vers lui et l'enlaça de ses bras nus, lui adressant un regard qui ressemblait à celui qu'elle avait eu le soir où elle était entrée pour la première fois chez lui…

Un regard qui défiait le drone noir pernicieux qui bourdonnait autour d'eux.

Chen n'avait plus peur de se défendre. Et à présent il avait une bonne raison de se battre : il n'avait pas que sa peau à sauver.

Il sourit, passa la main sur les cheveux encore mouillés de Jin et la serra contre lui.

Plus tard, il lui dit doucement : « Nous avons la montagne rien que pour nous. »

Elle poussa un soupir en guise d'assentiment et se blottit contre lui, prête à s'endormir.

Il avait l'étrange sensation d'être avec elle au-dessus et au-delà de la terre, peut-être à cause des mille huit cents mètres d'altitude où ils se trouvaient. En levant la tête, il fut étonné de voir les nuages blancs entrer par la fenêtre, se coller contre le dos trempé de la jeune femme, caresser ses longs cheveux noirs, scintillants sous la lune. Sa peau était douce, légèrement moite, son corps presque aussi léger que les nuages ayant versé leur pluie sur les montagnes.

Il repensa au célèbre éloge écrit par Song Yu au IIIe siècle avant notre ère sur la liaison entre le roi Chu Xiang et la déesse de la montagne Wu. En pleine étreinte, la déesse promet à son amant qu'elle reviendra le voir sous forme de nuages et de pluie. L'image était devenue depuis une métaphore incontournable de l'acte sexuel reprise par tous les poètes classiques jusqu'à aujourd'hui.

Leurs pieds se frôlèrent. En la touchant, il sentit un grain de sable entre ses orteils. Apporté par l'eau de source, il s'était sans doute collé sur sa peau dans la douche. Ce détail la rendit un instant plus tangible, plus proche.

Le sommeil le gagnait, aussi paisible que la nuit recouvrant les montagnes, mais il fut troublé par un son rauque et insistant qui résonnait dans le fond de la vallée.

Il écarquilla les yeux dans l'obscurité et entendit le même son se répéter plusieurs fois. Désorienté, il avait l'impression que l'appel sinistre lui parvenait d'un autre monde. Et le corps de Jin qui dormait blottie contre lui ne faisait que renforcer son égarement.

Loin, loin dans les montagnes, comme l'avait écrit Li Bai sous la dynastie Tang, les réalités du monde s'évaporent. Le cri devait être celui d'une chouette blanche ; elles n'étaient pas rares dans cette région. Chen consulta sa montre. Il était presque minuit. Selon la croyance populaire, le hululement d'une chouette était un mauvais présage, surtout au milieu de la nuit. Fébrile, il se frotta les yeux pour tenter de chasser son angoisse.

Il n'avait aucune raison de penser que les choses allaient mal tourner… pas tant qu'elle était à ses côtés.

Il ferma les yeux et finit par sombrer dans le sommeil.

Septième jour

Pour la première fois depuis des mois, Chen passa une nuit sans rêve. Il se réveilla détendu, revigoré, tendit le bras et sentit que Jin n'était plus là.

Sur la table de nuit, un message sur papier blanc renvoyait la clarté du jour.

Je me suis levée tôt pour attraper le premier bus pour Shanghai. Je dois suivre les dossiers du bureau pendant votre absence. Ne vous inquiétez de rien. Profitez de vos vacances bien méritées. Merci pour tout, cher directeur.

Elle était donc restée jusqu'au petit matin.

Il n'était pas vraiment déçu par son départ, même si le message le ramenait brutalement à la réalité. Face aux montagnes immuables, il avait l'impression que la nuit dernière n'avait jamais eu lieu.

Mais peut-être était-ce mieux ainsi. Grisés par l'altitude, l'obscurité, le cadre féerique de *La Mer de Nuages*, ils s'étaient laissé emporter, mais ils auraient été forcés de redescendre sur terre un jour ou l'autre.

Pour une fille de sa génération, une nuit d'amour dans les montagnes ne signifiait peut-être pas grand-chose. Il était trop vieux, trop démodé pour elle, sans parler des problèmes qu'il traînait derrière lui.

Sa vie était déjà assez compliquée sans que viennent s'y ajouter les affres d'une relation sentimentale. Le rapprochement avait pourtant eu lieu. Il ne savait pas s'ils seraient amenés à se revoir, mais il se sentait heureux.

Il improvisa quelques vers inspirés d'un poème de Louis MacNeice composé après le départ de sa femme.

N'attendant pas d'autre miracle,
Mais heureux d'être resté
Près de toi sous la pluie
Et les nuages déployés
Dans la nuit des montagnes,
Heureux de ce qui a été.

Il ne tirait aucune gloire de cette dernière enquête, mais il n'avait jamais agi par ambition. N'ayant que peu de sympathie pour la Dame Républicaine, il regrettait néanmoins que le Parti soit prêt à détruire la réputation d'une femme pour protéger ses intérêts. Il ne pouvait pas non plus réparer la mort de Wanxia. L'expression du camarade Zhao qui le considérait comme un homme capable d'« œuvrer pour le bien du pays » en disait long sur ses attentes. « Pour le bien du pays », le meurtre de Wanxia devait rester l'acte d'un tueur diabolique qui serait exécuté pour les crimes odieux qu'il avait commis. Après toutes ses années au service des autorités, Chen n'arrivait plus à justifier sa position. Malgré le ton de connivence du camarade Zhao, il ne se sentait plus inclus dans le système. Il avait atteint un point de non-retour, il le savait.

Pendant des années, il s'était répété que la Chine ne pouvait pas changer en un jour, qu'il devait se contenter de faire de son mieux, comme d'autres, pour améliorer la société. Il avait œuvré pour son pays, et pour lui-même, dans la police et au Bureau de la réforme du système judiciaire. Pour se trouver, il fallait sortir de soi-même, avait-il lu un jour. Quoi qu'il fasse à l'avenir, il ne pouvait consentir à trahir la loi, la justice…

Un appel de Pékin interrompit ses réflexions. Un producteur de télévision, nommé Bi, se présenta brièvement avant d'expliquer :

« Votre série sur le juge Ti nous intéresse beaucoup. Le professeur Zhong m'a résumé l'intrigue en deux mots. J'ai tout de suite été emballé. Tous les ingrédients du succès sont réunis : le meurtre, le sexe, l'amour, le surnaturel, les complots politiques. Et puis, nous n'aurons pas à nous préoccuper de la censure puisque c'est de l'histoire ancienne. Vous pourrez écrire le scénario. Qu'en dites-vous, directeur Chen ? J'ai déjà parlé à quelques investisseurs qui seraient prêts à financer le projet. L'un d'eux a même suggéré de vous nommer producteur délégué de la série télé.

– Vraiment ? balbutia Chen, soufflé par la proposition.

– Nous pouvons vous faire parvenir un contrat dès demain, directeur Chen. Nous avons hâte de démarrer une longue et fructueuse collaboration avec vous. »

Tout s'enchaînait encore trop vite. Le monde le prenait pour un écrivain et un scénariste avant qu'il ait écrit une ligne. L'ancien inspecteur secoua la tête en direction du reflet trouble qui le scrutait dans la vitre.

Le journal avait annoncé le démarrage de la série la semaine suivante. Chen allait devoir livrer à Kong un prologue et un premier chapitre de cinq à dix pages sans tarder. Après l'enquête qu'il venait de mener, il savait que son intrigue n'aurait rien à voir avec celle de Van Gulik. Elle en constituerait plutôt une version subversive dont les contours prenaient doucement forme dans sa tête.

Il avait encore quelques jours devant lui. Dans sa lettre, le camarade Zhao lui demandait de venir à Pékin après ses vacances sans lui fixer de date précise. Chen aurait peut-être la chance de passer une semaine entière seul à écrire dans le calme des montagnes.

Sans songer à ses engagements ni à son succès potentiel, il pourrait profiter de ce coup d'essai pour voir si cette nouvelle carrière lui convenait. S'il devenait écrivain à part entière, les autorités le laisseraient peut-être enfin en paix. Et si d'autres enquêtes se présentaient, cette activité pourrait toujours lui servir de couverture.

D'après Kong, le *Shanghai Daily*, quotidien anglais de la ville, espérait une version anglaise. Ils réclamaient également une traduction des poèmes de Xuanji pour voir si les lecteurs étrangers s'intéressaient au personnage.

Les arbres verdoyants s'étirent
Le long de la rive désolée, une tour
Se dresse au loin dans la brume dissoute,
Des pétales tombent sur un pêcheur,
Des reflets sombres se meuvent
Sur le fleuve d'automne…

Une autre sonnerie s'échappa de son téléphone. Sans doute un message WeChat de Jin. En réalité, c'était un selfie la montrant appuyée contre la fenêtre du bus, les doigts posés sur les lèvres comme pour lui envoyer un baiser. Il se retint d'accorder trop d'importance à son geste.

Il posa son portable et se demanda si, à la fin du roman, il devrait ajouter une note disant : « Comme une juxtaposition du passé et du présent, ce texte a été écrit pendant l'enquête sur l'affaire Min. »

Puis, il imagina une autre postface, dans la lignée de celle de Van Gulik à la fin d'*Assassins et poètes*, qui expliquerait ses réserves sur la conclusion de l'affaire Xuanji et pourrait être lue comme une allusion subtile à l'affaire Min, une sorte de message adressé à certains lecteurs éclairés.

C'est avec cette idée en tête qu'il commença à rédiger le premier chapitre de l'enquête du vénérable juge Ti.

Appendice

Poèmes de Xuanji

Vers tristes à Zi'an au bord de la rivière

Des myriades de feuilles d'érable
Sur des myriades de feuilles d'érable
Découpées devant le pont,
Quelques voiles rentrent tard dans le crépuscule.

Combien me manques-tu ?

Mes pensées s'écoulent
Avec les eaux du fleuve de l'Ouest,
Elles courent vers l'est, sans cesse
Jour et nuit.

À Wen Tingyun un soir d'hiver

Je pense et pense, cherche péniblement
Des vers à réciter sous la lampe,
Trop nerveuse pour passer
Une longue nuit d'insomnie
Sous l'édredon glacé
Avec dans la cour les feuilles tremblantes,

Craignant le vent qui vient
Et le rideau battant à la fenêtre,
Faible sous la lune couchante.

Occupée ou oisive,
Je sens toujours en moi
Ce vide intarissable.
À travers les épreuves,
Mon cœur demeure constant.
Les branches du pin parasol n'étant pas faites
Pour qu'on s'y perche, un oiseau vole en cercles
Au-dessus des bois crépusculaires
Et piaille et piaille en vain.

Vers à Zi'an au bord de la rivière Han

Là où le sud de la rivière
Regarde vers le Nord,
En peine, en vain
Le manque persiste
Et la pensée des moments
Où nous lisions des vers
L'un à l'autre, pour rien,
Inséparables canards mandarins
Lovés sur le banc de sable tiède,
Sarcelles volant par deux
Gaiement dans les mandariniers.
Au crépuscule, un chant à peine audible
Se noie dans la brume, la lune
Enveloppe un bac de ses rayons lugubres.
Hélas, je me sens loin de toi,
Échouée au bout du monde,

Et ma peine, insurmontable, est redoublée
Par l'écho des familles qui battent
Et battent sans cesse leur linge sur les eaux.

À ma voisine

Timide, tu couvres ton visage
De tes manches de soie
Sous le soleil trop alanguie
Pour masquer sous la poudre
Les chagrins du printemps.
Il est plus facile de trouver
Un trésor inestimable
Qu'un amant au cœur pur.
La nuit, pleurant sur l'oreiller
Trempé de larmes, tu endures
Des souffrances à briser le cœur
Seule au milieu des fleurs.
Hélas, si un beau et talentueux Song Yu
Est à portée de main, pourquoi être indignée
Par un Wang Chang sans pitié ?

(Song Yu était un poète de la période des Printemps et Automnes connu pour son charme et sa beauté ; Wang Chang était un autre homme célèbre de la dynastie Tang.)

Les saules près de la rivière

Les arbres verdoyants s'étirent
Le long de la rive désolée, une tour

Se dresse au loin dans la brume dissoute,
Des pétales tombent sur un pêcheur,
Des reflets sombres se meuvent
Sur le fleuve d'automne,
Les vieilles racines deviennent
Un repaire de poissons et les bas rameaux
Servent d'attache au bateau...
Éveillée en sursaut d'un rêve,
De nouveaux soucis emplissent la nuit
Dans un grondement de vent et de pluie.

DU MÊME AUTEUR

Mort d'une héroïne rouge
Liana Levi, 2001
et « Points Policier », n° P1060

Visa pour Shanghai
Liana Levi, 2003
et « Points Policier », n° P1162

Encres de Chine
Liana Levi, 2004
et « Points Policier », n° P1436

Le Très Corruptible Mandarin
Liana Levi, 2006
et « Points Policier », n° P1703

De soie et de sang
Liana Levi, 2007
et « Points Policier », n° P1939

Cité de la poussière rouge
Liana Levi, 2008
et « Piccolo », n° 69

La Danseuse de Mao
Liana Levi, 2008
et « Points Policier », n° P2139

Les Courants fourbes du lac Tai
Liana Levi, 2010
et « Points Policier », n° P2607

La Bonne Fortune de monsieur Ma
Liana Levi, « Piccolo », n° 78, 2011

Cyber China
Liana Levi, 2012
et « Points Policier », n° P3053

Des nouvelles de la poussière rouge
Liana Levi, « Piccolo », n° 95, 2013

Dragon bleu, tigre blanc
Liana Levi, 2014
et « Points Policier », n° P4102

Il était une fois l'inspecteur Chen
Liana Levi, 2016
et « Points Policier », n° P4665

Chine, retiens ton souffle
Liana Levi, 2018
et « Points Policier », n° P5100

RÉALISATION : NORD COMPO À VILLENEUVE-D'ASCQ
IMPRESSION : CPI FRANCE
DÉPÔT LÉGAL : FÉVRIER 2022. N° 149057 (3045905)
IMPRIMÉ EN FRANCE

Éditions Points

Collection Points Policier

DERNIERS TITRES PARUS

P1417. Ne gênez pas le bourreau, *Alexandra Marinina*
P1425. Un saut dans le vide, *Ed Dee*
P1435. L'Enfant à la luge, *Chris Mooney*
P1436. Encres de Chine, *Qiu Xiaolong*
P1437. Enquête de mor(t)alité, *Gene Riehl*
P1451. L'homme qui souriait, *Henning Mankell*
P1452. Une question d'honneur, *Donna Leon*
P1453. Little Scarlet, *Walter Mosley*
P1476. Deuil interdit, *Michael Connelly*
P1493. La Dernière Note, *Jonathan Kellerman*
P1494. La Cité des Jarres, *Arnaldur Indridason*
P1495. Électre à La Havane, *Leonardo Padura*
P1496. Le croque-mort est bon vivant, *Tim Cockey*
P1497. Le Cambrioleur en maraude, *Lawrence Block*
P1539. Avant le gel, *Henning Mankell*
P1540. Code 10, *Donald Harstad*
P1541. Le Château du lac Tchou-An, *Frédéric Lenormand*
P1542. La Nuit des juges, *Frédéric Lenormand*
P1559. Hard Revolution, *George P. Pelecanos*
P1560. La Morsure du lézard, *Kirk Mitchell*
P1561. Winterkill, *C.J. Box*
P1582. Le Sens de l'arnaque, *James Swain*
P1583. L'Automne à Cuba, *Leonardo Padura*
P1597. La Preuve par le sang, *Jonathan Kellerman*
P1598. La Femme en vert, *Arnaldur Indridason*
P1599. Le Che s'est suicidé, *Petros Markaris*
P1600. Le Palais des courtisanes, *Frédéric Lenormand*
P1601. Trahie, *Karin Alvtegen*
P1602. Les Requins de Trieste, *Veit Heinichen*
P1635. La Fille de l'arnaqueur, *Ed Dee*
P1636. En plein vol, *Jan Burke*
P1637. Retour à la Grande Ombre, *Håkan Nesser*
P1660. Milenio, *Manuel Vázquez Montalbán*
P1661. Le Meilleur de nos fils, *Donna Leon*
P1662. Adios Hemingway, *Leonardo Padura*
P1678. Le Retour du professeur de danse, *Henning Mankell*
P1679. Romanzo Criminale, *Giancarlo de Cataldo*
P1680. Ciel de sang, *Steve Hamilton*

P1690. La Défense Lincoln, *Michael Connelly*
P1691. Flic à Bangkok, *Patrick Delachaux*
P1692. L'Empreinte du renard, *Moussa Konaté*
P1693. Les fleurs meurent aussi, *Lawrence Block*
P1703. Le Très Corruptible Mandarin, *Qiu Xiaolong*
P1723. Tibet or not Tibet, *Péma Dordjé*
P1724. La Malédiction des ancêtres, *Kirk Mitchell*
P1762. Le croque-mort enfonce le clou, *Tim Cockey*
P1782. Le Club des conspirateurs, *Jonathan Kellerman*
P1783. Sanglants Trophées, *C.J. Box*
P1811. - 30°, *Donald Harstad*
P1821. Funny Money, *James Swain*
P1822. J'ai tué Kennedy ou les mémoires d'un garde du corps *Manuel Vázquez Montalbán*
P1823. Assassinat à Prado del Rey et autres histoires sordides *Manuel Vázquez Montalbán*
P1830. La Psy, *Jonathan Kellerman*
P1831. La Voix, *Arnaldur Indridason*
P1832. Petits Meurtres entre moines, *Frédéric Lenormand*
P1833. Madame Ti mène l'enquête, *Frédéric Lenormand*
P1834. La Mémoire courte, *Louis-Ferdinand Despreez*
P1835. Les Morts du Karst, *Veit Heinichen*
P1883. Dissimulation de preuves, *Donna Leon*
P1884. Une erreur judiciaire, *Anne Holt*
P1885. Honteuse, *Karin Alvtegen*
P1886. La Mort du privé, *Michael Koryta*
P1907. Drama City, *George P. Pelecanos*
P1913. Saveurs assassines, *Kalpana Swaminathan*
P1914. La Quatrième Plaie, *Patrick Bard*
P1935. Echo Park, *Michael Connelly*
P1939. De soie et de sang, *Qiu Xiaolong*
P1940. Les Thermes, *Manuel Vázquez Montalbán*
P1941. Femme qui tombe du ciel, *Kirk Mitchell*
P1942. Passé parfait, *Leonardo Padura*
P1963. Jack l'Éventreur démasqué, *Sophie Herfort*
P1964. Chicago banlieue sud, *Sara Paretsky*
P1965. L'Illusion du péché, *Alexandra Marinina*
P1988. Double Homicide, *Faye et Jonathan Kellerman*
P1989. La Couleur du deuil, *Ravi Shankar Etteth*
P1990. Le Mur du silence, *Håkan Nesser*
P2042. 5 octobre, 23 h 33, *Donald Harstad*
P2043. La Griffe du chien, *Don Wislow*
P2044. Mort d'un cuisinier chinois, *Frédéric Lenormand*
P2056. De sang et d'ébène, *Donna Leon*
P2057. Passage du Désir, *Dominique Sylvain*
P2058. L'Absence de l'ogre, *Dominique Sylvain*

P2059. Le Labyrinthe grec, *Manuel Vázquez Montalbán*
P2060. Vents de carême, *Leonardo Padura*
P2061. Cela n'arrive jamais, *Anne Holt*
P2065. Commis d'office, *Hannelore Cayre*
P2139. La Danseuse de Mao, *Qiu Xiaolong*
P2140. L'Homme délaissé, *C.J. Box*
P2141. Les Jardins de la mort, *George P. Pelecanos*
P2142. Avril rouge, *Santiago Roncagliolo*
P2157. À genoux, *Michael Connelly*
P2158. Baka !, *Dominique Sylvain*
P2169. L'Homme du lac, *Arnaldur Indridason*
P2170. Et que justice soit faite, *Michael Koryta*
P2172. Le Noir qui marche à pied, *Louis-Ferdinand Despreez*
P2181. Mort sur liste d'attente, *Veit Heinichen*
P2189. Les Oiseaux de Bangkok, *Manuel Vázquez Montalbán*
P2215. Fureur assassine, *Jonathan Kellerman*
P2216. Misterioso, *Arne Dahl*
P2229. Brandebourg, *Henry Porter*
P2254. Meurtres en bleu marine, *C. J. Box*
P2255. Le Dresseur d'insectes, *Arni Thorarinsson*
P2256. La Saison des massacres, *Giancarlo de Cataldo*
P2271. Quatre Jours avant Noël, *Donald Harstad*
P2272. Petite Bombe noire, *Christopher Brookmyre*
P2276. Homicide special, *Miles Corwin*
P2277. Mort d'un Chinois à La Havane, *Leonardo Padura*
P2288. L'Art délicat du deuil, *Frédéric Lenormand*
P2290. Lemmer, l'invisible, *Deon Meyer*
P2291. Requiem pour une cité de verre, *Donna Leon*
P2292. La Fille du samouraï, *Dominique Sylvain*
P2296. Le Livre noir des serial killers, *Stéphane Bourgoin*
P2297. Une tombe accueillante, *Michael Koryta*
P2298. Roldán, ni mort ni vif, *Manuel Vásquez Montalbán*
P2299. Le Petit Frère, *Manuel Vásquez Montalbán*
P2321. La Malédiction du lamantin, *Moussa Konaté*
P2333. Le Transfuge, *Robert Littell*
P2354. Comédies en tout genre, *Jonathan Kellerman*
P2355. L'Athlète, *Knut Faldbakken*
P2356. Le Diable de Blind River, *Steve Hamilton*
P2381. Un mort à l'Hôtel Koryo, *James Church*
P2382. Ciels de foudre, *C. J. Box*
P2397. Le Verdict du plomb, *Michael Connelly*
P2398. Heureux au jeu, *Lawrence Block*
P2399. Corbeau à Hollywood, *Joseph Wambaugh*
P2407. Hiver arctique, *Arnaldur Indridason*
P2408. Sœurs de sang, *Dominique Sylvain*
P2426. Blonde de nuit, *Thomas Perry*

P2430. Petit Bréviaire du braqueur, *Christopher Brookmyre*
P2431. Un jour en mai, *George Pelecanos*
P2434. À l'ombre de la mort, *Veit Heinichen*
P2435. Ce que savent les morts, *Laura Lippman*
P2454. Crimes d'amour et de haine, *Faye et Jonathan Kellerman*
P2455. Publicité meurtrière, *Petros Markaris*
P2456. Le Club du crime parfait, *Andrés Trapiello*
P2457. Mort d'un maître de go, *Frédéric Lenormand*
P2492. Fakirs, *Antonin Varenne*
P2493. Madame la présidente, *Anne Holt*
P2494. Zone de tir libre, *C.J. Box*
P2513. Six heures plus tard, *Donald Harstad*
P2525. Le Cantique des innocents, *Donna Leon*
P2526. Manta Corridor, *Dominique Sylvain*
P2527. Les Sœurs, *Robert Littell*
P2528. Profileuse. Une femme sur la trace des serial killers, *Stéphane Bourgoin*
P2529. Venise sur les traces de Brunetti. 12 promenades au fil des romans de Donna Leon, *Toni Sepeda*
P2530. Les Brumes du passé, *Leonardo Padura*
P2531. Les Mers du Sud, *Manuel Vázquez Montalbán*
P2532. Funestes carambolages, *Håkan Nesser*
P2579. 13 heures, *Deon Meyer*
P2589. Dix petits démons chinois, *Frédéric Lenormand*
P2607. Les Courants fourbes du lac Tai, *Qiu Xiaolong*
P2608. Le Poisson mouillé, *Volker Kutscher*
P2609. Faux et usage de faux, *Elvin Post*
P2612. Meurtre et Obsession, *Jonathan Kellerman*
P2623. L'Épouvantail, *Michael Connelly*
P2632. Hypothermie, *Arnaldur Indridason*
P2633. La Nuit de Tomahawk, *Michael Koryta*
P2634. Les Raisons du doute, *Gianrico Carofiglio*
P2655. Mère Russie, *Robert Littell*
P2658. Le Prédateur, *C.J. Box*
P2659. Keller en cavale, *Lawrence Block*
P2680. Hiver, *Mons Kallentoft*
P2681. Habillé pour tuer, *Jonathan Kellerman*
P2682. Un festin de hyènes, *Michael Stanley*
P2692. Guide de survie d'un juge en Chine, *Frédéric Lenormand*
P2706. Donne-moi tes yeux, *Torsten Pettersson*
P2717. Un nommé Peter Karras, *George P. Pelecanos*
P2718. Haine, *Anne Holt*
P2726. Le Septième Fils, *Arni Thorarinsson*
P2740. Un espion d'hier et de demain, *Robert Littell*
P2741. L'Homme inquiet, *Henning Mankell*
P2742. La Petite Fille de ses rêves, *Donna Leon*

P2744. La Nuit sauvage, *Terri Jentz*
P2747. Eva Moreno, *Håkan Nesser*
P2748. La 7e Victime, *Alexandra Marinina*
P2749. Mauvais fils, *George P. Pelecanos*
P2751. La Femme congelée, *Jon Michelet*
P2753. Brunetti passe à table. Recettes et récits
Roberta Pianaro et Donna Leon
P2754. Les Leçons du mal, *Thomas H. Cook*
P2788. Jeux de vilains, *Jonathan Kellerman*
P2798. Les Neuf Dragons, *Michael Connelly*
P2804. Secondes noires, *Karin Fossum*
P2805. Ultimes Rituels, *Yrsa Sigurdardottir*
P2808. Frontière mouvante, *Knut Faldbakken*
P2809. Je ne porte pas mon nom, *Anna Grue*
P2810. Tueurs, *Stéphane Bourgoin*
P2811. La Nuit de Geronimo, *Dominique Sylvain*
P2823. Les Enquêtes de Brunetti, *Donna Leon*
P2825. Été, *Mons Kallentoft*
P2828. La Rivière noire, *Arnaldur Indridason*
P2841. Trois semaines pour un adieu, *C.J. Box*
P2842. Orphelins de sang, *Patrick Bard*
P2868. Automne, *Mons Kallentoft*
P2869. Du sang sur l'autel, *Thomas H. Cook*
P2870. Le Vingt et Unième Cas, *Håkan Nesser*
P2882. Tatouage, *Manuel Vázquez Montalbán*
P2897. Philby. Portrait de l'espion en jeune homme
Robert Littell
P2920. Les Anges perdus, *Jonathan Kellerman*
P2922. Les Enquêtes d'Erlendur, *Arnaldur Indridason*
P2933. Disparues, *Chris Mooney*
P2934. La Prisonnière de la tour. Et autres nouvelles
Boris Akounine
P2936. Le Chinois, *Henning Mankell*
P2937. La Femme au masque de chair, *Donna Leon*
P2938. Comme neige, *Jon Michelet*
P2939. Par amitié, *George P. Pelecanos*
P2963. La Mort muette, *Volker Kutscher*
P2990. Mes conversations avec les tueurs, *Stéphane Bourgoin*
P2991. Double meurtre à Borodi Lane, *Jonathan Kellerman*
P2992. Poussière tu seras, *Sam Millar*
P3002. Le Chapelet de jade, *Boris Akounine*
P3007. Printemps, *Mons Kallentoft*
P3015. La Peau de l'autre, *David Carkeet*
P3028. La Muraille de lave, *Arnaldur Indridason*
P3035. À la trace, *Deon Meyer*
P3043. Sur le fil du rasoir, *Oliver Harris*

P3051. L'Empreinte des morts, *C.J. Box*
P3052. Qui a tué l'ayatollah Kanuni ?, *Naïri Nahapétian*
P3053. Cyber China, *Qiu Xiaolong*
P3065. Frissons d'assises. L'instant où le procès bascule *Stéphane Durand-Souffland*
P3091. Les Joyaux du paradis, *Donna Leon*
P3103. Le Dernier Lapon, *Olivier Truc*
P3115. Meurtre au Comité central, *Manuel Vázquez Montalbán*
P3123. Liquidations à la grecque, *Petros Markaris*
P3124. Baltimore, *David Simon*
P3125. Je sais qui tu es, *Yrsa Sigurdardóttir*
P3141. Le Baiser de Judas, *Anna Grue*
P3142. L'Ange du matin, *Arni Thorarinsson*
P3149. Le Roi Lézard, *Dominique Sylvain*
P3161. La Faille souterraine. Et autres enquêtes *Henning Mankell*
P3162. Les Deux Premières Enquêtes cultes de Wallander : Meurtriers sans visage & Les Chiens de Riga *Henning Mankell*
P3163. Brunetti et le mauvais augure, *Donna Leon*
P3164. La Cinquième Saison, *Mons Kallentoft*
P3165. Panique sur la Grande Muraille & Le Mystère du jardin chinois, *Frédéric Lenormand*
P3166. Rouge est le sang, *Sam Millar*
P3167. L'Énigme de Flatey, *Viktor Arnar Ingólfsson*
P3168. Goldstein, *Volker Kutscher*
P3219. Guerre sale, *Dominique Sylvain*
P3220. Arab Jazz, *Karim Miské*
P3228. Avant la fin du monde, *Boris Akounine*
P3229. Au fond de ton cœur, *Torsten Pettersson*
P3234. Une belle saloperie, *Robert Littell*
P3235. Fin de course, *C.J. Box*
P3251. Étranges Rivages, *Arnaldur Indridason*
P3267. Les Tricheurs, *Jonathan Kellerman*
P3268. Dernier refrain à Ispahan, *Naïri Nahapétian*
P3279. Kind of Blue, *Miles Corwin*
P3280. La fille qui avait de la neige dans les cheveux *Ninni Schulman*
P3295. Sept pépins de grenade, *Jane Bradley*
P3296. À qui se fier ?, *Peter Spiegelman*
P3315. Techno Bobo, *Dominique Sylvain*
P3316. Première station avant l'abattoir, *Romain Slocombe*
P3317. Bien mal acquis, *Yrsa Sigurdardottir*
P3330. Le Justicier d'Athènes, *Petros Markaris*
P3331. La Solitude du manager, *Manuel Vázquez Montalbán*
P3349. 7 jours, *Deon Meyer*

P3350. Homme sans chien, *Håkan Nesser*
P3351. Dernier verre à Manhattan, *Don Winslow*
P3374. Mon parrain de Brooklyn, *Hesh Kestin*
P3389. Piégés dans le Yellowstone, *C.J. Box*
P3390. On the Brinks, *Sam Millar*
P3399. Deux veuves pour un testament, *Donna Leon*
P4004. Terminus Belz, *Emmanuel Grand*
P4005. Les Anges aquatiques, *Mons Kallentoft*
P4006. Strad, *Dominique Sylvain*
P4007. Les Chiens de Belfast, *Sam Millar*
P4008. Marée d'équinoxe, *Cilla et Rolf Börjlind*
P4050. L'Inconnue du bar, *Jonathan Kellerman*
P4051. Une disparition inquiétante, *Dror Mishani*
P4065. Thé vert et arsenic, *Frédéric Lenormand*
P4068. Pain, éducation, liberté, *Petros Markaris*
P4088. Meurtre à Tombouctou, *Moussa Konaté*
P4089. L'Empreinte massaï, *Richard Crompton*
P4093. Le Duel, *Arnaldur Indridason*
P4101. Dark Horse, *Craig Johnson*
P4102. Dragon bleu, tigre blanc, *Qiu Xiaolong*
P4114. Le garçon qui ne pleurait plus, *Ninni Schulman*
P4115. Trottoirs du crépuscule, *Karen Campbell*
P4117. Dawa, *Julien Suaudeau*
P4127. Vent froid, *C.J. Box*
P4159. Une main encombrante, *Henning Mankell*
P4160. Un été avec Kim Novak, *Håkan Nesser*
P4171. Le Détroit du Loup, *Olivier Truc*
P4188. L'Ombre des chats, *Arni Thorarinsson*
P4189. Le Gâteau mexicain, *Antonin Varenne*
P4210. La Lionne blanche & L'homme qui souriait
Henning Mankell
P4211. Kobra, *Deon Meyer*
P4212. Point Dume, *Dan Fante*
P4224. Les Nuits de Reykjavik, *Arnaldur Indridason*
P4225. L'Inconnu du Grand Canal, *Donna Leon*
P4226. Little Bird, *Craig Johnson*
P4227. Une si jolie petite fille. Les crimes de Mary Bell
Gitta Sereny
P4228. La Madone de Notre-Dame, *Alexis Ragougneau*
P4229. Midnight Alley, *Miles Corwin*
P4230. La Ville des morts, *Sara Gran*
P4231. Un Chinois ne ment jamais & Diplomatie en kimono
Frédéric Lenormand
P4232. Le Passager d'Istanbul, *Joseph Kanon*
P4233. Retour à Watersbridge, *James Scott*
P4234. Petits meurtres à l'étouffée, *Noël Balen et Vanessa Barrot*

P4285. La Revanche du petit juge, *Mimmo Gangemi*
P4286. Les Écailles d'or, *Parker Bilal*
P4287. Les Loups blessés, *Christophe Molmy*
P4295. La Cabane des pendus, *Gordon Ferris*
P4305. Un type bien. Correspondance 1921-1960 *Dashiell Hammett*
P4313. Le Cannibale de Crumlin Road, *Sam Millar*
P4326. Molosses, *Craig Johnson*
P4334. Tango Parano, *Hervé Le Corre*
P4341. Un maniaque dans la ville, *Jonathan Kellerman*
P4342. Du sang sur l'arc-en-ciel, *Mike Nicol*
P4351. Au bout de la route, l'enfer, *C.J. Box*
P4352. Le garçon qui ne parlait pas, *Donna Leon*
P4353. Les Couleurs de la ville, *Liam McIlvanney*
P4363. Ombres et Soleil, *Dominique Sylvain*
P4367. La Rose d'Alexandrie, *Manuel Vázquez Montalbán*
P4393. Battues, *Antonin Varenne*
P4417. À chaque jour suffit son crime, *Stéphane Bourgoin*
P4425. Des garçons bien élevés, *Tony Parsons*
P4430. Opération Napoléon, *Arnaldur Indridason*
P4461. Épilogue meurtrier, *Petros Markaris*
P4467. En vrille, *Deon Meyer*
P4468. Le Camp des morts, *Craig Johnson*
P4476. Les Justiciers de Glasgow, *Gordon Ferris*
P4477. L'Équation du chat, *Christine Adamo*
P4482. Une contrée paisible et froide, *Clayton Lindemuth*
P4486. Brunetti entre les lignes, *Donna Leon*
P4487. Suburra, *Carlo Bonini et Giancarlo De Cataldo*
P4488. Le Pacte du petit juge, *Mimmo Gangemi*
P4516. Meurtres rituels à Imbaba, *Parker Bilal*
P4526. Snjór, *Ragnar Jónasson*
P4527. La Violence en embuscade, *Dror Mishani*
P4528. L'Archange du chaos, *Dominique Sylvain*
P4529. Évangile pour un gueux, *Alexis Ragougneau*
P4530. Baad, *Cédric Bannel*
P4531. Le Fleuve des brumes, *Valerio Varesi*
P4532. Dodgers, *Bill Beverly*
P4547. L'Innocence pervertie, *Thomas H. Cook*
P4549. Sex Beast. Sur la trace du pire tueur en série de tous les temps, *Stéphane Bourgoin*
P4560. Des petits os si propres, *Jonathan Kellerman*
P4561. Un sale hiver, *Sam Millar*
P4562. La Peine capitale, *Santiago Roncagliolo*
P4568. La crème était presque parfaite, *Noël Balen et Vanessa Barrot*
P4577. L.A. nocturne, *Miles Corwin*

P4578. Le Lagon noir, *Arnaldur Indridason*
P4585. Le Crime, *Arni Thorarinsson*
P4593. Là où vont les morts, *Liam McIlvanney*
P4602. L'Empoisonneuse d'Istanbul, *Petros Markaris*
P4611. Tous les démons sont ici, *Craig Johnson*
P4616. Lagos Lady, *Leye Adenle*
P4617. L'Affaire des coupeurs de têtes, *Moussa Konaté*
P4618. La Fiancée massaï, *Richard Crompton*
P4629. Sur les hauteurs du mont Crève-Cœur, *Thomas H. Cook*
P4640. L'Affaire Léon Sadorski, *Romain Slocombe*
P4644. Les Doutes d'Avraham, *Dror Mishani*
P4649. Brunetti en trois actes, *Donna Leon*
P4650. La Mésange et l'Ogresse, *Harold Cobert*
P4655. La Montagne rouge, *Olivier Truc*
P4656. Les Adeptes, *Ingar Johnsrud*
P4660. Tokyo Vice, *Jake Adelstein*
P4661. Mauvais Coûts, *Jacky Schwartzmann*
P4664. Divorce à la chinoise & Meurtres sur le fleuve Jaune *Frédéric Lenormand*
P4665. Il était une fois l'inspecteur Chen, *Qiu Xiaolong*
P4701. Cartel, *Don Winslow*
P4719. Les Anges sans visage, *Tony Parsons*
P4724. Rome brûle, *Carlo Bonini et Giancarlo De Cataldo*
P4730. Dans l'ombre, *Arnaldur Indridason*
P4738. La Longue Marche du juge Ti & Médecine chinoise à l'usage des assassins, *Frédéric Lenormand*
P4757. Mörk, *Ragnar Jónasson*
P4758. Kabukicho, *Dominique Sylvain*
P4759. L'Affaire Isobel Vine, *Tony Cavanaugh*
P4760. La Daronne, *Hannelore Cayre*
P4761. À vol d'oiseau, *Craig Johnson*
P4762. Abattez les grands arbres, *Christophe Guillaumot*
P4763. Kaboul Express, *Cédric Bannel*
P4771. La Maison des brouillards, *Eric Berg*
P4772. La Pension de la via Saffi, *Valerio Varesi*
P4781. Les Sœurs ennemies, *Jonathan Kellerman*
P4782. Des enfants tuent un enfant. L'affaire James Bulger *Gitta Sereny*
P4783. La Fin de l'histoire, *Luis Sepúlveda*
P4801. Les Pièges de l'exil, *Philip Kerr*
P4807. Karst, *David Humbert*
P4808. Mise à jour, *Julien Capron*
P4817. La Femme à droite sur la photo, *Valentin Musso*
P4827. Le Polar de l'été, *Luc Chomarat*
P4830. Banditsky ! Chroniques du crime organisé à Saint-Pétersbourg, *Andreï Constantinov*

P4848. L'Étoile jaune de l'inspecteur Sadorski, *Romain Slocombe*
P4851. Si belle, mais si morte, *Rosa Mogliasso*
P4853. Danser dans la poussière, *Thomas H. Cook*
P4859. Missing : New York, *Don Winslow*
P4861. Minuit sur le canal San Boldo, *Donna Leon*
P4868. Justice soit-elle, *Marie Vindy*
P4881. Vulnérables, *Richard Krawiec*
P4882. La Femme de l'ombre, *Arnaldur Indridason*
P4883. L'Année du lion, *Deon Meyer*
P4884. La Chance du perdant, *Christophe Guillaumot*
P4885. Demain c'est loin, *Jacky Schwartzmann*
P4886. Les Géants, *Benoît Minville*
P4887. L'Homme de Kaboul, *Cédric Bannel*
P4907. Le Dernier des yakuzas, *Jake Adelstein*
P4918. Les Chemins de la haine, *Eva Dolan*
P4924. La Dent du serpent, *Craig Johnson*
P4925. Quelque part entre le bien et le mal, *Christophe Molmy*
P4937. Nátt, *Ragnar Jónasson*
P4942. Offshore, *Petros Markaris*
P4958. La Griffe du chat, *Sophie Chabanel*
P4959. Les Ombres de Montelupo, *Valerio Varesi*
P4960. Le Collectionneur d'herbe, *Francisco José Viegas*
P4961. La Sirène qui fume, *Benjamin Dierstein*
P4962. La Promesse, *Tony Cavanaugh*
P4963. Tuez-les tous... mais pas ici, *Pierre Pouchairet*
P4964. Judas, *Astrid Holleeder*
P4965. Bleu de Prusse, *Philip Kerr*
P4966. Les Planificateurs, *Kim Un-Su*
P4978. Qaanaaq, *Mo Malø*
P4982. Meurtres à Pooklyn, *Mod Dunn*
P4983. Iboga, *Christian Blanchard*
P4995. Moi, serial killer. Les terrifiantes confessions de 12 tueurs en série, *Stéphane Bourgoin*
P5023. Passage des ombres, *Arnaldur Indridason*
P5024. Les Saisons inversées, *Renaud S. Lyautey*
P5025. Dernier Été pour Lisa, *Valentin Musso*
P5026. Le Jeu de la défense, *André Buffard*
P5027. Esclaves de la haute couture, *Thomas H. Cook*
P5028. Crimes de sang-froid, *Collectif*
P5029. Missing : Germany, *Don Winslow*
P5030. Killeuse, *Jonathan Kellerman*
P5031. #HELP, *Sinéad Crowley*
P5054. Sótt, *Ragnar Jónasson*
P5055. Sadorski et l'ange du péché, *Romain Slocombe*
P5067. Dégradation, *Benjamin Myers*
P5068. Les Disparus de la lagune, *Donna Leon*

P5093. Les Fils de la poussière, *Arnaldur Indridason*
P5094. Treize Jours, *Arni Thorarinsson*
P5095. Tuer Jupiter, *François Médéline*
P5096. Pension complète, *Jacky Schwartzmann*
P5097. Jacqui, *Peter Loughran*
P5098. Jours de crimes, *Stéphane Durand-Souffland et Pascale Robert-Diard*
P5099. Esclaves de la haute couture, *Thomas H. Cook*
P5100. Chine, retiens ton souffle, *Qiu Xiaolong*
P5101. Exhumation, *Jesse et Jonathan Kellerman*
P5102. Lola, *Melissa Scrivner Love*
P5123. Tout autre nom, *Craig Johnson*
P5124. Requiem, *Tony Cavanaugh*
P5125. Ce que savait la nuit, *Arnaldur Indridason*
P5126. Scalp, *Cyril Herry*
P5127. Haine pour haine, *Eva Dolan*
P5128. Trois Jours, *Petros Markaris*
P5167. Diskø, *Mo Malø*
P5168. Sombre avec moi, *Chris Brookmyre*
P5169. Les Infidèles, *Dominique Sylvain*
P5170. L'Agent du chaos, *Giancarlo De Cataldo*
P5171. Le Goût de la viande, *Gildas Guyot*
P5172. Les Effarés, *Hervé Le Corre*
P5173. J'ai vendu mon âme en bitcoins *Jake Adelstein*
P5174. La Dame de Reykjavik, *Ragnar Jónasson*
P5175. La Mort du Khazar rouge, *Shlomo Sand*
P5176. Le Blues du chat, *Sophie Chabanel*
P5177. Les Mains vides, *Valerio Varesi*
P5213. Le Cœur et la Chair, *Ambrose Parry*
P5214. Dernier tacle, *Emmanuel Petit, Gilles Del Pappas*
P5215. Crime et Délice, *Jonathan Kellerman*
P5216. Le Sang noir des hommes, *Julien Suaudeau*
P5217. À l'ombre de l'eau, *Maïko Kato*
P5218. Vik, *Ragnar Jónasson*
P5219. Koba, *Robert Littell*
P5248. Il était une fois dans l'Est, *Arpád Soltész*
P5249. La Tentation du pardon, *Donna Leon*
P5250. Ah, les braves gens !, *Franz Bartelt*
P5251. Crois-le !, *Patrice Guirao*
P5252. Lyao-Ly, *Patrice Guirao*
P5253. À sang perdu, *Rae Delbianco*
P5282. L'Artiste, *Antonin Varenne*
P5283. Les Roses de la nuit, *Arnaldur Indridason*
P5284. Le Diable et Sherlock Holmes, *David Grann*
P5285. Coups de vieux, *Dominique Forma*

P5286. L'Offrande grecque, *Philip Kerr*
P5310. Hammett Détective, *Stéphanie Benson, Benjamin et Julien Guérif, Jérôme Leroy, Marcus Malte, Jean-Hugues Oppel, Benoît Séverac, Marc Villard, Tim Willocks*
P5311. L'Arbre aux fées, *B. Michael Radburn*
P5312. Le Coffre, *Jacky Schwartzmann, Lucian-Dragos Bogdan*
P5313. Le Manteau de neige, *Nicolas Leclerc*
P5314. L'Île au secret, *Ragnar Jónasson*
P5335. L'Homme aux murmures, *Alex North*
P5336. Jeux de dames, *André Buffard*
P5337. Les Fantômes de Reykjavik
Arnaldur Indridason
P5338. La Défaite des idoles, *Benjamin Dierstein*
P5339. Les Ombres de la toile, *Christopher Brookmyre*
P5340. Dry Bones, *Craig Johnson*
P5341. Une femme de rêve, *Dominique Sylvain*
P5342. Les Oubliés de Londres, *Eva Dolan*
P5343. Chinatown Beat, *Henry Chang*
P5344. Sang chaud, *Kim Un-Su*
P5345. Si tu nous regardes, *Patrice Guirao*
P5346. Tu vois !, *Patrice Guirao*
P5347. Du sang sur l'asphalte, *Sara Gran*
P5348. Cool Killer, *Sébastien Dourver*
P5378. Angkar, *Christian Blanchard*
P5379. Que tombe le silence, *Christophe Guillaumot*
P5380. Nuuk, *Mo Malø*
P5381. Or, encens et poussière, *Valerio Varesi*
P5382. Le Goût du rouge à lèvres de ma mère, *Gabrielle Massat*
P5383. Richesse oblige, *Hannelore Cayre*
P5384. Breakdown, *Jonathan Kellerman*
P5385. Mauvaise graine, *Nicolas Jaillet*
P5386. Le Séminaire des assassins, *Petros Markaris*
P5387. Y. La Trilogie de K, *Serge Quadruppani*
P5388. Norlande, *Jérôme Leroy*
P5418. Le Bal des porcs, *Arpád Soltész*
P5419. Après le jour, *Christophe Molmy*
P5420. Quand un fils nous est donné, *Donna Leon*
P5421. Sigló, *Ragnar Jónasson*
P5422. La Gestapo Sadorski, *Romain Slocombe*
P5473. L'Emprise du chat, *Sophie Chabanel*
P5474. Somb, *Max Monnehay*
P5503. De cendres et d'or. Une enquête du ranger Taylor Bridges
B. Michael Radburn
P5504. Un dernier ballon pour la route, *Benjamin Dierstein*
P5505. Laisse pas traîner ton fils, *Rachid Santaki*
P5506. La Dernière Tempête, *Ragnar Jónasson*
P5507. Un dîner chez Min, *Xiaolong Qiu*